U0594546

忧伤的
夏小姐

◎ 喻之之 著

敦煌文艺出版社

图书在版编目（ＣＩＰ）数据

忧伤的夏小姐 / 喻之之著. -- 兰州 ： 敦煌文艺出
版社，2024.3
ISBN 978-7-5468-2494-9

Ⅰ．①忧… Ⅱ．①喻… Ⅲ．①中篇小说－小说集－中
国－当代②短篇小说－小说集－中国－当代 Ⅳ．
①Ｉ247.7

中国国家版本馆CIP数据核字（2024）第049543号

忧伤的夏小姐

喻之之 著

责任编辑：王 倩 尚再宗 杜鹏鹏
特约编辑：杨 雪 尚晶晶
封面设计：之 之
版式设计：孟孜铭

敦煌文艺出版社出版、发行

地址：（730030）兰州市城关区曹家巷1号新闻出版大厦

邮箱：dunhuangwenyi1958@126.com

0931-2131373（编辑部）

0931-2131387（发行部）

武汉鑫兢诚印刷有限公司印刷

开本 787毫米×1092毫米 1/32 印张10.625 插页1 字数260千

2024年3月第1版 2024年3月第1次印刷

ISBN 978-7-5468-2494-9

定价：52.00元

目录
Contents

001　　四月的牙齿

030　　乞力马扎罗的诱惑

080　　忧伤的夏小姐

102　　迷失的夏天

162　　开往仰山小镇的顺风车

202　　地老天荒

252　　没有蔷薇的原野

298　　栾树　栾树

331　　从痴有爱　　则我病生

四月的牙齿

一

卢森堡想起莫莉的时候，正是四月份，周末的下午，下着雨，他枯坐在玻璃窗前。

雨水猛烈地摇动着院子里的一丛竹子和一棵香樟树，把樟树的嫩叶吹得满地都是，有些鹅黄色的嫩芽还粘到了玻璃窗上，也是这时，卢森堡认识了莫莉。

是在一次茶会上。也是周末，茶室上午办了插花班，中午几位美人留下，在茶楼吃了简餐，下午，老卢就喊了卢森堡来喝茶。老卢就是茶楼的老板。

喝了两泡茶之后，对着窗外的雨横风骤，老卢就说："干坐着多没劲，我给大家讲个故事吧，关于吃的。"老卢到底讲了什么，卢森堡一点印象也没有，但他可以肯定的是，老卢确实讲了，而且讲的还真是关于吃的。对于这方面的故事，老卢有一箩筐。

而此时此刻，卢森堡想起的是莫莉的故事。那个女人的故事，曾有那么一段时间，让他遐想联翩。

那时候，莫莉坐在人群中间，并不是很起眼，个子不高，话也不多，等到老卢说，莫莉，你讲一个的时候，卢森堡才注意到她，才发觉角落里坐了这么一个素净的美人。身材娇小，但是皮肤细、白，坐在四月的暮春，像是饱胀得吹弹可破，头发全部挽在耳后，一对翡翠耳坠在白璧似的脸颊旁晃动着。

卢森堡个子很高，一米八四，所以他女朋友的身高一直保持在一米七左右，一米六八到一米七二，略有浮动。老卢曾问过他："你怎么做到的？"那时候卢森堡正在老卢家的卫生间里对着镜子梳头，他有点太高了，所以得弓着腰，低着头。老卢问得他一愣，愣过了之后，他随即答道："巧合吧。"可事后，卢森堡想了想，也未必吧，估计是他只对长腿美女来电。也有那么几个矮个子的女孩约过他，约过之后，就不了了之。

可偏偏莫莉就不高，她穿高跟鞋能过他的肩膀，在喉结以下的某个位置；不穿高跟鞋呢，大概就只能及他的肩膀了。他估算过，她应该在一米六左右，体重呢，大约四十九公斤。不要问他怎么能估得这么准确，这么多年过来了，他只要一抱女孩子，脑袋里不是想别的什么，而是报幕一般显示出她的体重来。

当时老卢说："莫莉，你讲一个。"是带着点笑看着她的，一直不怎么出声的她笑了笑，露出一排细密洁白的牙齿，落落大方地说："好，我讲一个。"声音不大，但讲出来的故事却有点惊世骇俗。

"某天晚上，一个中年男人去酒吧，他想寻找一点刺激。"刚说到这里，大家都哧哧地笑了，带着某种心领神会。

"终于，在酒吧的角落里，他找到了一个猎物。女人很漂亮，也很有品位，一个人喝酒，一个人抽烟，一副郁郁寡欢的样子。"人们安静下来，听着莫莉静静往下讲。

"他坐过去搭讪。果然，一切进行得很顺利，半个小时后，女人看着他，伸出了五根手指。"

莫莉不急不缓，接着往下讲。"'五百？'男人心想，'太他妈划算了，只花五百块钱就能跟这么美的女人共度一晚！'于是，他一把抓住女人的五根手指，付了酒钱，拉着她就来到了酒店。"

"当晚，红鸾被里度春宵。"听到男人的话，莫莉捂嘴笑了。大家也都跟着哄笑起来。男人们鼓起掌来，以为故事结束了，但莫莉的声音又穿透了人群，接着说道："第二天早上，男人醒来，伸手一摸，身边已经没有人了，再转头一看，床头柜上放着五百块。原来——是我被消费了。男人才恍然大悟。"

莫莉缓缓说完后，女人们都鼓起掌来，男人们都有点讪讪的。卢森堡当时什么感觉呢？应该感觉就像是被嫖过吧？他看了看老卢，老卢还在笑，但那笑声，有点意味深长。

莫莉为什么会讲这么个故事呢？卢森堡在开车回家的路上，雨刷一边奋力地刷着雨水和被雨水打到玻璃窗上的樟树嫩叶，答案可能有两个：一个是她与在座的某个男人有染，男人自以为占了便宜，到处讲，她便讲这个故事警告他；第二个原因就是与春天有关，这个女人想告诉别人，她需要。不过，卢森堡马上又否定了自己的第二个设想，他甚至一个人在车里摇了摇头，凭他多年对女人的观察，她应该不是生猛的那一类。倒是对于此刻，对于此刻的自己，他想起她，倒是和春天有关。他叹了口气，突然有一句话从他的脑海里冒了出来："到了这把年纪，任何能唤起他情欲的女人，都是有美德的啊！"

这句话是他说的吗？不不不，他还有着大把的时光可以好好享乐呢，是老卢吗？找个机会，一定要好好问问他。但此时此刻，他却真真切切地体会到了这句话里蕴含的痴狂。

二

他站起来，撑着黑色的布纹雨伞，从院里穿过，来到临街的咖啡馆，他看到一个年轻男子从门口经过，穿着浅色衬衣，提着公文包，雨伞下露出神情凝重的一张脸，装了一麻袋心事似的。

更年轻一些时，他也和他一样，穿着白色或浅蓝色衬衣，衬衣扎在黑色休闲长裤里，头发纹丝不乱，看上去像个高级白领，可只有他自己知道，他是公司里最底层的打工者，卡座在最外边，差点就连上了茶水间。后来，他狂追一位女同事，受到对方的白眼后，只好辞了职，一鼓作气连开了三家公司，但开的公司不久便一家一家倒闭了，他在家里睡了半年。再后来呢，父亲在花楼街的面粉厂拆迁了，给他买了一栋两百平方米的房子，对欧洲无限神往的父亲又在这条路上买下了一栋小洋楼，楼房不算很大，但怎么着也是清朝末年俄罗斯人建的。再后来呢，这条路竟然被市政府规划成了步行街，绿树浓荫，老房子诉说老风情，这里成了人们怀旧的好去处。他适时把临街的铺面租出去了，租金足以支撑他过上体面的好日子。

年轻时想着要奋斗，一鼓作气，再鼓作势，三鼓放了哑炮之后，大多数人都会作罢了。他也是这样。

老卢常被人认为是他的叔叔或者堂兄，但他们的情况完全不一样。老卢生在农村长在农村，20世纪80年代才进城，也是吃过一些苦的，所以对老婆孩子特别好。谁知道他老婆在麻将桌上认识了个小白脸，卷了一笔钱，跟小白脸跑了。自那以后，老卢的私生活就像开了闸的洪水一样，奔腾，凶猛，席卷一切。

当然，这话是老卢说的，他打不出这样的比喻来。老卢常常会说出"青蛙在鼓噪"这样一类的句子，带着些田野的气息，又贴切，又劲道。他形容鼓噪会怎么说呢，像风吹饱了船帆，不不不，这也不是他的句子，是他父亲的。他只会说："像风吹鼓了窗帘，唉，太没劲了！"

但那天，老卢到底讲了个什么故事呢？他想了想，没想起来，难道是因为昨天喝断片了？他又定了定神，还是没想起来，但可以肯定的是，老卢讲了，而且真是讲了一个关于吃的故事。关于这方面的故事，他真有一箩筐啊！对，一箩筐，这也是老卢的比喻。

刚开始的时候，卢森堡总以为莫莉是老卢的什么人，总觉得老卢对她特别好。但老卢不以为然。她没花过他一分钱，他也没为她办过一件事，怎么算好呢？

在这方面，他是相信老卢的判断的，可他为什么就觉得老卢对她特别好呢？

后来跟莫莉好上后，他故意挑衅般带她上老卢那儿，当着老卢的面亲她抱她，做些亲昵的小动作，但老卢真的没有变化，还是一如往常地待她。是的，他带她上老卢那儿去过几次，但好像也就几次。后来呢？后来的事，一概不记得。这会儿他真有点紧张了，难道自己的记忆力塌方了？他又抽了支烟，定了一会儿神，想起来了，他们没有以后。

继那次排山倒海般的初恋后，他对莫莉是下了功夫的，几乎让他认为自己要浪子回头了，几次做梦，梦见儿女绕膝，莫莉炒好了菜端上桌……但最后他们不了了之。

那他们到底发展到哪一步了呢？好像也仅仅是拥抱亲吻，仅此而已。

他把烟蒂扔在地上，用脚踩灭了，完全不顾女服务生的白眼，又撑起伞，走进了雨里。此时此刻，他是如此地想她，就像有一万只青蛙在心里鼓噪。

三

卢森堡一边撑着伞走在雨里，一边用夹着香烟的手指翻手机，通讯录里有几百个联系人，却没有莫莉的。也难怪，这么多年过去了，手机都换好几代了。

卢森堡快步来到老卢的店里，往椅子上一靠，开门见山第一句就是："你有莫莉的联系方式吗？"

老卢正在调百叶窗，他想寻找一个合适的高度，让客人们既可以看到窗外的春色，又不至于光线太亮。他扭过头来说："怎么突然又想起她？"卢森堡注意到了，他没有说有，也没有说没有，更没有问哪个莫莉。这让卢森堡心里一紧，像有一道裂缝在心里划开。

老卢调好百叶窗，转过身来，又拿一支鸡毛掸子掸着案几上的灰尘，卢森堡一直看着他，终于看得他不得不正视自己。"那要问你自己啊，你怎么把她的联系方式弄丢了？"他说完就在茶几前坐下来。

十年了，手机都换好几个了。

你们要是一直有联系，就不会丢。

卢森堡无话可说。老卢说话就是一针见血。没办法，出过体力的人说话就是直接，因为他需要用最简单的方式解决问题。这是老卢说的。

"当时你俩怎么就不了了之呢？"老卢问。

卢森堡用一口长长的烟雾代替了叹息。

"十年过去了，怕也是孩子他妈了吧？"老卢又说。

卢森堡心里又闪过一道痛苦的裂缝，甚至拿烟的手都有点颤抖了，为了掩饰自己的失态，他故作轻松地问老卢："你还记得她讲的那个故事吗？"

"什么故事？"

"就是那个'消费'。"

老卢还是一头雾水。卢森堡不得不把那个故事重复了一遍："你说，她为什么会讲这么个故事呢？"

"不不不，"老卢把头摇得像拨浪鼓，带着步入老年的沉稳，他把沸水冲入茶盏之中，"不，那个故事不是她讲的，她讲的是另一个。"

卢森堡从椅子上坐直了，"不可能，我就是因为这个故事开始注意她的。"

"不。"老卢很肯定地说，"她讲了另一个故事。"

卢森堡呆住了，这个故事跟那个故事之间根本没有任何相似之处，是他还是老卢记错了？他不大相信老卢的记忆力，于是问："你还记得你讲的什么吗？"

"我？我讲了一个关于吃的故事，关于这一类的故事我总是很多。"这回，老卢没有用一箩筐来形容，也许进城太久了吧，他已经把箩筐忘了。

卢森堡看着他，期待着他把那个故事再讲一次。老卢会意，便慢条斯理开了腔。

"我出生在50年代末，这你知道的，70年代中期，正是长身体的时候，可那时候，中国老百姓的日子还是很苦很苦的。中学有位老师，据说是师专毕业后下放来的，不知怎么的，就跟我特别投缘。那时候，学校基本上不怎么上课，大队出工的时候，我们常常一起开溜。他带我到河里捕鱼，树上捉知了，草丛里逮蚂蚱，然后，一律烤着吃。我至今还记得，那蚂蚱的大腿，外皮金黄酥脆，肉质香嫩可口，骨头嚼起来嘎嘣嘎嘣脆。"

到这里，卢森堡想起来了，老卢讲的是这个故事，因为当时讲到这儿，几位女士捂住嘴，一起发出"咦——"的一声惊叫。他想起了这个情景。

"后来，到了秋天，知了和蚂蚱都没了，家里快断炊的时候，老师给了我一张一斤的饭票。"

卢森堡彻底想起来了，老卢讲的就是这个故事。

"老师后来不断给我饭票，不断让我快要饿穿的肚子填满……"

老卢似乎已沉醉在其中了，卢森堡不忍心打断他。

"不知怎的，老师的行为引起了人们的怀疑，他们趁他外出时，撬开了他的房门，找到了好多饭票。他们拿在手里，左看右看，看不出什么问题来，但心里又有疑问，他哪来的这么多饭票呢？七翻八找，终于在他书桌的抽屉里找到了一张没有画完的饭票，那个红章子画得好圆哟，可惜只画了一半……"

讲到这里，老卢停了下来。

"后来呢？"新来的茶艺师来上班了，她把一大盆钻石翡翠搬进来，绿植的颜色真绿啊，绿得像要滴出汁液一般。"别说观赏植物，我们那时候吃的菜，都没有这么肥厚。"老卢说，"后来，老师被送去劳改了。"

"就这样完了？"茶艺师惊叫起来。

"成年后，我到处打听他的消息，但什么也没打听到。"

茶艺师直起身子来，叹了口气："那时候是那样，那时候的人，说丢就丢了呀。"

"现在不也是这样？"老卢笑了，又朝角落里的卢森堡努了努嘴。

茶艺师转过头来，笑问："怎么，卢先生要找前女友了？"

卢森堡无可奈何地笑了，坐直了一点，说："是啊，你有办法？"

"登寻人启事，兹有资深高富帅一枚，丢失旧情人若干，见到此广告……"

老卢和卢森堡都笑了。

卢森堡倒不是没有办法找到莫莉，以前多次送她回过家。那时候她家住在德润里，中山大道上的小巷子，在大道上只能看见一个小巷口，隐藏在卖丝袜、卖箱包、卖酸梅汤的小摊铺中间，几乎被忽略。往里走，却别有洞天，左右两边都有门洞，进去，一个小天井，四角里都是人家；走几步，上两个台阶，深邃幽暗吱吱作响的楼梯可以上到五六楼。每次莫莉只让他送到天井口，她在那里挥手向他作别，莞尔一笑。他退出来，听到楼梯吱呀作响，到响声骤然停了，只听到开门声，然后莫莉出现在窗口。她探出身来，娇小饱满的身体塞在对襟竖领的小旗袍里，伸出玉臂，再向他挥一挥。或是他去接她，也站在楼下的小巷子里，没得令，也没打算上去，在横七竖八晾着的床单被套、长裤短裈甚至鞋袜下站着，转来转去，一支一支地抽烟，终于看见莫莉伸出白藕似的手臂收衣服，就表示今天她要晚回来。

德润里还没拆迁，他要是找去，还是找得到她的，但他想了想，暗自叹了口气。毕竟不是毛头小伙子了，找一个女人，找到她家里去，一屋子甚至整个巷子的人都伸颈看着。年纪大了，他有些受不住这么多目光了。

"十年前，通讯方式已经很发达了呀，手机，QQ，微博……总应该还留着一个什么联系方式吧？"茶艺师和老卢低声说着什么，让他回过神来。

他想了想，有了！他用颤抖的手打开好久不用的企鹅头像，那时候他每天都要跟她在QQ上说两句的。他逐个在联系人里寻找："哪一个是莫莉？"

四

莫莉答应前来，这让卢森堡兴奋得有些忘乎所以。

两个小时前，卢森堡找回了密码，找到了那个最可能是莫莉的QQ号，尝试着对那个美女说了声"嗨"。

没多久，她回了他一个笑脸。

"你知道我是谁吗？"他想了想，问。

"知道。"

"知道？"

"知道。"

"谁？"

那个头像暗了一会儿，然后打出一行字："你穿43码的鞋。"

卢森堡的心一阵狂跳，像是心口上喷涌出香槟。他咧开嘴笑了，深呼吸一口气，又问："你还记得什么呢？"

那头回了一个笑脸，说："记得你喝醉了酒，嚷嚷着嚷嚷着，非要亲我，结果靠在我肩膀上睡着了。"

卢森堡喜笑颜开，随时需要按捺住自己那要跳出胸口的老心脏。

正巧她刚从福建回来，答应来老卢的茶楼坐坐。

老卢和茶艺师还在小声嘀咕着什么，他也顾不上他们了，站起来，吹着口哨朝自己的休息室走去。老卢对他格外优待，在后院给他辟了间单独的休息室。他梳了下头，刮了个脸，在腋下和耳后各喷上了不同的香水——不要以为会混杂着不同的味道，其实几乎没有味道，只不过略略会让人觉得神清气爽。最后，他对着镜子拔了几根白头发——谁说男人不老啊，老没老，自己心里有数呢。

莫莉进门的时候，正听到老卢在跟茶艺师们讲故事，于是她把踏进来的那只脚收了回去，倚在门框上，听老卢把故事讲完了。

"他那个媳妇特别好，怎么好呢？好到他一下班回家，媳妇擀了面条，一手端着碗，一手提着裤腰带，问：'先吃哪个呢？'"

茶艺师们低头哧哧地笑了。莫莉站在门外，也笑了。十年过去了，老卢老到一定程度后，就没变多少，头发还是花白，皱纹也没多几条。卢森堡呢，更是没有一点变化，原来偏瘦，现在圆润一点了，倒更显精神，只是脸色一向不太好，这是长期拥有夜生活的结果。没办法的，这一点，老天爷倒是公平的。

老卢面带惯有的微笑，继续慢条斯理地说："有一天，他回答说：'先吃面条，晚上回来再吃你。'等他晚上一进门，看见老婆单衣薄衫从房里跑到屋里，又从屋里跑到房里，浑身大汗。他问：'你这是干吗啊？'她答道：'给你热菜呀。'"

人们哄笑起来，一边议论纷纷，一边起身去做事。卢森堡这才发现了莫莉，她倚靠在门口，那门框子便成了一幅画。在卢森堡的注视下，莫莉缓缓把脚踏了进来，她穿着乔其纱暗绿竖条纹旗袍，外面罩着开衫，脚下是一双尖头软羊皮皮鞋，手上拿的却是一款香奈儿的手包。卢森堡的心又一阵莫名阵痛，她一定嫁人了，他想。还是老了些，照片上当然看不出来，因为可以美颜，但老了之后，多了一些沉静，还多了一些风情。进门后，她款款朝他走来，莞尔一笑，又令他的心跳动起来。不由分说，他揽住她，使劲把她往胸前按，好像想把这些年积累起来的情欲都发泄出来似的，可是，他有积累起来的情欲吗？没有。

老卢坐在茶几后面，他也站了起来，绕出来，伸出手来热切地跟她击了个掌。看得出来，两个人都很高兴。

"姑娘，这些年你干吗去了呢，跟糖似的化了？"

"我没有那么甜。"

"那就是盐了，反正都一样，都化了去了。这十年，你干吗了，给我们讲讲你的故事吧？"

"我的故事？"莫莉犹豫了一下，眼睛眨了一下，话风就变了，"就跟屎壳郎一样，在不停地滚粪球。"

"哈哈哈……"老卢笑了，拿眼睛瞟了一下卢森堡，心想，你怎么不说话？你把她叫来又不说话，跟这么聪明的姑娘聊天，好锻炼智商的咯。卢森堡会意，于是笑了笑，接过话头："那你现在不是有很多粪球了？"

轮到莫莉笑了，她笑着说："还不及卢老板的一餐饭。"

话音一落，两个男人又瞪着眼对视了一番，然后不约而同地哈哈大笑起来，都指着对方的鼻子，说："说你呢！"没办法，这姑娘太聪明了，嘴太狠，卢森堡想。

也许是不知从何说起，老卢提起那年讲的故事："你还记得自己讲的是哪一个吗？"

莫莉微蹙着眉头，脸上拧出一个问号的样子。

老卢不得不把两个故事复述一遍。莫莉还是一副云里雾里的样子，她歪着头，微蹙着眉毛，沉默了半天，才说："我讲的是另一个故事。"

老卢和卢森堡两人惊讶地对视一眼，眼神里满是不敢相信和慌张。莫莉把这一切看在眼里，但这并没有阻止她把故事讲下去。

"屎壳郎，你们知道吗？"

老卢和卢森堡点了点头，却不知道这和莫莉的故事有什么相干。

"春天的时候……"卢森堡想，原来这个故事也和春天有关，却只听到莫莉缓缓往下说，"春天的时候，鹰在草原上狩猎，它在追赶一只兔子。眼看鹰就要追上来了，这时兔子正好看到一只正在滚粪球的屎壳郎，就跑到屎壳郎的身后，求它救救自己。屎壳郎答应了。它挡在兔子和鹰中间，请求鹰看在它的面子上，等春天过了再来吃兔子。鹰很骄傲，冷笑了一声，当着屎壳郎的面吃掉了兔子。"

卢森堡又和老卢交换了一下眼神，这是十年前她讲的那个故事吗，怎么他们一点印象也没有？这十年，莫莉到底经历了些什么？但是莫莉的故事还没有完，她轻轻呷了一口面前的大红袍，继续讲道："从此以后，只要鹰产卵的季节，屎壳郎就出来了，它会在它的每一个窝里堆上粪球和虫卵。鹰向上帝求助，上帝答应了鹰，让它在自己的袍子里产卵，然而，屎壳郎也推了一个粪球到上帝的袍子里，上帝很爱干净，怕把自己的袍子弄脏了，连忙站起来，抖落粪球的时候，也把鹰的卵摔碎了。后来，鹰就只能在屎壳郎不出来的季节，在高高的悬崖上产卵了。"

故事讲完了，老卢愣了一会儿神，过了片刻才鼓起掌来，说："这真是一个好故事。"

莫莉笑了一下："好吗？"

"好。"

"真的好？"

"真的。"老卢把金红透亮的茶汤倒入公道杯，又给莫莉斟了点儿，一时间，几个人都没有话了。

五

晚饭是老卢安排的，私厨，一天只开一桌的那种，是老卢的朋友开的，就在附近，他们既是朋友又是合作伙伴，所以临时给老卢加了一桌。三个人坐在院子的玻璃房里，屋檐下小雨滴答，餐桌上，小火炉噗噗炖着鹿尾。

"这一餐，怕真是要吃掉我好多年的积蓄吧？"莫莉把一截雕着花的木炭投进小火炉里，一阵异香飘了出来。

"哪有那么夸张！"老卢挥了一下手，又给莫莉斟了点儿红酒，"我特别喜欢坐在这儿，这雨声总让我想起乡下漏雨的房子。那时候年轻，刚结婚没多久，老房子漏雨，两人干到一半，房子漏起雨来了，只得跳下床来，找盆儿罐儿，接雨。两个人兴致好呀，接好了，跑到床上又干起来，哪知雨撵到床上了，换个边儿，把她挪外边儿来，可没两下，外边也漏起来了。"

老卢讲的这个故事，卢森堡没听过，他低下头想，老卢怎么突然讲起这个来了呢？这时莫莉清了清嗓子，低声说："也让我想起我家小时候的房子。"这话让卢森堡吃了一惊，他从一小块青海羊羔肉上抬起头来，看着莫莉。只见她放下筷子，顿了顿，仿佛下了很大决心似的，接着说："房子是爷爷厂里分的小单间，爷爷生了五个儿子两个女儿，人人有份。一张床上躺四五个小孩，横着，并排着躺着，晚上，谁那里漏雨谁倒霉，只得端着盆坐着，或者到床边去靠着。"

"后来呢，后来不漏了吧？"卢森堡想问，问不出口。

这雨声听着听着就有些聒噪了，三个人默默地吃完了这顿饭。

饭后，卢森堡打算送莫莉回去。趁莫莉上洗手间的当儿，老卢把车钥匙塞给卢森堡，那是他新买的路虎，末了，还向他使了个眼色。可不知怎的，卢森堡觉得有些力不从心了。

莫莉从卫生间出来，一边拿纸揩着手，一边伸头看着外面的雨。雨似乎越下越大，青方砖铺就的地面，已经是一片一片的湿印子，和着莫莉墨绿色的旗袍，像是雨下到了她的身上。卢森堡突然很想抱她一下，正要走远的情欲似乎又被唤回来了，但还有别的什么。可莫莉看了看他手里的车钥匙，说："搭地铁吧。"

"拿着香奈儿的手包搭地铁？"卢森堡问。

"A货。"莫莉把手包举起来，在卢森堡眼前晃了晃说，"A得不能再A。"卢森堡就不便再说什么。之前跟莫莉在一块儿的时候，她几乎什么都迁就他，除了那事儿。这次，他准备迁就一下她。

卢森堡打着他的黑布纹雨伞，莫莉挽着他的胳膊，两人一同走在雨下。街灯晦暗不明，还不如夏夜的一盏萤火，倒是不远处一闪而过的车灯起了照明作用，把两人投射在积水里的影子拉得很长，皮鞋踏着水印子，敲击着青石板，下水道里间或有积水流淌的声音。车灯从后面来的时候，卢森堡看到了两人的剪影，娇小的莫莉挽着她，因怕把胳膊打湿了，有一点点靠着他的样子。他的心在雨里软了，结婚十年的好夫妻，怕就是这个样子的吧？

他有些不能理解地铁，一条龙，在地底下窜，还要过江。他纳闷，但也从来不说。他和老卢，是从来不坐地铁的，宁愿慢，宁愿堵，也宁愿在地上看风景，尽管这个城市，地铁已经有了差不多十年的历史。十年，正是他和莫莉分开的时间啊！

幸好有莫莉带着，她帮他，买票，进站，刷卡，莫莉还告诉他，要是在北京乘地铁，每个地铁口都要安检，还检查得特别仔细。这些年，莫莉到底去了多少地方？从她嘴里一会儿蹦出一个城市。

地铁里人很多，他找了个地方抓住把杆，但莫莉只能抓住吊环。地铁开起来时，她随着车子的颠簸一下扑在他怀里，他心里又涌起了异样的感觉，很想像那些小青年情侣一样把她搂在怀里，但他不知道她是怎么想的。

"让你跟我一块儿乘地铁，为难你了吧？"莫莉突然抬起头。

"哪里。"他忍不住伸出手去，捋了捋她额前的一缕湿发，手顺着她的胳膊滑到她的手腕处，她的衣服湿漉漉的，虽然隔着薄薄的开衫，他也感觉到她胳膊的冰凉。他捏住了她白皙冰凉的手腕。

"你们那个阶层的人，很少坐地铁吧？"莫莉又说。卢森堡看了她一眼，发现她正看着自己，眼睛里没有恶意，他想说："是的，这是我第一次坐，开车还是方便一点。"但他说出口的是："莫莉，本来你是可以和我一个阶层的。"

"一脚踏进你的阶层？"莫莉仰起脸来。

今天的莫莉怎么了，句句话带刺儿。卢森堡有点快要失去耐心了，但还是点了点头。

车子到了一个大站，下去很多人，又上来很多人，流动的空气似乎暂时缓解了压抑气氛。卢森堡找到一个位置坐下来，莫莉走过去，把手搭在他肩上，说："好难的。你看到老卢没？他拼尽一生，跟你成了朋友，可他半只脚还在我们这儿。"卢森堡看着她，不太理解，等着她继续往下说。

"遇到你之前，我的人生还不曾很用力，遇到你之后，我觉得咱俩行不通，就想着，要不努把力试试？"

"为什么行不通呢？"

"给你买一条皮带，我得存半年的工资。"

"你也可以不买的。"

"那我送你什么呢？我自己吗？可我不敢的，不敢赌。穷人是没有本儿的。"

"就因为这个？"卢森堡看着她。

我根本无法带你见我的家人。卢森堡想起了那吱呀吱呀的楼梯和楼梯尽头抹不开的黑暗。他的确从未踏进去过，也从未想过要踏进去。卢森堡知道他要再次失去她了，便把她拉到自己身边，抱着她，让她在自己的大腿上坐下来。他把自己的额头抵着她的额头，开始亲吻她的脸颊。"我们不能再试一下吗？"他低声在她耳边问。

莫莉说了声什么，他没听清，因为地铁到站了。车门打开，人群向门外涌去，莫莉也站了起来，牵着他的手，随着人流向外走。

来到地面，是一片空旷的绿地，雨后的清新空气瞬间包围了他，远处有蛙鸣阵阵传来。看来莫莉住得很偏了。雨停了，伞就显得有些多余了，卢森堡把伞左右晃动了两下，把上面的雨水抖落，把一片一片伞叶平抻。提在手里，伞就成了一件装饰品。为什么会这样？莫莉想，是因为他本身就是一个多余的人吗？

卢森堡一手提着伞，一手拉着莫莉，在方砖铺就的小路上往前走。"下雨还好些，下雨还能挨紧些。"卢森堡说。

莫莉笑了，头一歪，小嘴儿一嘟，就挽上了他的胳膊，有几分故意的，步子迈得大大的，踢踢踏踏的，也不管路上的积水溅到了他的裤腿上。雨水穿透裤子，濡湿了他的皮肤，冰凉凉的，他感觉到有几十张小嘴在吮吸他的小腿。卢森堡的心又为之一软。他把她的手往上拉了拉，夹得更紧了。可是很快，到了莫莉住的小区，进了院子，走到她楼下，可她似乎没有要邀请他上去坐坐的意思。

"谢谢你送我回来。"

她站在他对面，两步开外的地方，并拢双腿，两手交叉握在胸前，标准的礼仪姿势。"回去怎么坐车，知道吗？"她问。似乎没有给他回旋的余地。以前是房子太破，兄弟姐妹全是眼睛，现在，她应该是一个人住吧？也不让他上去！

"都到楼下了，也不让我上去喝杯茶？"他把心一横，厚着脸皮说。

莫莉笑了笑，卢森堡几乎要绝望地闭上眼睛，耳朵正准备迎接"不了"二字，却听到莫莉带着笑意说道："五十万！"

卢森堡大吃一惊，睁大了眼睛。他想说："莫莉，你怎么变成这样？"却听到她接着说："保证会让你有前所未有的体验。"他的下巴都快要惊掉了，雨伞差一点滑落，却听到她又说："你不是出不起的人吧？"

"三十万！"

卢森堡转身走了。他想，从此可以放下这么一个人了。他步子迈得很大，走得干净利落，却听到莫莉在那边幽幽地说："你不想知道我这些年的故事吗？"

六

莫莉的房子很小，但装修得不错，简单，舒适，一件多余的物件都没有，开关就是开关，灯就是灯，凳子就是凳子。这或许跟她小时候生活在拥挤的家里有关。这房子，这布置，也隐隐地透露出莫莉似乎打算永远一个人生活下去。

卢森堡没有把这些疑问装进心里，他上来就揽住莫莉的腰，一只手抽出来，托住她的头，把她死死抱在怀里，不容分说，在她左右脸颊狠狠亲了两下，然后把她推到墙上，开始扯她的衣服，精致的盘扣怎么也解不开，他干脆一狠心，抓住领口，狠命一扯。

"衣服扯坏了！"莫莉嚷道。

"扯坏了我给你买！"

衣服碎了一大块，莫莉的白胸露了出来，卢森堡的手就上去了。

"干什么呀，你这流氓！"

"你说干什么呢？"卢森堡一边动作，一边含糊不清地回答，"深更半夜，孤男寡女，你说我干什么呢？干我该干的！"说着，身子压着她，手便顺着旗袍往下走。

这时莫莉已经有些气喘吁吁了，一双手想推他，哪里推得动，他压在她身上，一只手扣住她的肩，另一只手已到了屁股上，一只大手捏住两瓣小巧浑圆的屁股，使劲地揉搓起来。莫莉又踢又咬，可是奈何不了他。终于，卢森堡把右手收回来了，放在她肩头。莫莉刚准备说点什么，却被他把肩一扳，顿时，她就在他怀里翻了个面。他把胸腔压在她肩头，左手扳住她的腰，她便动弹不得了。一气呵成地，他的右手就伸到裙子里去了，摸摸索索拽住了内裤，使劲往下一扯……就在这时，卢森堡的电话响起来了。

卢森堡并没有要管电话的意思，左手揽住莫莉的腰，往后一捞，右手又动起来，可是电话响个不停，大有不接不罢休的架势。好不容易等它停了，卢森堡准备再发力的时候，它又响起来。如此反复，卢森堡终于被它弄得泄了气。趁他接电话的当儿，莫莉一转身，反手一推，已从他前胸溜了出来。

等卢森堡接完电话，莫莉已换了一套齐整的家居服出来了。

"谁说的，保证让我有前所未有的人生体验的？"卢森堡挂掉电话，瞪着她。

莫莉一笑："谁说人生体验就是交配呢，交配的人生你还没体验够？不能是听故事吗，你最后不也是因为想听我的故事才上来的吗？"

卢森堡有些无奈，在莫莉家的地板上坐下来。客厅里没有沙发。

莫莉给他倒了杯水，远远放在他手边的地上。这回，如莫莉预料的，他没有扑上来拉扯她。

喝了一杯凉水，卢森堡平静了些。"你很缺钱用吗？"他问。

莫莉扑哧一声笑了，"我这一生，对于钱的渴望，就像老卢对于吃的渴望。"

"不不不，老卢现在并不渴望吃了，他只是爱讲吃的故事。"

莫莉喝了口水，按了一下手机，客厅的四个角落里就传出了舒缓的钢琴曲。

"你，我，老卢，我们的人生，在三个不同的季节里，夏天、秋天和冬天。"莫莉缓缓打开了话头，"然而，状态呢，却是三个天气，春风和煦，细雨微斜，大雨倾盆。不，或许用下雪来形容落在我童年时的贫穷更为相似，这场雪只落一次，可惜一落就是一生，我走啊走啊，努力走了半辈子，脚却始终被焊在雪地里，怎么也走不出去。"

卢森堡看着她，他不明白莫莉为什么非要用自己的双腿走到他身边，当初，他一伸手，他的整个世界不都是她的吗？

"如果我的人生从来都不曾用力，也许，你一伸手，我就可以跨到你的阶层，然而，我是个好孩子，你知道吗？积极，上进，体面……老卢一定知道，在泥地里，是不能用力的，越用力陷得越深。那用力的二十多年，已锻造了我的姿势。还记得我对你的百依百顺吗？那全是硬生生装的。

"从小，在那个大家庭里，我就要学会与人斗争，与父母斗，不让他们太过偏心，至少要让我有书读，有钱买课外作业，有一两套体面的能穿到学校的衣服，球鞋的补丁不能太多，袜子至少要能辨得出颜色，偶尔有几毛钱零花钱。春游的时候，同学们拿着各式零食站在码头的时候，我也能拿一个在手上装装样子，也不必管它是什么，好不好吃。要与弟弟妹妹们斗，早上抢洗脸盆，晚上抢台灯，谁睡门口，谁睡漏风的窗户底下，谁睡漏雨的地方，早上起来谁倒便盆，一件新衣服来了，谁先穿。与同学们斗，与有钱的同学斗，与没钱的同学斗，与那些想要揭开我家贫穷的同学斗，与漂亮又有钱的同学斗，与漂亮却同样贫穷的同学斗，比成绩，比衣服，后来就是比男生们的眼光了……还有老师，甚至社会上的每一个人。早上你拿一个搪瓷缸子去买热干面，买三碗，回来后，一大家人分。你一个小孩，站在队伍最后面，总有人插你的队。老板也不管，总是从你头顶接过那些大人的碗。一碗牛肉面，一碗瘦肉面，一碗炒粉，你真吃不起，谁的钱多，老板娘就给谁多一点的笑脸。轮到你了，总是白眼，煮面的水，总是溅到你身上。那时候，你才高案板一点，很多时候，水是溅到了你脸上，你胸前。关键是，买回去的面还少，根本不够一家人吃，你没有别的办法。于是，你知道了，你只得放狠一点，你不要人插队，谁插队你就踩谁的脚，也不管他穿的新皮鞋还是白球鞋。当然，这样，你就得穿一双破拖鞋出门了。你学会了把搪瓷碗往案板上一顿，眼睛一七，声音不高语气却不低，指挥下人般指挥老板娘："下三碗热干面！"他们竟也真乖乖的了，低眉顺眼把面下了，心里含着更多的气。等你一转身，他们便在后面戳着你的脊梁骨说："哟，那个贱货，这么小就一副妖精相，长大了肯定是个卖货！"你都听见了，于是，下次，你更狠了。有什么地方你不需要斗争的呢？没有，对于一个贫穷又想要体面的女孩子来说，太难了，几乎没有地方不需要斗争，你要在人群中杀出一条血路来！衣服，商场里的倒是明码标价，可是你肯定买不起。只有在小摊上，汉正街，保成路夜市，一件裙子，开价八百八。你要还到五十，老板可能还能勉强把笑容贴在脸上，但要还到三十，她就要破口大骂了。骂也就骂吧，她也有怨气，她也要吃饭要活下去。可骂完了也还是要卖的！这也就是为什么外地人看不懂武汉人，一顿高声叫骂，骂完了彼此的娘和祖宗十八代，然后又亲热得不得了，勾肩拍背，都做兄弟了，你的娘也是我的娘，你的祖宗也是我的祖宗，那就骂的不是你，而是我自己问候祖宗了，还不行吗?

"等着你驾着五彩祥云来接我? 不敢奢望有那一天。我在枯井里坐了二十几年，太冷了，我得想办法爬上去。爬到半道，你突然把头探进来。你就这么窥视一眼，我就知道，你是我的救命稻草，我得逮着你，爬上去。汉口弄堂里长大的女孩子都有这本事，懂得为自己打算，不为自己打算谁替你打算呢? 父母卑微，活都活不过来，等着他们安排，那就等着嫁个老实巴交的吧。只有自己才知道自己想要什么样的人。这不，有美貌的拼美貌，有身材的拼身材，长得高的拼身高，有钱的拼父母、拼家世，有才的拼学历，从来都是一场没有声音的厮杀。我长得不算高，也不算惊艳，只有智商。于是，当你把目光投向我的时候，我要在开口讲第一句话时就抓住你……"

卢森堡换了个坐姿，说: "那你成功了。"

莫莉点了点头，有点儿成竹在胸的样子，但又似乎因为这成竹在胸而带着点儿羞赧。

"那为什么又放弃了呢? "

"一只鸡好不容易学会了飞翔，但你要她变成仙鹤，迈着大长腿在水边散步，这，对于一只会飞的鸡来说，并不容易。就像老卢，到现在，他都忘不了吃，尽管他再也不会饥饿了，但饥饿感遍布了他的人生。"

卢森堡不再作声，为了让自己坐得舒服点儿，他伸手把附近的那个蒲团也捞了过来，塞到了后背，靠在墙上: "接着，继续，请。"

"刚才那个电话，是老卢打的吧？"莫莉突然问。

卢森堡点了点头，突然一下警觉地坐直了身体，一个念头像闪电一样劈过了他的脑海："你？他？你和他？"

莫莉轻轻摇了摇头，像是否认这种关系，又像是叫他不要着急："听我慢慢往下讲，如果一下讲到结尾，这故事还有什么意思呢？"

卢森堡重新又靠在垫子上，听莫莉往下讲。

"那段时间，老卢特别沉迷于讲故事，喝茶时要我们讲，喝酒时也要我们讲，只要是聚会，他都会叫我们讲讲故事。后来，我就发现，讲故事的分为三类人，一类是吃过苦的，像老卢，忆苦思甜，特别喜欢讲那时候的苦难；一类是丧失权势的，也就是说曾经是当过官的，喜欢讲一讲当年勇；还有一类呢，就是特别喜欢吸引人注意的。"

"我属于哪一类呢？"卢森堡问。

"你哪一类都不属于，所以你的故事讲不好。"

"而故事的内容呢，也粗略分为三类：一类情色，艳遇，那些男人，没发生在自己身上的事，喜欢扣上自己的名，真发生在自己身上的呢，又喜欢假借他人之身，反正真真假假，假假真真，过一把意淫的瘾；第二类，奇闻逸事，这样的故事不多，需要在雪夜，半斤酒下肚，那些跑江湖的，讲出来都是叫你咋舌的，听一个，保证你一辈子不会忘记。"

"第三类呢？"

"我把我和老卢的故事，全都归为第三类，吃。"

"吃？"卢森堡吃惊地问了一声，突然就明白了。他想起老卢下午讲的故事了，可莫莉又补充了一句，"我们一生都在完成吃的大业，所以讲出来的故事都是各种各样的吃。"

"所以，你和老卢，"卢森堡问得小心翼翼，"是一类人？"

"是的，我创业的第一桶金，是他给的。"

"他给的？"卢森堡把"给"字说得很重，"那你们？"

"你说呢？孤男寡女，恩情蜜意，干柴烈火……"

卢森堡一伸手，把面前的水杯铲飞了，又一脚踢翻了茶几，他弯腰拾起地上的蒲团，狠狠打在莫莉身上："你这个贱女人，你要钱，为什么不找我呢？"

莫莉把蒲团扯下来，扔在地上："就你这样，叫我跟你要钱，我开得了口吗？何况我跟他，又不是买卖，是真正的顺其自然，水到渠成……"

"顺其自然，水到渠成？"卢森堡一把把莫莉拎了起来，一张狰狞的脸凑到她面前，扬起手来就要打。莫莉看着他，很平静，眼里的威慑终于把他的怒火压了下去。他一松手，莫莉晃了两晃，扶着墙站稳了。

过了片刻，卢森堡终于又开了口："你很缺钱吗，你要钱干什么？"

"我家的老房子，在漫长的等待拆迁的过程中，我的父母四处托人帮忙，几乎耗尽了他们的家财，但最后呢，又说不拆了。我父母想找人去把那些送出去的东西要回来，别的也就算了，其中有一对金镶玉的耳环，据说是高祖在浮梁当县令时添置的。这也是父母唯一分到的家产。就为这一对耳环，我父母羞愤交加，相继离世了。东西是我托人送出去的，我却没能帮他们要回来，我保护不了他们，我感到深深的自责。也是因为这个原因，我离开了武汉离开了你。我可以选择永远不回来，或者至少不要回德润里，可，除此之外，这世上还有什么跟我有关的东西呢？于是，我想把那栋老宅买回来，一整栋，既是给父母一个安慰，也想从那里重新开始自己的人生。"

"重新开始？"卢森堡有些不解。

"是的。我需要房子宽一点儿。天井里不要堆放杂物，劈柴、板炭、旧橱柜全都拿走。天井里要亮一点儿，摆两个石墩，放几盆兰花。楼梯要修一修，自己整个青春期都在担心再长胖一点儿就能把楼梯压断，不管什么时候回来，都是提着一颗心，仿佛提着一颗心就能让自己变轻一点儿。那幽暗的楼道，墙上的广告，我都要铲下来。我想给父母留一个单独的房间，他们相处得不好，可能跟没有时间单独相处有关。我自己也要有一个单独的房间，如果回到那时，能请你上去坐一下，看着我梳妆，也许，我们能够走得更近一点，而不是始终带着隔膜。弟弟，我欺负得最多，倒便盆的事，他做得最多，我要给他一个带卫生间的房子，让他每次去青少年宫踢完球回来，能够畅快洗个澡，还能在自己的小房间会朋友……总而言之，我要在这个房子里重新长大，让那些幽暗的、隐秘的、连绵不绝的贫穷和痛，都从我的人生里清除出去，让我的一生也能变得轻盈一些。"

莫莉缓缓说完，就趴在茶几上睡着了。也许这样的倾吐，让她变得轻松一点了。

不知这样过了多久，卢森堡站起身来，来到阳台上。在黎明前的夜色中，他抽了一根烟。莫莉的故事，他还是有点理解不了，但这三十万，还是要给她的，不是因为别的，是因为他给得起。莫莉睡着了，要不要去把她叫醒呢，还是把她抱到床上去？他抽完最后一口，把烟蒂弹了出去，从十九楼上俯瞰着它在空中划出一道长长的弧线，最终消失不见了。

此时此刻，他有一点点的心疼，为那三十万。当然，只有一点点。但为了这一点点，他必须做点什么。他打开通往客厅的门，钻了进去。

2019年4月24日于华科7号楼

乞力马扎罗的诱惑

一

也许，我的生活被打乱，就是从我提回一袋美金开始的吧。

多年后的一个秋天，我们坐在江边，面对滔滔奔流的江水，看着芦苇丛中走来一对对拍婚纱照的情侣，不远处的江面上响起了一声声悠长的汽笛，阿盲的话匣子打开了。

那时候，阿盲还在开的士。

阿盲，只是高度近视，那是我们初中那会儿给他取的外号，不论谁喊，他都能答应，所以一直叫到了现在。照说，一个高度近视的人，是不应该开的士的，可生活嘛，哪来那么多"照说"。读书那会儿，老师老说"照这样计算"如何如何，比如一个人两分钟吃一个馒头，十分钟吃几个？半小时吃几个？稻谷亩产1000斤，每年递增10%，第二年亩产多少？第五年多少？一个人十分钟吃五个馒头，半小时还是吃五个，至于亩产嘛，现在的超级水稻亩产1600斤左右，跟第几年几乎无关。所以，成绩优异，超级会演算一边进水一边出水的阿盲也理所当然地开上了的士，而且开得不错，从未违章，从未遭到乘客投诉，从来都是拾金不昧。他的车干净整洁，就像他的人一样。

然而，除了那袋美金。

那是个初夏的深夜，草木茂盛，树叶蓊郁，阿盲的车开到城边。刚送走一位乘客，他停下来，准备去树丛里嘘嘘一下。哪知车刚停稳，就从浓黑的树荫里走出来一个人，要打的。阿盲问了地址，不是很远，便把尿意憋了回去。

那人上了车，坐在副驾驶的座位上，表情严肃，一副拒绝讲话的样子。阿盲看了看，本就话不多的他便闭了嘴。到了目的地，那人付了钱，下了车，一阵小跑，跑进一片浓荫之中，便消失不见了。

同样是一片浓荫，一点也不影响阿盲嘘嘘。他钻到树林里，长长嘘了一顿后，回到车旁，活动了一下手脚，在树下深深吸了几口新鲜空气。正准备上车，他猛然想起，刚才那人上车的时候拎着一个黑色塑料袋，而他下车时两手空空。阿盲活动着僵硬的脖子，心想：等一会儿吧，那人估计要回来的。他早已不是第一次捡到东西，各种各样的乘客丢各种各样的东西，衣服，钱包，土特产，手提电脑，甚至孩子，他都如数上交给公司了，所以他年年是优秀员工。可是等了大约十分钟，那人还没有回来。那人在路边拦的车，不是网上预约，可能联系不到他，阿盲想。那人下车后又直直地朝前跑去，根本什么也没看。他为什么在鸟不生蛋的地方上车，又到鸟不拉屎的地方下车，下车还跑……阿盲回忆起那人的种种表现，不觉一阵脊背发凉，脑袋里不由得跳出几个法治新闻的标题——《男子深夜碎尸，抛尸计程车》《计程车主拾金不昧，"金"却是人手人脚》……一秒钟不到，阿盲跳到车右边，拉开椅子，取出那人放在座椅下的塑料袋，打开一看——或许不是看，而是当他的手指触及塑料袋的一刹那，他就知道，那是钱！等他打开一看，更是惊得下巴脱了臼，那是一捆捆，捆得整整齐齐方方正正的崭新美钞，还带着银行的封条！

　　阿盲的心猛烈地跳动起来，他感到自己全身的血液都在往上涌，他的脸发胀，手发紧，嗓子发干，他粗略用手扒拉了一下，足足有十几捆之多！他左右看看，确认四下里无人，又把酒瓶底似的眼镜取下来，放在T恤上擦了擦，重新戴上，再看，确实是美钞！他感到似乎有人抓住了他的脖子，猛地把他往上一提，有一种眩晕感，他把那一袋美钞抱在怀里，上了车，回到了驾驶室。他深吸了一口气，把袋子扎紧，扔到了座位底下，还毫无必要地把座椅往前移了移。他锁了车门，手握在方向盘上，却没有开车的打算，他在脑海里盘算着：那人是在路边拦的车，不是网约车，他付的是现金，不是支付宝，不是微信，没有要发票，他上车的时候从树荫下走出来，没看车牌，下车时在右手边，下去后直直地上了人行道，跑进了树荫里……阿盲深呼吸了一口气，又捋了捋思绪，他发动了车子。

这一回，他没有把钱交给公司。

二

一共有20万美金，折合人民币大约140万，这是他二十年的工资，阿盲迅速在脑海里扒拉了一下——二十年不吃不喝不拉撒的工资总和！二十年啊，多少个起早贪黑，多少个风里来雨里去，阿盲仿佛穿越了二十年的腥风血雨。天气恶劣的凌晨，交接班，凄风苦雨，等在空无一人的大街上，打着破伞，伸长脖子盼望车子的到来；半夜车坏了，一个人在路边苦等，等待救援的车子开来；辗转租房，结婚，寒酸的婚礼；孩子降临，高兴，却也愁苦，奶粉钱，医药费；母亲老了，生病，在医院打点滴，冰冷的病房，没有钱医治……就这一下，就得到了二十年的工资！不花一个小时，不费一滴油，不要一个油门刹车，就得到了二十年的工资总和！那是一套房子，一个家，甚至更多，阿盲禁不住这换算，这换算让他不能自已。

阿盲把车子发动，离开城郊，把车开到了灯火通明的汉口，可有人拦车也照样让他心惊胆战，他太怕被认出来了，钱被人要回去还在其次，更重要的是那种被人指认出的羞耻感，想一想就让他害怕。他把空车牌打下来，把车开回了德润里，停在里份门口，他关掉车灯，坐在没有灯光照射到的车内，把那笔美钞从座位下捞出来，搁在大腿上抚摸着，他就这样直挺挺地坐在车里，重复着这一个动作，任何一点风吹草动都让他一阵哆嗦，一只野猫从垃圾桶上跳下来，一对偷情的情侣从旁边嬉笑而过，一片树叶掉到引擎盖上……这样坐了一小时，阿盲像是经历了一场历时长久的酣战，浑身疲软地从车上走下来。他把那个黑色塑料袋装进每天携带的运动背包里，幸好它够大，除了他自己，谁也看不出来多装了什么。进门的时候，小影正背对着门在电饭煲里捣鼓着，听到门锁响动，她转过头来说："回来啦？"她冲阿盲一笑，然后又转过身去，阿盲趁机把背包轻轻放在凳子上，沉重的背包碰撞椅子发出轻微的响声，幸好小影没有注意。

"你在搞嘛事？"阿盲问。

"卤鸡蛋呀，"小影微笑着转过头来，"给你明天带着。"在武汉的大街小巷，最不缺的就是吃的，随便刹一脚，就能找到各种各样的好吃的，可小影依然这样，好像阿盲每次出车都是一趟远门。

"我有点累了。"他靠着墙坐下来。

"好，我把卫生间收拾一下，你就进来洗澡。"说着，小影进了卫生间，阿盲趁机把黑色塑料袋拿出来，丢到床底下。

小影是阿盲的女朋友。五六年前的一个傍晚，阿盲出车路过东亭一路，看到一栋石头砌的宅院，门口挂两个大红灯笼，夜色阑珊中，一个小个子女孩蹲在门口号啕大哭，宅院里或者说店家吧，没有一个人上前来看看，零星三两个路过的人也跟门口的石狮子一样无动于衷。阿盲把车停在马路对面，穿过呼啸的车流，跑过去问她怎么了，需不需要帮助。小影抬起哭皱的脸，哭肿的眼睛，看向阿盲。从此，她就跟着阿盲走了。

阿盲并没有要瞒着她的意思，恰恰相反，他是为了她才拿这笔钱的。一想到巨款，阿盲想到的首先是房子。阿盲想到的是小影和孩子们在地板上做游戏，她柔软纤细的腰肢在屋子里走来走去，细细白白的脚后跟在他眼前晃动……只是，在他没想好该怎么做之前，他还不想告诉小影。

等阿盲从卫生间出来的时候，小影已经躺在床上睡了。她睡里面，面朝着窗户，留给阿盲一个纤巧的背影，两个白皙的肩膀从暗红色吊带裙里露出来，格外惹人怜爱。阿盲的心动了动，侧身坐到床上，伸手拍了拍她的肩膀，可小影已经睡着了，她迷迷糊糊应了一声，并没有睁开眼。小影的工作很累，除了当服务员端菜外，还要拖地、洗碗、择菜、洗菜，工作很杂很多，这让阿盲格外心疼，他想了想，把手伸到沙滩裤里，拍了拍自己，也侧身睡了。

这一夜，阿盲睡得很不踏实，他做了一夜乱梦，个个都跟这笔钱有关。首先，他梦见这笔钱是一对下岗夫妇的，他们东拼西凑攒给儿子出国，结果钱没了，儿子也没了。

第二个梦，阿盲梦见那笔钱是海外华侨捐给希望工程的，打算在阿盲老家建五所希望小学——这下好了，脸都丢到老家去了——阿盲并不太介意丢到海外——他梦见自己被抓走时，母亲拖着年迈的身子在警车后面跑，他把脑袋从窗户里伸出来，大声喊"妈，妈！我是被冤枉的"，可怎么也喊不出来。他还梦见自己见到了法治节目的主持人，在看守所里，他穿着橙色的看守服，戴着手铐，主持人采访他："请问这位先生，据我所知，你一向拾金不昧，为什么这次，这次……"阿盲张了张嘴，正准备回答，可话筒一下杵到他鼻孔里。他一晃脑袋，躲过了。刚一回头，话筒又杵了过来，他使劲摇着头，就醒了。

第三个梦最漫长细致，阿盲梦见自己跟小影一块逃难。后面有很多警察追击，荷枪实弹的，噗噗噗，子弹到处射击，打得灰尘四起。小影背着那一袋美金，匍匐在前，阿盲跟在后面，他一直大声喊着"小影，小影，你快跑"。小影说："不，要走一起走……"结果，一梭子弹射来，阿盲中弹了……他又醒了过来。

阿盲感觉自己出了一身大汗，在床上印出一个人字形的印子，他朝外挪了挪，在黑暗中喘息了一会儿。真被发现了，也没必要开枪射我们吧？阿盲心想，大不了到时候把钱还回去。子弹打到哪里了呢？会不会有致命伤？不会就这样挂了吧？醒来后，阿盲的心还是扑通扑通跳个不停。阿盲想起梦里主持人的那个问题，可……可什么呢？毕竟这笔钱太多了，足够阿盲翻身了——不，不止，不只他翻身，还有小影，小阿盲，小小影。

阿盲翻身过去，把脑袋伏在小影肩头，手搭在她的髋骨上，轻轻摩挲着。小影迷迷糊糊地醒过来，侧过身来，把头扎在他胸前，一边在他脖子上蹭着一边说："怎么了？想……"说着，就要去褪肩上的吊带。

阿盲长吸了一口气，可小影的温柔让他还是不能自已，他脱口而出："小影，我捡到了二十万元。"

话一出口，阿盲马上又指望着小影没听见，可她迅速睁开了眼睛："啊？"还眨动着迷糊的眼睛，却努力抬起上半身，看着他。

"美金。"他说。小影坐了起来，下意识地朝四下里看看："带回来了？"

"是的。"

三

第二天一早，阿盲很早就醒了，但他躺在床上，一动也不敢动。

他屏住呼吸，连大气也不敢出，仿佛黑暗里有一股神秘力量在窥视他似的，好像一动，就会被什么无形的鬼魅抓走一样。他就这样直挺挺地躺着。直到窗外的曙光透进来，麻雀开始在树枝间跳来跳去，叽叽喳喳叫个不停，这时，一些力气才多少恢复到他身上。他摸到床边的眼镜和手机，去了卫生间。他在马桶盖上坐了很久，咬了咬牙，深吸一口气，仿佛狠狠下了决心似的，终于打开了手机。

还好，没有无数个未接来电，没有短信轰炸。他小心翼翼点开了公司的微信群，一群，二群，三群，骤然间几百条消息跳了出来，阿盲没有像以前那样直接设成已读，而是一条一条从头往下读。《5G前夜的定点清除：美国围猎华为始末》《面对特朗普提出的停战条件，我们能答应吗》不知谁率先在群里发了这两篇文章，顿时炸了锅。

"不答应！老子第一个不答应！"

"会不会打起来呀，老子好怕怕呀！怕？怕个锤子哟！不存在的。"

"打打打! who 怕 who?"

"打! 打起来老子随军慰安!"

……

阿盲一条接一条往下看，几乎能从屏幕上闻到唾沫星子溅出来的口臭味儿，但就是没有寻找美金的消息，一群、二群、三群，都没有。阿盲的心稍稍安了点儿，他用自己的左手抓住右手，把它们塞到屁股底下，压住，这才看不见它们的颤抖了。

这不合理呀！阿盲突然跳了起来，丢了那么一大笔钱，怎么会没人找呢？他有些按捺不住，不可能吧？是不是还没找到我们公司来？会不会在下车的地方苦等？拉横幅？悬赏？

阿盲想去事发地看看，可又不敢。会不会被认出来呢？这不是自投罗网吗？多少凶手都是因为好奇，跑回事发地查看结果被逮了个正着？《刑警巧布局，笨"贼"自投罗网》《守株待"贼"，好奇害死猫》，不由自主地，阿盲脑袋里又跳出两个法治新闻的题目，理智告诉他，不能去冒那个险。

阿盲克制着内心那着了魔似的念头，刷牙，洗脸，吃了小影昨晚给他做的早餐，从床底下拖出那袋美金，捏在手里，反复翻动，摔，打，砸，让它们发出各种声响，还狠狠地扇自己耳光——还好，没有从梦中醒来。

难道，这是假钞，冥币？阿盲被自己的想法吓了一跳，他想丢几张下楼，看看有没有人捡，但最终还是忍住了。"你想把警察引来吗？你这瓜娃子！"他骂自己。

阿盲从每捆里抽出几张，怀揣着下楼了。

四

阿盲刚走到里份口，就碰到个发传单的。

那人快步走到阿盲面前，递过来一张花花绿绿的纸，问："先生，要房子吗？要房子吗？"阿盲一愣，随即说："好像房子是送的呢！"

"差不多，买房子送车位！"那人态度好，赔着笑。

"你看我像买得起房子的人吗？"阿盲一边往前走，一边说。

那人一愣，但随即笑道："当然像！我看大哥您天庭饱满，地阁方圆，非富即贵，一定是买得起豪宅的人！"

阿盲心里的紧张稍微松弛了一点，随手接过那人递来的宣传单，问："你还会看这个？"

"当然当然。"

阿盲心里有事，只顾往前走，那人却跟上来，说："大哥，这上面有电话号码，是我的，你要看房子，记得先给我打电话！"阿盲随口答了声"好嘞"！他举起宣传单，看到上面印着一家三口，正向一栋高档住宅奔去，上面用加粗的印刷体印了一句蹩脚的广告语：回家的诱惑。那个男人穿着高档服装，显然跟阿盲不是一个阶层，但那个穿裙子的女主人纤细的身影，不由得让阿盲想起小影，他不觉停住脚，问："这房子在哪里？多少钱一平方米？"

那人赶紧跟上来，吧嗒吧嗒说了一堆，怎么认筹，怎么让两万变五万……阿盲正在脑海里加紧计算到底多少钱一平方米的时候，那人问了句："大哥，有烟吗？"阿盲把手伸到裤兜里，平时出门，他是会带烟的，他不抽，用来敬人，可偏偏那天他没带。他把手抽回来，正准备抱歉地笑笑，可看到面前那个一口一个叫他大哥的男人，正满脸期待地看着他，一个狡黠的念头在他心里闪过。于是他笑了，说："真不好意思，大哥，偏偏今天没带。不过，昨天载了个外籍友人，送了我一张美钞，你要是不嫌弃，送给大哥您买烟了。"

那人笑了一下，连声说："不嫌弃不嫌弃，多谢多谢。"

阿盲把钱给他了，往前走了半条街，又折回来，躲在暗处，看见那人去便利店买了包烟，优哉游哉地点上了——这么说这钱是真的了？那这就不用验证了？阿盲正想着，只见那人走到阳光下，把宣传单夹在腋下，从兜里掏出那张美钞——原来他没用，他把美钞在阳光下弹了弹，对着太阳看了看，竟然对着它吐了口气，认认真真折叠好，放回了口袋。

阿盲气得骂了句娘，狠狠跺了下脚，看来还是只能自己去银行了。

他去了里份外最近的那家银行，自从使用微信、支付宝收付款之后，他很少来银行了，没想到里面依然人头攒动。这是老城区，老人比较多，他们提着手提袋，背着背包，有些还拉着小推车，下了早市的菜农也挑着筐子歇在门口，等待着把手里的零钱存进去，把微薄的退休金取出来。

阿盲小心从他们身边挤过，找到大堂经理，在她的指引下，填了张表。身份证号码，住址，联系电话，还有对应的卡号，都要一一写上——不能取现金，只能兑换成人民币打到银行卡里。其还有一项是用途。用途？阿盲想，人民币的用途那可就太多了，吃饭，穿衣，结婚，买房……正在他一筹莫展的时候，那位长得像模特的大堂经理又转过来了，告诉他用途指的是出国旅游、文化交流等——大概意思就是，这美元是怎么来的。

唉，没文化，真可怕！阿盲不由得在心里感慨。

一个胖乎乎的银行小姐接待了他，她看了一眼坐在柜台前的阿盲，噘着肉嘟嘟的红嘴唇，问："哪儿来的呢？"

"嗯？"

胖小姐抿了一下嘴唇，翻了个白眼，扬起手中的钞票，说："我是问这些钱是哪儿来的？"

阿盲一愣，单子上填了，可怎么填的呢？刚才排队等了好半天，银行冷气足，他给冻忘了。他想把单子拿出来看看，可已经递给柜台小姐。他突然脑袋短路，只得挠了挠额头，终于脱口而出："是，是表哥给的。"

胖小姐歪着脑袋，两颊坠着两团粉嘟嘟的肉球，盯着阿盲看了好一会儿，似乎想从阿盲的五官上判断他是否有一位这么发达的表哥似的。盯了好几秒，她竟然又问："表哥在美国啊？"

"嗯嗯，是的，表哥，考大学出去的，在世界五百强做主管呢。"阿盲成天在街上跑，见过各色人等，也听过各种离奇的故事，所以一旦确定好思路，就能顺着往下编："我这表哥呀，小时候家里可穷了，但他读书特别用功，他真是太争气了，全村第一个大学生，说一定要考到美国去，把美国总统策反。可他去了美国后呢，就不回来——被老美们策反了……""嗯，行了！"柜员小姐听得不耐烦了，阿盲还打算往下说，可他看看柜台小姐的样子，立马觉得自己还是不要多嘴了吧，万一把她给惹毛了呢。

这钱当然是真的，换到了一笔货真价实的硬通货——人民币。阿盲把这钱从卡里取了出来，放在裤兜里，又捏着这笔钱，钱蓬蓬松松的，还带着些张力——捏一下，塌下去，手指稍稍放松，便又膨胀起来，微微抵着手指肚。他捏一下，然后松开，又捏一下再松开，体会着钱对手指肚造成的轻微的压力，想象它们正在他的裤兜里伸懒腰打呵欠，一个笑容在他脸上荡漾开来。

他快步从银行的台阶上跑了下去，心情好到要起飞，恨不得一步从最上面跳下去，太感谢那位素未谋面的表哥了——他哪来的什么表哥呢！表姐倒有不少，有一位还真是他们家资助的。可毕业后，她就给老家寄过一封信，从此没了消息。有人说她被拐卖到了大山里，有人说她嫁了个官二代，总之人家是过好日子去了，但阿盲一家可被她害苦了，本来就穷，还要给她还贷，简直是雪上加霜啊。

"唉，真是。"阿盲感叹了一番，不过好心情并没有因此而遭到破坏。他从楼梯上冲下来，找了个僻静的角落，拨通了小影的电话，大声说："小影，我们有钱了！我们有钱了！"

阿盲在路边开了辆青桔自行车，一迈长腿就跨了上去，夏风把他的衬衫吹得鼓胀起来，阿盲感到路过的所有行人都对他展开了笑脸——这个世界温柔极了，他突然撒开双把，迎风狠狠踩了一段——他想要给这世界，给他遇到的所有人，一个狠狠的拥抱。

五

在里份门口，阿盲等着小影。窄窄的几米宽，他走过来，没看到小影，走过去，也没看到小影。他只得换了一种方法，数到五十再抬一下头，如果没看到的话，再数到六十，再抬头——可他直到数到数字错乱了，也没看到小影。

"阿盲，你这个鬼东西，转来转去转得我脑壳发昏！"在门口卖葱的太婆捡了块小石子砸他。阿盲一闪，躲过了。没想到小石子倒把小影砸出来了，她小小尖叫一声，朝阿盲跑过来。阿盲扭头对太婆说："哇，你是孙悟空变的吗？一点就把我们家小影点出来了。"太婆毫不理会阿盲的玩笑，挥着手说："小伢们，边哈去玩，边哈去玩。"

"哪个？"在黑暗的楼梯上，小影的黑眼睛里闪烁着光芒，等不及要问。阿盲忍着要溢出来的兴奋，没有回答，而是在她腰上掐了一把。

"被别人看见了！"小影惊呼一声，朝墙边让了让，可阿盲不依，反而往前凑了凑，一手扳住她的腰，另一只手就又伸过来了。小影往后一退，两只手接连拍打着阿盲，转身就闪进了屋。阿盲也踩着她的脚跟进来了，一进来，长腿朝后一踢就把门扣上了。他捉住小影，使劲按在墙上，嘴上手上就使了些力气。

"嗯嗯，那个那个……"小影的嘴被堵住了，还想含含糊糊说些什么。

"是的，傻瓜！"阿盲的手上更使力气了，"那个那个……"

"哪个？"

阿盲的头让开一道缝隙，小影指了指窗帘："才二楼呢！"小影不想第二天被嫂子们开玩笑。

阿盲这才松开小影，走过去把窗帘拉上了，小影又指了指床头柜，阿盲一笑。他拉开床头柜的抽屉，把口袋里的钱拿了出来，在小影眼前晃了晃。小影惊呼一声，两步跳了过去，可阿盲没有把钱递给她，而是在她面前晃了晃，小影知道阿盲在逗她，便伸手去抢。可阿盲左躲右闪，就是不让抢到。趁小影一低头的瞬间，阿盲把一沓钱抛向空中，在粉红色花雨的序幕中，阿盲把小影推倒在床上。

"这钱是真的了？真的！"

"啊！"小影大叫一声。

"真的真的！比你还真！"

小影在阿盲背上抓了一把，这回轮到阿盲尖叫了："我要回家看奶！"

"看！"

"我要给奶看眼睛！"

"看！"

"我要……我要见你妈！"

"见！"

"我要……"

"我要你。"阿盲不让小影再说话了。

阿盲醒来的时候，小影还在昏睡。她小麦色的皮肤在黄昏来临的出租屋里显现出象牙般的色泽，几缕头发被汗水濡湿了，粘在额头上，阿盲侧过身去，轻轻把它们挑开了。小影的嘴角微微翘起，露出一股满足的笑意，阿盲心里又一阵悸动，但他忍住了。他翻身起床，来到了厨房。他饿了，想找点吃的。

砧板上有两块西瓜皮，是他等小影时吃的，刀没洗，窗外的蚂蚁顺着甜味，曲曲折折爬到瓜皮上、砧板上，在那里忙忙碌碌。有两只爬到刀锋上，急促地在上面走来走去，却找不到路。往前几步，后退，左走两步，右走两步，又急急忙忙折返回来，紧张兮兮地伸出头去探望……阿盲呆呆地看了一会儿，把瓜皮扔进垃圾桶，擦掉砧板上的汁水，却不忍心擦掉刀上的两只小蚂蚁，他把刀竖起来，靠在窗台上，那附近有一条曲曲折折的蚂蚁路。

阿盲把砧板挂起来，看到下面垫着的一张宣传单——是小影一直想去玩的真人游戏，乞力马扎罗之巅。小影的好朋友在里面上班，听说一整栋房子都是游戏区域，分角色扮演，有穷人，有富人，有官员，有商人，通过各种公平买卖积累财富，便可升级。最高级别就是顶楼的乞力马扎罗之巅。那栋楼就在江边，俯瞰整个江滩，听说顶楼有多得数不清的神秘奖品，全部是稀世珍宝。如果能在游戏里达到那个级别，在生活中也就翻了身。阿盲跑的士时常路过那里，晚上也灯火通明，他有时候会仰望那里。里头到底有什么呢，惹得那么多人追捧？他也曾好奇过。不过，小影想去完全是因为她的闺蜜，她在那里打工，业绩一直不好，老受人欺负，小影想去支持她一下。

阿盲算了算账，捏着那张宣传单，拍醒了小影。

六

阿盲用美钞换来的那笔人民币，没有花完，但他没再动它了，他把那笔钱塞在钱包里，把钱包丢在床头柜上，出门时就捎上它，回来时又丢在床头柜上。一个星期过去了，小影看到那钱包没有瘦，反而更胖了。

阿盲有时候也会眉头不展，这钱是真的，这么大一笔丢了，丢的人不着急吗？怎么就没有人找呢？在捡到钱的狂喜之中，这个问题始终像一个深水炸弹，令阿盲不安。

"也许人家有钱呢，人家不在乎这么点儿钱。"小影说完自己也觉得不可信，"谁有钱到了那种程度呢？迪拜王室，还是马云？"

最近这段时间，小两口玩起了小弹簧的游戏。也不知从哪一天开始，他们俩就达成了这样的默契，总是小影先上床，躺在床的一边，阿盲拿手指戳戳她的肩膀，说："小弹簧，滚过来。"小影便蜷着身子，骨碌碌，滚三下，滚到阿盲怀里。阿盲抱一抱，亲一亲，又说："小弹簧，滚过去。"小影便又蜷着身子，骨碌碌滚三下，滚到床那边。片刻之后，阿盲又戳戳小影的肩头，说："小弹簧，滚过来。"小影便说："滚不动了，弹簧坏了！"阿盲便拍几张人民币在她枕边，小影便又咕噜咕噜滚过来。

两人对这个游戏乐此不疲，每天上演。

这天晚上，小影已经在床沿上蜷半天了，可阿盲像没懂似的，嘴里直念叨："你说，怎么会没人找呢？是真钞，又不是假的。"

小影只好翻过身来，说："也许人家在找，只是我们不知道。还有可能人家不方便到处嚷嚷，或者怕打草惊蛇？"

一番话说得阿盲更加胆寒。一种得而复失的沮丧折磨着他俩，让他们不能想，不敢想，那沮丧带来的恐惧比原本没有钱还要痛苦百倍。一想到这，阿盲顿时浑身颤抖，他感到自己瞬间被冰冷的海水吞噬，连呼救的机会都没有。

"还是得去看看，一切早做打算。"阿盲把心横了横。

第二天，阿盲是白班，他早早交了班，搭车去了事发地点。他特地留了个心眼，从汉口坐车到光谷，再从光谷转车过来。

坐在公交车上，又是在马路对面，阿盲可以好好观察一番。白天跟晚上还是很不同的，行人多了好多，但也称不上热闹。小区门口，一个背着编织袋的女人在跟保安打听什么，保安把手往这里一指，又往那里一指。出门右边是几个门面，看不出有什么生意，店主不是在打盹就是在玩手机。隔了几家像是一家内衣店，一个胖女人在门口支了个躺椅，半躺在里面，不知从哪里跑来一只流浪狗，对着她脚边的哈巴狗直叫唤，女人放下手机，支起身子，跺着脚大喊"去去去"，可狗越叫越凶。女人左看右看，捞起门后面一支扫把，狠狠朝狗扔了过去，一下没打中狗，狗跑开两步，又折了回来。女人不死心，左看看右看看，可手边什么也没有，只好脱下自己的拖鞋，狠狠扔出去，这次打中了狗肚子，狗哼哼叫唤着，沿着墙根不胜悲伤地往前跑去。

狗跑到一家超市门口，大概被里面传出来的肉香惊呆了，超市里正大声播放着周华健的《难念的经》。一对推着婴儿车的夫妻从门口走了出来，女人弯下腰逗起孩子，男人拨弄着婴儿车上系着的三只气球，一只粉红色，一只黄色，一只白色。那男人只对那只粉红色的气球感兴趣，弹一下，再弹一下，却不小心把它弄爆了，吓得孩子哇哇大哭，搞得他周围的人也尴尬不已。

公共汽车慢慢开动，阿盲把目光收回来。怎么也不像是有人丢了一百多万呀，没有人在等待失物，没有人大呼小叫，没有人寻死觅活，这是怎么回事呢？

"说不定，这钱就是老天爷给你的呢！你看，偏偏落在你车上，不是网约车，发票也没要，关键是连找都不找，你说，这不是天上掉下来的是什么？"小影拿这话安慰阿盲，慢慢地，阿盲也信了——谁不愿听自己想听的呢。

"找都没人找，你说，我们要是再不收着，那不是个傻儿吗？"

阿盲若有所思，点点头。他要了瓶白酒——破了他进城十年来的戒。

"小影，我要买房子，我要买大房子！你信吗？"小影一杯一杯地倒，阿盲一杯一杯地喝，顿时，酒精全变了汗水，话也淌了出来。

"信、信、信！"小影伸手给阿盲擦了擦额头上的汗珠。

"我还要买辆车给你开，你信吗？"开到川菜馆来端盘子？小影想，但她没这么说，她说出口的是："信！我信。"

回到德润里，楼梯又黑又陡，阿盲还在大幅比画着，小影担心他从后面栽下去，便在他身后伸出双手撑着他。就在这时，阿盲的手机咕咕响了两下，是一条短信。

小影正在开门，门口没有路灯，她把门打开了，钥匙却怎么也拔不出来，弄得叮叮当当直响。她看见阿盲好不容易把手机从裤兜里掏出来，凑到眼前，顿时脸色就变了。他晃了两晃，要倒，她伸手去扶，却没扶住。只见他身子一歪，一屁股跌到地上。

门打开了，对面楼里的白色灯光穿过房间，照到阿盲身上，他颓然坐在灯光下，像个哭泣的小丑一样，让人心疼。

小影就着阿盲的手，看到他手机上的字，只有几个：不要去银行！

小影的心也猛地一惊，急速向四周望去，可四周只有各种树杈子和黑沉沉的夜。正在这时，手机又咕咚叫了一下，又来了条短信，上面写着：投资理财，你还去银行吗？108位理财师告诉您正确的做法！投资理财，请上某某网。

小影长吁了一口气，再去看阿盲，仿佛失了魂来，他一手拽着小影，一手扶着门，站了起来，跟跟跄跄奔进了屋，扑在床上，就再也不肯起来了。

七

其实，小影支持阿盲把钱留下来，还有一个理由，一个足以支撑他们抛弃良知与常识，而她又不愿意对阿盲提起的理由。

阿盲原本出生在近郊黄陂。

十岁时，当了一辈子工人且无儿无女的大伯回了趟老家，把十几个子侄的脑袋摸了个遍，选中了阿盲。母亲给阿盲做了套新衣服，口袋里揣了两个刚煮的熟鸡蛋，阿盲就跟着大伯来到汉口。一切都是陌生的，新鲜的，可好吃好喝好玩的，也抵不过母亲温暖的目光，一个星期后，阿盲就吵着要回家。开始时，大伯还说："好好好，过几天就送你回去。"后来就不理他了，再后来，吵烦了就一句："你是我拿一车红砖换的。"阿盲听信了，整个暑假都在捡红砖，红砖头沿着德润里的墙根堆了几排，邻居们乐了，就跟他开玩笑，小伙计，砌长城呢！晚上却偷偷把红砖头拿进屋砌炉灶。

暑假过完了，阿盲到新学校报到，认识了我们，他没以前那么孤单了，但还是经常往老家跑，但每次都没成功——太远了，他不记得路，也没有路费。可惜大伯是个粗人，跟机械打了一辈子交道，寡言少语，冷冰冰的，只觉得阿盲养不熟——每次阿盲都不得不返回德润里，站在墙根下，哭泣着，抽噎着，有好心的太婆劝大伯："伢在外面站一下午，哭一下午，你劝一哈，给个台阶下，把他拉回来。"大伯不，总是天黑了，阿盲擦着墙壁悄悄溜进来，摸黑上床，饿着肚子，含着眼泪，睡了。

这日子过得有多艰涩，任谁都能想象出来，可是更糟糕的还在后头。

第十个年头上，有一天早上，大伯突然领回来一个女人，说是他年轻时的相好，现在她老公病死了，他们要结婚了。

"我儿子也就是你大伯的儿子，你说，那是你亲呢，还是他亲呢？"女人一句一句说着，一层一层剥着，她要和阿盲解除过继关系。

那是个大清早，阿盲刚下夜班回来，眼皮拿牙签都撑不住。他心里一层一层的苦水漫上来，他羞愧着，竟然更多的是羞愧，做了十来年儿子，现在别人不要他了，光是克制这些感受就够他忙的，根本来不及计算自己的得失。他一直点着头，稀里糊涂把什么都答应了。那天他睡到很晚才醒，一蒙头又睡了一觉，一直睡到晚上，破天荒请了一天假，他希望继续睡一觉，等醒来，发现这只是一个荒唐的梦就好了。可等他半夜饿醒，出来找东西吃，却发现屋子空了，锅碗瓢盆全不见了，只剩下他，以及一拳就能击垮的单薄四壁。他的影子孤单地投射在黑黢黢的板壁上，只是陡然增加了上面的黑。

大伯买了新房，搬出去了，把房子租给了阿盲，一个月还一千五，在这一带真不算便宜。

这些阿盲都没怎么说，是里份里的老太婆在门口择菜时告诉小影的。"自从你来之后，这伢的日子才慢慢像人样了。"临了，太婆们总要加一句。小影心酸，也慢慢地在心里有了恨意，天下哪有这么欺负人的！在小影看来，阿盲应该有不一样的人生，读完大学，找一个体面的工作，就像她在地铁里经常看见的那些年轻人一样，男男女女，穿着干净的衣服，夹着公文包，体面，快活，骄傲。对，阿盲也应该是骄傲的，而不是整天坐在狭窄的出租车里，低着头，弯着腰，盯着大马路上的脚丫子。十几年过继给大伯的日子，已经将快乐连根从他心底铲除了。小影看得出来他不高兴，不是人前开玩笑，贫嘴，哈哈大笑，是偶尔沉默的时候。那时她一回头，看到阿盲失魂落魄地挂在椅子上，始终像一个要哭的小孩，小影就知道，他心里的苦太深了。而这次捡到钱后，小影看到阿盲眼里有了许多小星星，热切地闪着希望之光，它们仿佛连缀成了一条银河，她相信这条银河能够把阿盲从苦海里救出来，重新做一个把脑袋浮在水面正常呼吸的人。

这下好了，老天爷出手了，那女人夺去一套房，这不正好还了一套吗？小影在心里盘算。

随着时间一天天过去，阿盲也渐渐把心放宽了，关于那笔钱该怎么用，暗地里，他也有了详细的打算。

五万给小影的奶奶治病，她奶奶眼痛多年了，见风就流泪，两只眼睛肿得像烂桃，先花点钱把她的眼病治好。另外，拿十万给小影做彩礼。五万给母亲，母亲没有收入，轮流住在大哥二哥家，老看嫂子的脸色，让她手里有点钱，心里安稳一点。另外给大哥二哥各五万元，这是看在母亲的面子上给的，希望两个嫂子能看在这个份儿上对母亲好一点。两个姐姐四万五。大姐只养了两个孩子，可惜儿子身体不好，没有劳动能力，阿盲想多留一万，悄悄给大姐……还有一百万，八十万用来交首付，二十万留着装修，买家电，买家具，沙发、鞋柜、橱柜、窗帘、梳妆台……阿盲看着空茫茫的天花板，仿佛一件件家具已飞到他的眼前。首付之后，凭他和小影两个人，年轻，勤快，吃几年苦，很快就能把房贷还上了。到那时，他们就有一个家了，能在大武汉安上个家！这想法像一股巨大的潮汐在他身体里一呼一吸，不停鼓噪，他每天都忍受着这种鼓噪，他感觉自己像被吹饱了的气球，马上就要炸了。

生活到底还是发生了一些细微的变化。

里份里如果有人吃晚饭，在门口支张小方桌，阿盲下白班从旁边经过，人家喊住他，客气一下，瞎子，来喝一杯？阿盲也肯坐下来，把一百元拍在桌上，指使旁边的半大小子，说："去，给你盲叔扛一箱啤酒来，多的算你的，小费！"

有时候下白班，有哥们提议去喝一杯，阿盲也会应允。喝完后去洗脚，阿盲笑一笑，不跟他们一块儿走，却也会在洗脚城门口站一会儿，看着他们一个个猫腰进去。那地方是规规矩矩的吗？阿盲在心里自问自答，应该是吧，不然，警察怎么不抓他们呢？可要是正规的，光看那些女的，个个肥肥白白的，白天黑夜地歪着身子躺在门口的沙发上，不像个样儿。阿盲是不敢进去的，但他愿意站在门口琢磨一下。有一次，旁边一个提着公文包的白胖子路过，立即从门里蹦出来一个女人，一把逮住那人，把他拽了进去。

阿盲对着她的背影狠狠吐了一口痰，小声说："妈的！以为老子没有钱吗？"

"你小子最近咋了？走桃花运了？"有天早上，阿盲交接班的时候，他的对班司机小王突然问。

小王是个快活的年轻人，早早结了婚，现在孩子在乡下，老婆在惠州，分居三地，他却像单身一样自由，该吃吃，该喝喝，时常洗个脚，见个网友什么的。

阿盲一愣，随即打着呵欠，说："我中五百万了，昨天晚上，在梦里。"

小王咧嘴笑了，说："那你不跟拐子分？"

"行啊，等我今天晚上去取出来！"阿盲也笑。

小王一边上车，点着火，转动方向盘，一边笑着看向阿盲，说："我看有可能！我看你那嘴角啊，从来都是垮的，这两天突然就翘了！走路说话啊，都带着春风呢！"小王一边把车开出路边，一边还不忘回头望望，补一句，"我看，真有可能，别忘了，下午就去买彩票啊！"

阿盲挥了挥手，等小王把车开远了，他笑得更开心了。他在路边给小影买了一份豆皮，就往德润里跑去。是的，他最近都不用搭公交了，他就想在这清新的早上，在这个属于自己的大城市的大马路上，狠狠跑一下。

刚跑到德润里门口，阿盲背上已经渗出了密密麻麻的汗珠，他把早点从右手换到左手，揩了揩额头上的汗珠，就又碰到那个发传单的了。这回，他叼着烟，很自然地走过来，递了根给阿盲。

"大哥，晨跑呢？"

不知为何，阿盲不由自主地接过那根烟，尽管他不抽。"嗯。"阿盲一边把烟塞到耳朵后，一边微笑着答道。

"要房子吗？"他还是那样问。

"送吗？"

"送。"他很肯定地答道，不由得，两人都笑了。

"你莫笑，现在卖房子真像卖白菜，见人就问，要房子吗？要房子吗？这楼市怕是要垮了。"

那人又递上那花花绿绿的宣传单，阿盲自然接了，看到那上面印着的一家三口，正奔向那栋高档住宅。那是他向往的生活。"要美元吗？"阿盲脱口而出。

"大哥，不收！这里是中国，只收人——民——币。"突然，他话锋一转，又问，"您有很多美元吗？"

阿盲突然意识到不对，便一笑，又换了副痞子相，说："我跟你开玩笑呢，我就是想看看你们这些商人，到底能不能禁住美元的诱惑？"

八

阿盲要把这钱换成人民币，可怎么才能变成人民币呢？

去银行吗？阿盲心里咯噔一下，又想起那个短信，虽然他知道那只是个广告，可没来由地，总会让他心惊一下。也似乎的确不能去银行，银行要登记身份证号码，一下冒出这么多美钞来，怎么解释呢？上次说是表哥给的，这次说表姐？这不是鬼侃吗，你敢说，人家也不信。

阿盲和小影又去了"乞力马扎罗之巅"，这个游戏已让他俩着迷，上个星期，小影攒了十万钱，以为可以跻身为富户，哪知只进了一次小商品交易市场，三倒两倒，她手里的钱就化为乌有。

出了大厦的门，太阳已经偏西了。阿盲和小影都沉默着，顺着西边墙根走，旁边是一溜老红砖建筑，武汉人称之为"水塔"的，再往前，是一栋民国时期留下的洋行，墙根下坐着一排穿得俏皮的武汉人。阿盲下意识地扭头看了一眼，这一看不打紧，门口小板凳

忧伤的夏小姐 | YOUSHANG DE XIAXIAOJIE

上坐着的那个男人立即小声对他说："外汇外汇！外汇要不要？"

吓了阿盲一跳，牵着小影的手紧走了两步。

那人竟紧跟上来，问："黄金黄金，黄金呢？"

阿盲捏着小影的手马上出汗了，恨不得脚下生出两个风火轮来赶紧离开这里。

走过一个十字路口，阿盲慢下来，哪知，刚一回头，旁边的电动车上，又下来一个人，神神秘秘凑过来，把披着的夹克徐徐展开，露出怀里的纸板，上面写着：美元、英镑、欧元、外汇、黄金、首饰……吓得阿盲像见了鬼一样，拉着小影一路小跑。

直到过了马路，他认为安全了，才停下来。

"你跑个啥子吗？"小影埋怨道。

"那几个人神里神经的，我怕上当。"

"上当？怎么上当？我们又没带钱。"

回过神来，阿盲有点不好意思。只是有些事儿，他没跟小影讲过，刚进城那会儿，他没少上过他们的当。讲一口地道的武汉话，个个穿得抻抖灵醒，连胡子都刮得精光，可脸再白，那皱纹里也始终藏着油腻。在江汉路步行街，他们当街拿着高档运动鞋吆喝，只要你从旁边经过，看他一眼，他便跟上来，贴着你，缠着你，又谦卑又友好，叫你去他家的店子看看，就在旁边。一般心软的人，总禁不住这央求，但他的店在巷子里，质量自然不好，又贵，你不要，没关系，带你去另一家。在一条又一条黑咕隆咚的巷子里穿来穿去，你总会害怕的吧，买不？只好乖乖掏钱。即使你不想掏，那也不会让你溜掉的，几个中年男人挡住去路，脸一垮，任你也不敢不掏钱吧。

还有当街"捡到"钱包，要跟你分。当街拦住你，说你身材跟某某亲人很像，要你给做个模特……各种骗术，不一而足。

这当然是21世纪之前的旧事了，现在这个城市又文明又友好，可阿盲心里的阴影还在，但他又不甘心，这不是打着灯笼也找不着，正好遇上了吗？他回头望了望，迟疑地说："小影，你说，他们会是真的吗？"

"也不可能太假吧，不然，警察不抓他？"

阿盲还有点儿犹豫，小影一拽他，说："怕啥，咱们又没带钱，这青天白日的，他们不可能杀了咱俩吧？"

阿盲一想，也是，就咧嘴笑了。

两人设计了一番，绕了一圈后，分开，小影在前面走，阿盲吊在后面。

小影拿出手机来，一边走一边看，走到其中一人旁边时，故意放慢脚步，装作不经意瞟他一眼，那人立即丢开同伴，凑过来，小声问："小美眉，美元美元，有没有？"

小影看了他一眼，没有停，继续朝前走，他立即紧跟上来，继续问："欧元欧元，有没有？黄金，黄金呢？"

小影这才停下脚步，问："黄金怎么换？"那人立即说："要看成色。"小影又问："美元呢？""按银行交易价来。"小影故作老练地一笑，上下打量他一眼，说："那不可能，那你赚嘛事咧？"

那人一笑，抖着胯子，右手拿着纸牌敲打着左手，上上下下瞟着小影，说："那你就不用管了，反正我不会喝西北风。"随即话锋一转，问，"你有多少啥？"

看到这边有生意了，四周的钞票贩子都围拢过来，七嘴八舌，说："我们肯定有我们的门路啥，你放心，都是正规渠道。"

"你有什么不放心的咧，你换回来的是人民币，这个你都认识的啥，你还可以到银行去验钞。"

又有人说："你要是不放心，还可以在银行里交易。"

这句话让小影眼睛一亮，她立即说："在银行交易？在银行哪里交易？"

"还有哪里？当然是柜台上啥。"

小影有些不解，还想继续往下问，最先那人拽着她的袖子，朝前走了两步，说："小美美，你这么谨慎，你有多少啥？"

这时，阿盲已跟了上来，他给小影递了个眼神，她立即心领神会，问："你能换多少咧？"

那人一听这话，立即振奋了精神，胯子也不抖了，牌牌也不敲了，似乎暗地里来了个立正，身量都高了好几寸，上下好好打量了小影一番，立马说："你有多少？"

小影也不傻，翻了个白眼，没理他，那人立即客气了，嬉笑着说："小姐姐，你这防备心理怎么总这么强咧？这样说吧，你有多少，我就能换多少。"

小影一听，心里有底了，便说："好，到时候我来找你。"说着转身就要走，那人哪里肯放她，小跑两步，跟上小影，塞给她一张名片，说："你到哪里找我呢？把你电话给我吧！"小影摇了摇头，接过那人的名片，那人立即说："那你记得给我打电话，要换多少，提前打电话。"

往前走了两条街，阿盲看到那人转身去招徕别的顾客了，才紧走几步跟上小影。"靠谱吗？"他问。

"他说能在银行交易。"

"那怎么操作呢？"

"问了，他没说。"

阿盲有些怀疑，但也没再说什么。

九

阿盲和小影都像那满弓的弦，不断地讨论、设想、推翻，又讨论、设想、推翻，紧张了一夜，结果第二天早上起来，反倒像是更累了。

"好像被人拉去推了一夜的磨。"小影揉了揉脖子说。阿盲一愣，也苦笑着点了点头，说："你说得还真像。"

洗漱完毕，小影给那人打了电话，商定了兑换的金额和地点。

为了安全又清静，阿盲和小影把地点选在了解放公园里。一进公园门，两人远远就看到桥上站着一群人。一看到他俩来了，那几个人立即挤出笑脸来，迎出好远。

"都带来了？来，看看。是多少啊？哦，这么多呀？"

"五万美金，是早上说好的！"那人却装出一副喜出望外的样子，嘴里念念叨叨，不知是职业习惯，还是个人毛病。他们来到靠近公园围墙边的小树林里，坐下来，那人抽出一张钞票来，对着太阳照了照，又绷起指弓弹了弹，弹完立即放在耳朵边听，听毕，又拿出一个紫外线小手电筒来，翻过来照过去。旁边那几个也没闲着，伸手在钞票袋子里扒拉着，一人抽出几张美钞来，折，弹，抻，仿佛个个是钞票专家，研究得可带劲儿了。

阿盲和小影在一旁耐心等着，也不敢多话。只见那人终于咧嘴一笑，似乎是好了，阿盲和小影暗地里舒了一口气，一转眼却看到那人把装钞票的背包往自己怀里拉，吓得他俩一齐拽住那包，齐声说："还没给钱呢！"

"急个什么嘛，马上给！"那人不慌不忙，说着，又咧嘴一笑，还冲阿盲和小影抛了个媚眼，把他俩搞得浑身一哆嗦。

"付钱！"那人下了一声指令，拍拍屁股站起来。

"付钱？还没谈好，怎么付？"小影说。

"六个点。"那人斩钉截铁。

"六个点？银行今天是七点一六三五四个点。"

眼看着这边起了争端，原先潜伏在不远处的几个同伙，像闻到了血腥味的鬼魂一样无声无息飘了过来，七嘴八舌插嘴了："怎么，在这里换外汇啊？这合不合法啊？"

"这肯定不合法啥，要合法，不去银行了？都有点鬼。"

"那既然有点鬼就都吃点亏呢，怎么能跟银行里的比咧？"

几句话把小影惹毛了，她想跟他们争论，可一张嘴哪敌得过七八个老油子，他们连说带损，有一个还把手搭在小影肩上，抖着腿，居高临下看着她，一副"你小姑娘不懂"的模样。

"不换了，不换了！"小影一把抢过背包，抱在怀里，说："我们不换了。"说着，拉着阿盲就要走。阿盲一看，完了，失控了。他也不想换，可不能就这么走，这几个游魂跟着，能到哪里去呢？去哪里都不安全。事已至此，他只能装得更坚定，拉了小影就走，比小影还坚决。

从旁边的树林里钻出几个人来，挡住阿盲的去路，说："小兄弟，消消气，消消气，他不仁义，我仁义，你说你想几个点换？"

阿盲心中一喜，知道台阶来了，赶紧刹住脚，说："除非去银行，行不行？"

"行！"没想到那人一口应承下来，"出门右拐就有家银行。"

"怎么换？"

"六点五。"

阿盲和小影都暗自松了口气，经历了刚才那一番较量，他们已不抱什么希望了，这个汇率真让他俩喜出望外。两人互相对视一眼，都看到了彼此眼里蹦出来的亮光。

那人带着阿盲和小影挤进银行大厅，阿盲一直抱着包，等叫到他们的号时，阿盲才抱着包来到窗口。虽然是那人办理，但阿盲一直在旁站着。填单子，拍照，签名，手续有点儿麻烦，害得排在后面的老太太过来催了好几次。取好后，还是用阿盲的背包背了，阿盲只感到这包沉多了——当然，是原来的七倍啊。阿盲心里有个小人儿仿佛咧开嘴笑了，欢欣鼓舞着，都快从他的嗓子眼里蹦跶出来了，但他表面上不动声色，只暗地里使劲捏了捏小影的手。

到了桥上，阿盲抱着包，那人也不拉扯，就让阿盲抱着，就在阿盲怀里拉开拉链，往外拿钱。一扎，两扎，三扎，阿盲心中早已默算好，是2.5万——此刻，他超级会演算进水出水的数学功底发挥了作用——他看着，以为他会停手，哪知那人突然脸色一变，双手像吸盘一样紧紧抓住背包，使劲朝阿盲怀里一推，然后猛地一拽，背包已从阿盲的双臂中飞出，再一掀，背包划出一道悠长的弧线，阿盲随着那道弧线望出去，只见小树林中跑出一个人，像电脑制作的对接轨道一样，看准背包，一伸长臂，稳稳接住，甩在肩上，就朝公园外飞奔了去。

阿盲看得目瞪口呆，半天才像从梦中惊醒似的，想要拨开眼前那几人，可哪里推得动，那几人像盘根错节的藤精树怪一样缠住他，锁牢他，让他动弹不得。

十

阿盲到底年轻，嘶吼一声，一股巨大的力量从脚下爆发出来，把缠着他的两人推开，冲到公园门口，看到那人上了一辆黑色桑塔纳，他紧跑两步，刚够看到汽车发动，车头猛地抖动两下，蹿了出去。

阿盲频频招手，可偏偏没一辆空车，顾不得多想，他拔腿就跑。两条腿哪能追得上四个轮子？可他根本来不及想，只知道要追，要追，得追上，得追上。

这个城市的道路，阿盲早已熟烂于心，堪比蛛网还密的各种大道、小路、巷子、里份，在阿盲脑海里是一张平面图，可此刻，该往哪里追？一元路，二曜路，三阳路，四维路，五福路，六合路……哪一条才是这些亡命之徒奔逃的方向呢？

汗水早已湿透了阿盲的衣裳，贴在突出的肩胛骨上，他感到眼睛发胀，有东西在鼓动他的眼皮，感到喉头发紧，里面有血腥的东西往外涌，他担心自己口中会突然喷鲜血，把他所走过的每一条路染红。这一路走来，多么不易，如今要翻身了，怎么就又全破灭了呢？阿盲心里的块垒像巨石一样，压得他喘不过气来。他感到那石块在延展，慢慢地快将他的四肢碾碎了。他感到城市的光鲜正在远去，车来车往的喧嚣也慢慢消失在耳朵里，他只知道，跑，跑，跑，追上，追上……他根本看不见、想不起其他的，仿佛追上是活命的唯一机会，他再也不觉得人群可亲，夏风沉醉。

不知跑了多久，突然，斜刺里杀出一辆的士，刹在阿盲面前。

"平白无故请假，害得老子临时来给你顶班，你说生病了，你生病了？你这是生病了？你他妈的在搞嘛事？环汉马拉松？环荆马拉松？"对班司机小王的头从车窗里伸出来。

阿盲心中一喜，感到有什么救命的东西正从冰凉的心里生出来，他跳上车，感到浑身又恢复了力气，用青筋暴起的手紧紧抓住前排座椅，大喊了一声："快，快，快追上那辆黑色桑塔纳！"

"哪辆？"小王放眼看去，街上哪还有一辆桑塔纳，"车牌？"

阿盲想了想："鄂A.HM……不，鄂A.H……M……"凭着多年的职业敏感，阿盲说出了那个车牌号码。

"好嘞！"小王不慌不忙打开了车载电台，"伙计们！伙计们！各位拐子，大叔，老弟！今天是阿盲，瞎子阿盲，你们的好兄弟、活地图、百事通、老好人，有事求你们！各位！看到一辆车牌为鄂A·HM……的黑色桑塔纳，就在解放公园一带，看到了就给我别它、拦它、超它、堵它，反正就是把它给搞住了，别停了，就是帮阿盲的忙了！"

小王把车停在路边，跟同事们嘀了起来："少不了一顿酒的，靠杯加烧烤，啤酒两箱，拜托了哈，我保证，我保证！搞嘛事？我也不晓得搞嘛事！是阿盲的事哈，大家知道他的，瞎子阿盲，人品倍儿棒嘛，哈哈哈……有可能，有可能抢他女朋友了吧！"说着，他瞟了一眼阿盲，又嘎嘎笑起来。

阿盲坐在后座，心里的希望就像火星遇着油井，呼啦啦就燃烧起来了，可他还按捺着，不敢让它烧得太旺，他担心……万一，万一……他害怕那兜头一桶冰水的痛，得而复失，穷人根本承担不起，可心里的欲望根本不受他管控，只管呼啦啦燃烧起来，甚至已经烧着了他的血管，把他的双眼烧得通红。他两只手紧紧揪住坐垫，两片干裂的嘴唇神经质地抖动着，用只有他自己听得见的声音念叨，一定，一定要在二十分钟内顶住这辆车，否则，换个车，否则……阿盲不敢说出来的是，他们就会在这个有两千万人口的城市里像回到深海里的鱼一样，消失不见了。

阿盲的脖子抻得痛了，他换了个坐姿，取下眼镜在T恤上擦了擦，眼睛进了汗水，腌得生疼，可T恤早已汗透，眼镜上仍然是一片雾水。他看了看窗外，看到将要暗下去的天色，看到模糊而瘦小的自己，正是在这样的天色里，被大伯带到了这个不属于他的城市里，因为讲着一口黄陂话而被人笑话，因为用不惯痰盂而被人笑话，因为穿着土气而被人笑话……他模糊看到那些庄重的灰色建筑，感到自己正在渐渐离他们远去，越来越小，小到变成花坛里的一只蜗牛，不，是一只蚂蚁，一只住在蜗牛壳里的蚂蚁。不是吗？到现在，他仍然是这个城市里的外乡人。

车载电台吱吱响了两声，里面传来一个故作神秘的声音："发现目标，发现目标！快，二七横路，小江南旅馆旁，正往北边逃窜！请求支援！"

阿盲一下坐了起来，挺直腰杆，一把抱住前座，两只胳膊箍得紧紧的，心里的那把火再次"嘭"地点燃，把他整个人都烧着了。

踩刹车，点火，挂挡，松手刹，小王一气呵成，的士原地起跳，冲了出去。

小王在密集的车流中突围，在大街上划出一道又一道优美的弧线，左冲右突，刹车，挂挡，挂挡，漂移，方向盘在他手中听话得犹如婴儿的玩具。

终于，在二七横路与发展大道的交叉路口，一前一后，两辆的士，把那辆桑塔纳堵了个死。

一下车，那人还准备往巷子里钻，阿盲拿出的士备用包里的扳手，铆足了劲扔过去，正中那人背心，眼看着那人就像被射中的野兽，猛扑在地上，半天没有爬起来，阿盲冲过去，把甩出老远的背包捡起来，拍了拍抱在怀里，又走回去，踢了那人两脚。

他把背包背在胸前，用右脚挑起那人的上身，帮他翻了个身，一只脚踏在那人身上，问："哥们儿，还动得了不？"

那人点了点头。

"那就好，我不是有意的，你知道，我只想拿回自己的东西。"

那人勾了勾下巴，算是代替了点头。

阿盲掏出手机，对着那人的脸拍了张照片，说："你不知道把老实人逼急了，老实人也是会抽你丫的吗？"说着，他一脚踏在那人胸上，弯腰下去，狠命用巴掌扇那人。

小王连忙跑过来，拉住阿盲，说："可以了，可以了，再打下去，要出人命了。"

阿盲直起身来，小王就伸手去摸他的包，阿盲一侧身，躲过了。小王一脸狐疑地看着他，说："哟，几大的个事？还瞒着你拐子啊？"

阿盲没理他，走到桑塔纳旁，把里面坐着的人和车都拍了张照，存在了微信里，低头冲那人说："我就不报警了，可能有点儿对不住那哥们了，但这事不怨我，你说呢？"他低头看着驾驶室的那人，只见他点了点头，才继续说："这几张照片，我就暂时替你们保管了。这半年，我要是不出事就算了，要是出了事儿，那就跟你们有关，任何事，懂吗？"

那人看着他，嘴角神经质般抽动了一下，说："拐子，都是混饭吃的，见谅一哈，我们只谋财，不害命。"

阿盲也点了点头，转身朝的士走去，没料到小王就在身后，突然伸出手来抢包，阿盲一闪，又躲过了，但他的手还是探到了包。

"钱？"小王狐疑地看了一眼阿盲，"还不少？"

阿盲面不改色地走回了车里，说："小影奶奶的救命钱。"

"这么多？那，那条老命还挺值钱的？"

阿盲没再搭理他。一路上，小王也没再多话。

十一

回到家里，阿盲猛灌了几杯水，又抱着钱坐了好半天，慌乱的心跳才慢慢恢复平静。

冷静下来后，他找了好几个地方，泡菜坛，马桶水箱，废弃的微波炉，一一把钱藏好。他已经想好了，晚上叫辆的士，带上小影和钱，直接回黄陂。回去把大哥大姐和母亲的身份证都借出来，明天一早，就把换好的钱存到银行里。以后要是再换钱，哪怕一次少换一点，哪怕把武汉三镇跑遍，也要去银行。

忙完这一切，阿盲正坐在椅子上喘气，小影回来了。再看她，整个人也像经历了一场大病，短短几个小时，似乎瘦了好大一圈，她用两个呆呆的大眼睛看着阿盲，走过去，扑在他怀里呜呜哭了。阿盲何尝不想哭呢？那种拥有的感觉太美好了，犹如躺在云朵里晒太阳。那是希望，是他这一辈以及下一辈人的希望。阿盲抱着小影，也取下眼镜擦着眼睛。伴着小影的泪水，阿盲感到自己身体里的一些悲苦正跟着慢慢排解。两人抱了好久，终于恢复了一点力气，小影擦了擦眼睛，站起身来煮面，两人默默地吃完了这顿晚餐。

"只怕，最保险的方法，还是把钱用出去。" 小影一边收拾碗筷一边说。

把钱存在亲戚的账户里是另一种冒险，这个道理阿盲不是不明白。可他想到的花钱方式只有买房子，他试着重新燃起对买房的渴望，可不知怎么的，这个愿望有些空洞，不那么令他兴奋了。

小影拉着阿盲看房子。两室两厅，三室两厅，大卫生间，落地窗，三阳台，燃气入户，地铁口，空中小花园……没有哪一处不比德润里好，所以没有哪一处不令他感到满意，光照好，规整，便捷。可他们还是捏着钱看了一套又一套，比了又比，不敢轻易出手，因为他们心里都明白，这可能是他们这辈子买的唯一的一套房子了，能不慎重吗？

"还看一套，还看一套就定下来吧。"有时候是阿盲说，有时候是小影说。

这天下午，小影特地请了半天假，回来换了件衣服，准备跟阿盲一块儿去看房，可就在这时，薄木门被咚咚咚敲响了，他俩对视一眼，受过伤的神经立即紧绷了起来。

小影正要应声，阿盲连忙拦住他，做了个噤声的动作，小影懂了，两人都不吭声，捂着嘴巴，猫着腰，听着外面的动静。

"咦？应该有人的啊？"阿盲听到外面有邻居的声音，那人说，"一早我就在里份口坐着，明明见阿盲和小川妹回来了。"

接着又响起敲门声，还伴着喊话："警察，麻烦开一下门，我们来了解一些情况。"一听到是警察，阿盲和小影吓得魂飞魄散。

只听到外面沉默了几分钟，敲门声便又急促响起，其中还夹杂着邻居的武汉腔："我就说嘛，他们怎么突然就阔了呢。这个薄木门，一脚就踢开了呀，你们要像那个香港警察，嚯嚯——嘿哈——"

不等外面人说完，小影立即把阿盲往窗子边推，一边推一边从床下捞出剩下的美元，说："你先走，先走！"

里份的房子都不高，大多是两层，但空高挺高，普通老百姓住进来时都把一层隔成了两层，阿盲住在二楼，相当于普通房子两楼半的样子。外面紧靠着大马路，沿墙根有一排棚屋。小影逼着阿盲下去，阿盲问："那你呢？"

"我也走！"容不得多想，阿盲只好攀住长在墙缝里的一棵野构树，借势跳到棚屋上，又跳到地上，他仰头看着小影，等着她从屋里出来。

小影一转身，又从另外几个位置取出剩下的几万美元，塞到背包里，抛下去，阿盲接住，她从窗口爬了出去，攀在构树上，又跳到棚屋顶上。这儿这儿！我接着！阿盲喊。可阿盲高估了自己的力量，小影一下把他扑到地上，两人结结实实摔成了狗熊，可也顾不得疼，赶忙爬起来，连身上的灰都没拍一下，迅速钻过曲里拐弯的各种巷子，穿过马路，朝对面人群密集的地方跑去。

"怎么能撞门呢？他们又不是犯罪嫌疑人，我们只是来了解一些情况。"面对邻居们的七嘴八舌，有一位年轻的警察解释道。阿盲和小影没听到这些，他们早已跑远了。他们穿过一条又一条的马路，钻过一片又一片的低矮民房，顺着江边往北跑，也不知跑了多久，小影喘着粗气，拽住阿盲的手，说："歇一会儿，跑不动了。"阿盲看看，似乎没有人追来，他停下来，站住喘气。"这是往哪儿去？"小影问。阿盲被问得一愣，这才发现，这是他小时候往老家跑的路。

两人就这样漫无目的地往下游走，也不知走了多久，街灯次第亮起来，小影摇了摇阿盲的胳膊说："你饿了没？"阿盲会过意来，说："那我去买点吃的。"阿盲买了一份煎饺，两杯糊米酒，两人走到江堤上，靠在路灯下，慢慢吃了起来。吃完后，阿盲的手机响了，两人疲惫不堪，你看看我，我看看你，没有接。

可打这电话的，显然是个顽强的人，没隔两分钟，电话又响起来，还更恶躁。

"哪个的？是陌生号码吗？"小影问。阿盲看了看手机，说："不，是隔壁汉英嫂的。"两人对视一眼，同声说："汉英嫂？这个点给我们打电话？她没在社区工作吧？"

这么想着，两人把电话接了，电话那头果然是汉英嫂的声音："你们两个搞嘛事啥？到现在不回来？你没回来也算了，小影也不知野到哪里去了？"阿盲还没来得及插话，她又接着说，"我的小背心被风吹到你家空调外机上了，在那个夹缝里，我拿篙子挑了半天，都没挑到，你什么时候回来啥？我想到你屋里去挑一下，或者你叫小影收了，递给我一下……"阿盲一句话都没插，汉英嫂说了一堆，可在这一堆略带埋怨的话语里，阿盲的眉头渐渐舒展开来，他笑了，连声说道："好好好，我给小影打电话，叫她马上回去，收了后，亲自给您家送过去。"汉英嫂还在那头说："那快点呢，你们嘛时候回来？我明天还要穿呢……"阿盲没再作声，挂了电话，把手机放回口袋，冲小影笑了一下。从汉英嫂的语气来看，他们俩没事了，至少，那伙人走了——除非，她是一个演员。

他俩互相扶着，从草地上爬起来，找了个长椅，坐下来。

"也许，我们不该跑的。"阿盲小声说。

好一会儿，两人都沉默着。可是，小影想说，不跑，万一警察进来了，搜到那笔钱，这段时间的辛苦不都白忙活了吗？可话到嘴边，她没有说出来。她心里更清楚的是，我们是两只惊弓之鸟，哪有不跑的道理。

阿盲抬起头，看了看远处灯光闪烁的长江二桥，轻声说："小影，我们不就是捡了点儿钱吗？怎么就这么狼狈呢？"

夏风吹过，摇动着高大的广玉兰的枝叶，没有人回答阿盲。

十二

就在这时，阿盲的手机又响了，一条短信。

他提起精神看了看，说："二手车的。"说着，又递给小影看了看。

小影没有力气，随便瞟了一眼便低下头去。

突然，阿盲像想到什么似的，把手机拿过来，往前翻，还好，他没有删短信的习惯，往前翻了没多久，就找到了那条短信：不要去银行！是一串实实在在的手机号码发来的，他又往后翻，找到那个理财广告，他有些紧张，哆嗦着双手，点开那条广告，是一串代码——发消息的是一串代码！阿盲向后一倒，像是被人抽去了筋骨一样瘫软在小影身上。

小影不明就里，从地上捡起阿盲的手机，反复翻看着那两条短信，终于，她也明白了。

是谁？他有什么目的？他都知道些什么？一连串的问题从小影脑海里蹦出来，可是她看到吓得要哭的阿盲，骤然一阵心疼，她强打起精神，说："要不，我们给那人打个电话试试吧？看看他到底什么意思。"

阿盲还在犹豫着。

"看上去不像要害我们，他……"小影又说。

阿盲坐正身子，想了想，除此之外，还能有别的什么办法吗，他深吸一口气，清了清嗓子，把电话拨过去，嘟，嘟，嘟，电话那头一直响着，却没人接，阿盲屏住呼吸，等待着，正准备挂断电话，那边却传来一个平静又不失威严的声音："今天才给我打电话，够沉得住气呢。"

阿盲一愣，不知道怎么回话，只听到那人又说："在开会，明天下午四点，时代广场顶楼见吧。"说着，便挂了电话，只留下阿盲跟小影面面相觑。

两人商量了一下，还是没有回德润里，找了个小旅馆将就了一夜。这一夜，两人几乎都没合眼，不住地唉声叹气，翻来覆去，经历了这一天，两人都苍老了好几岁。第二天两人挣扎着爬起来，都看到对方的憔悴，都暗自心酸不已。

下午三点五十左右，阿盲和小影互相牵着手，到达了时代广场顶楼。

不一会儿，楼梯上响起了沉着的脚步声，两人的目光，像收到了无形的指令一样一齐投向楼梯口，那人在门口停顿了一下，伴着两声故意而为的咳嗽，一个穿着讲究的男人走了出来。他脸上浮着微笑，目光从阿盲脸上扫到小影脸上，再又从小影脸上回到阿盲脸上，打量着他俩。

阿盲和小影互相对视了一眼，脑海里同时跳出两个字："失主？"

阿盲搓着手，正在犹豫着，要不要自我介绍一下，但那人好像没那个意思，他自顾自走到栏杆边，双手撑在上面，俯瞰着滔滔奔流的江水，说："我是第一次上来。"

阿盲和小影都不知道该怎么接话。

正在困惑的当儿，那人已把对岸的蓝天白云绿树高楼从上游往下游看了个遍，又走到对面，面对着老城区的屋顶。他指了指远处的一片小洋楼，说："我就出生在那里。"

似乎看够了，那人转过身来，问："你就是那个的士司机？"

他十指交叉，双手自然地下垂在微突的肚子上，选择了一个很舒服的姿势半靠在栏杆上。

阿盲点了点头。"她呢？"那人把下巴往前一勾，用下巴指了指小影，并不看她。

"我女朋友。"阿盲说。

"哦。"他点了点头，沉默了片刻，又问，"你们就没什么想问的？"

阿盲看了小影一眼，她仿佛得到授权似的，单刀直入："那钱是你给我们的？"

"当然是。"那人还是面带着微笑，这回，他终于看向小影了，"20万美金。"

这下，阿盲和小影无话可说了，两人对视了一眼，小影又问："那是你的钱吗？"

"是我的钱吗？"那人笑了一下，似乎这是一个可笑的问题，他抽动了一下嘴角，说，"这个问题问得好。你说，我能给你，是不是我的钱呢？"

"那你为什么费这么大周折呢？还嘱咐我们不能去银行？"

那人又淡淡一笑，说："我能给你，还要看你们有没有本事接着了。"

阿盲和小影无话可说。

"那我们现在该怎么办呢？"

"现在该怎么办呢？"那人用平静的语气把这问题重复了一遍，脸上带着若有似无的微笑，从上往下俯瞰着两人——尽管他不算很高，但那笑容总让阿盲想到小时候见过的庙堂里的菩萨，从上往下，俯瞰人间。可他是神灵吗？显然不是，那笑容里的意味让阿盲很不舒服。

两人等了一会儿，没有等到答案，阿盲只好换了个问题："是你选中了我吗？还是碰巧，碰巧是我？"

"随便找一个人？不不不，当然不是。是我，或者说我爱人选中了你。"

"选中的？"

"当然。我拿二十万美金随便给一个人？"那人轻轻皱了皱眉头，说，"可能在你们眼里，以为是这样的，但在我的世界里，这是不可能的，没有什么是从天而降的，没有什么不是有意而为的，没有什么事件不是在掌控之中的，包括一个眼神，一个喷嚏，一个手势。"

仿佛为了补充刚才的回答似的，那人侧了侧身子，换了个更舒服的姿势靠着，缓缓开了口——他仿佛正在镜头前接受记者的采访，不紧不慢，娓娓道来："我聪明，睿智，实干，当然也不得不承认，机遇好，我成了一个坐在神坛上的人。"

"三十年来，我一直为这个行业奋斗着，鞍前马后，出生入死，聪明，勤勉，踏实，几次差点死在了工地上，塌方，事故，过劳，急病，我没有死成，所以我有了今天的地位，我仿佛成了一个神。翻手为云覆手为雨的神，我要哪里开花哪里就开花，我要哪里结果哪里就结果，我要哪里竖起高楼哪里就竖起高楼，我要哪里夷为平地哪里就夷为平地……群众感激，拉着我的手，潮热枯老的手，磕头，痛哭，谩骂，我见多了，也都是我意料之中的。我能令他们快乐，也能教他们哭泣，我知道按下哪一个按钮，能让他们出现哪一种表情……这种翻手为云覆手为雨的感觉，你们永远不能理解。"

小影和阿盲交换了一下眼神，没有打断，任由他接着往下说。

"这一片，"他的手臂伸出去，从左到右画了一道很长的弧线，说，"都是我打造的，原来这里只是一片荒凉的滩涂，杂草丛生，野兔出没，到处丢弃着没人要的瓶瓶罐罐，破碎的船只遗弃在岸边，而现在，哪个来了不赞叹这片美景呢？"

小影随着他手臂画出的方向看去，她知道，他说的没错，这里以前是挺荒凉的。

"我让跟着我的人升迁，实现价值，得到重用，占据高位。远房亲戚的女儿考'985'，差半分，他跑了一个暑假，皮鞋磨破了几双，一头黑发全急白了，我一个电话就解决了。朋友的公司濒临破产，辗转找到我，我给他指了条明路，三倒两倒，公司就盈利了。他甚至都不用苦苦经营，仅是出租厂房就够他吃一辈子了……像你们，想在大武汉落个脚，想要套新房子，一份好工作，这些，对于我来说，太简单了，我可以一瞬间让你们升入天堂，这绝不是假话。想必，你们俩已经尝到了这种滋味吧？"说着，他意味深长地笑了。

阿盲和小影听得张大了嘴巴，过了半晌，小影才说："所以你选中了我们？"

那人抽动嘴角，看了他们一眼，又一笑，说："我喜欢改变人们的命运，我喜欢让他们笑，喜欢让他们哭，喜欢他们匍匐在我脚下的感觉。"

就在这时候，一位穿着职业套装的美女上来了，楼梯门开着，但她仍谦恭地敲了敲，紧接着说："部长，打您电话您没接，我就上来了。下面的会快开完了，请您下去作总结。"

"不用了，我就不下去了，你们作总结吧。你们总要慢慢适应没有我的会议。"

美女点头应答，似乎有些不解，但仍面带微笑转身下楼了。

阿盲平复了一下心情，又接着问道："你说那钱是你给我的，我不信，你是怎么做到的？"

"这很难吗？"说着，那人嘴边浮现出一丝轻蔑的微笑。阿盲和小影已顾不得自尊了，齐声说："是的，我们想不明白。"

那人又抽动嘴角，微微一笑，说："之前，我爱人坐过你的车，一个偶然的机会，你的相貌虽然变化很大，但有一个下意识的小动作让她觉得很熟悉，从而她认定是你，于是她留心记下车牌号码，打你们出租车公司的电话一问，马上知道是你，而且，连你的绰号都知道。阿盲，不是吗？"他笑了一下，马上又接着说，"上月的那个周末，她用滴滴打到了你的车，当然，这有点麻烦，但也并不是太难，你们的车牌号码都在软件上有显示的。我和她约定一个地点，她上车后，我就在那儿等，她一下车，我就上了你的车——这很难吗？"说完，那人摊开两手，笑了笑，居高临下的骄傲一览无余，重又把两手交叉，放在腹部前。

小影还想问："那我们现在该怎么做呢？"可就在这时，楼梯口响起一阵急促的脚步声——那人淡淡看了一眼，没有流露出半点惊讶——一群警察噔噔噔跑上来，围住他们。阿盲很快明白，警察围攻的对象不是他们，而是他。

那人一笑，扫视了一眼，突然抱住面前的那棵大盆景，双脚往后一撑，稳稳站到了栏杆上。想不到他已不再年轻了，却有如此的身手。警察队伍一阵骚动，纷纷往前冲，又只能在他面前刹住脚。

他把一切看在眼里，爆发出一阵大笑。

阿盲这才注意到其中一个警察，有一点点面熟。阿盲晃了晃脑袋，想起来了，就是那个在他家楼下发宣传单，找他要烟的男人——所有的谜题都解开了，原来警察早就盯上了他。

一切都完了，一切都完了！什么都完了！

阿盲痛苦地捂住脸，继而，这些痛苦变成了愤怒，指向那个在暗中操控一切、给了他们希望又剥夺他们希望的人。阿盲上前一步，愤怒地说："你以为那是你的钱吗？那不过是老百姓的血汗钱！如果是你的，你为什么不要我们去银行？如果真是你的钱，为什么有警察盯着我们？其实你心里很明白！"

听到阿盲的指责，那人站定，神秘一笑，双臂摊开，突然奋力向后一跃——他从38楼跳了下去，像一只雕一样俯身向下冲去，身后有回声传来："阿盲，我们是亲戚。"

一道光照进了阿盲的脑海，表姐？那个大学毕业后就杳无音讯的表姐？

警察们扑到栏杆旁，朝下望去。

小影立即给阿盲使了个眼色，两人想趁乱往楼下跑，可马上有警察跑过去堵住楼梯口。小影把背包甩在肩上，一把拉了阿盲，就往盆景园中钻。盆景多枝多刺，把两人的手臂都划开了，可小影什么都不顾，就连警察在身后大声喊话，她也不顾了。

"别跑了吧，小影，认命吧！"阿盲说。

"不，不会的，旁边，旁边一栋36楼，我们跳过去就没事了！"

小影气喘吁吁拉着阿盲穿过盆景园，来到了北边栏杆旁说："阿盲，跳，跳过去没事的，跳过去就没事了！"

"不可能的，小影，他们已经盯我们很久了！"阿盲拉着小影的双手，焦急万分，却不知从哪里说起。

"不不不，我不相信，不可能！你不跳，我先跳，等我跳过去，我没事了，你就跳过来，知道吗？"说着，小影把背包甩到胸前，爬上栏杆。她身后的警察在喊话。

小影连看都没朝后看一眼，一躬身跳了下去。——可惜钱太沉了，她根本没有跳过那段两米的距离，她撞在墙壁上，直线坠了下去。

"小影！"阿盲大叫一声，扑到栏杆旁，看到小影瘦小的身子正急速往下坠。背包被撞得炸裂开来，花花绿绿的钞票从包里散落出来，像粉红色花雨一样在空中飘动着。

几秒之后，地面传来一声闷响，那是肉身撞击坚硬的水泥地面的声音。这声音，一直在阿盲的脑海里回响，一直。

2022年1月9日

忧伤的夏小姐

一

高中毕业后，我在小城里开了几年的士。

在等待放榜的那段日子里，父亲突然走了。面对惶恐不安的母亲和妹妹，我收起了三流大学寄来的录取通知书，跟着师傅跑起了出租。

师傅是我家远亲，待我不薄，别人每天交二百二十元的租子，我只用交二百元。不过，这依然改变不了那个即将沉底的家的命运。害怕看到母亲哭泣的眼睛和眼看就要学坏的妹妹，于是我每天踩着点回家，迅速溜进房间，关上房门。

这一整个夏天，父亲的出走成了整个小城的一个笑话。他和一个流浪到本城的东北女人走了，而那个女人大他17岁。对于一个少年来说，这不是什么让人感到光彩的事。我主动跟所有的同学切断了联系，他们都上了大学，无论是"985""211"，还是其他什么野鸡大学，都无一例外地在朋友圈晒起了新生活和新朋友。我每天都会看看，但从不点赞，也没回应他们的问候。就这样，我几乎不再与人说话。我每天游荡在大街小巷，有时候烈日炎炎，街道空无一人，有时候突然飘来一片云，下起倾盆大雨。我在树下躲雨或歇阴的时候，常常觉得自己胸中的忧伤和过剩的荷尔蒙就要喷涌而出。可是找不到一个可以发泄的对象。

直到那个夏天快结束的时候，我遇到了S。

S是我的一名乘客。我是在夏天遇到她的，姑且叫她夏小姐吧。

八月底的时候，小城依然很热，太阳把街道都灼伤了，整条整条的街道寂静无声，偶尔驶过的一辆小车也都是悄无声息的，我绕着小城跑了两圈，都没有遇到一个顾客。等我再次经过东寺街的时候，远远看到那棵大泡桐树下站着一个女孩，戴着炫彩的大蛤蟆镜，穿着吊带衫和短裤，正低头摆弄手机。出于职业本能，我远远地踩了一脚刹，车子慢慢溜过去。女孩看了看我的空车，又看了看空无一人的大街，漫不经心地拉开车门，坐到了副驾驶室里。

"到哪里？"我偏头问她，看到那一条白花花的大腿，有点炫目。

她嘟囔一声，报了个地名，仍然头也不抬地玩着手机。

她多大了？干什么的？车子右转的时候，我又趁机瞟了她一眼：那两条腿上的胶原蛋白像是要涨破皮肤，我怀疑捏上一把的话，挤出来的很可能会是蜜桃的汁液。她等车的那地儿，基本上都是民房，可民房后隐藏着几个洗头坊，进进出出的都是些年轻女孩，同门师兄弟有几个固定的客户在那里，晚上不方便的时候，一个电话来，师兄弟们多远都要赶去，穿过大半个城市，把小姐们送往各大宾馆的软床上。至于她们是怎么结算包车费的，我从来没问过，但从他们哧哧的笑声中，我体会到了一股带着汗液的暧昧不明气息。她是干什么的呢？会不会成为我的固定客户呢？

我正胡思乱想着，她的目的地到了。趁她下车的时候，我又贪婪地看了一眼：小短裤连屁股都没盖住，露出两个半月形，更让人想入非非，脖子扭酸了，我只好把目光收回来。转动方向盘的那一刻，我看到她朝一个高档小区走去，苗条的身影很快消失在绿树丛中。

从那以后，我多次路过东寺街，不同的时间，早晨、中午、傍晚、午夜、不同的天气，晴天、下雨、刮风，我再也没遇到S。直到那天，整个城市突如其来地下了一场迷雾。

那天晚上十点多，高中学生正下晚自习，我送了两个学生回家，又路过S去的那个小区，那个时候其实已经开始下雾了，但还没有显现出异样。我下意识放慢车速，希望在路边看到S的身影。还真巧。在车子即将要开过去的一刹那，我看到漆黑的树影下站着一个女孩，她穿着短裤长靴，外面套着一件雪白的羽绒服，如果不是白色的羽绒服引起了一丝反光，我真有可能错过她。我把车缓缓停在她前面几米远的地方，装作休息的样子，摊开四肢，降下车窗，从后视镜里悄悄观察着她。她仍在低头玩手机，看上去不太开心，微蹙着眉头，手指飞快地在屏幕上划动着，对停在不远处的我浑然不觉。过了几分钟，她突然抬起头来，向四周扫视了一眼——那紧锁的眉头依然没有打开，她朝我的车看过来，我连忙心虚地低下了头，用左手不自然地挡了一下额头——可这一切都是徒劳，她根本没有看到车内的情形。她那一瞟是茫然的，瞟完又继续玩起了手机。她在干什么呢，等人吗？这么晚还出去？一连串的问题从我脑海里冒出来。不一会儿，她抬起头来，一辆小车驶入她的视线，她拉开车门，坐了上去。来不及思考，我已发动了车子，悄然向前面驶去，从后视镜里，我看到那辆车正在掉头，看不清车牌，但庆幸的是此刻街上的车并不多，而这样白色大个的豪华越野车也并不多见。为了避免惹人怀疑，我没有跟着掉头，而是加速向前面开去，三十米后，我猛地右拐，那是一条不太宽敞的单行道，但此刻应该会畅通无阻，出了这条路后，再右拐，如果够幸运的话，我或许可能会碰到左拐的那辆越野。当然，它也有可能会右拐，但我当时就是那么判断的，它应该会左拐。果然，当我抢先一步到达十字路口的时候，我看到后面缓缓驶来一辆白色越野，正是S刚上的那辆车。

我的心开始怦怦跳动起来。我才意识到，自己会在一刹那做出准确的判断，完全是因为这是开往东寺街的路。她会去那里吗？她真是小姐吗？突然我全身的血液都涌向了下体，等自己意识到时，双手已在屉斗里翻找起来——今天运气不佳，现在才一百多块，连交师傅的租都不够！可她真的是小姐吗？她的价码是多少，一千，两千，还是两万？我没有这方面的任何经验，可凭借一个少年的热情，如果我有两万块，我真会全部揣上找她去。我会把那两万块砸在她脸上，一边抽她耳光，一边跪在她的脚下。

我双手扶在方向盘上，神经质地抖动着。多少年来，我一直有这个毛病，每次考试要作弊就手抖，结果总是还没下手就被老师发现了。我紧紧盯着红绿灯，开始倒数了，三、二、一……可我没有马上启动，我慢悠悠地踩住脚刹，然后慢吞吞地挂上挡，果然那辆越野车从我旁边超了过去——我依稀看见里面有一个穿白色羽绒服的身影。我的心又开始怦怦跳动起来，明显感觉到自己已经坐立不安了。我轻轻踩了一脚油门，悄没声息地跟了上去。果然，S又到那棵大泡桐树旁下了车。她打开车门，从上面轻盈地跳了下来，径直走进了一条小巷里。

那个男人把车停好，也下了车，他一边锁门一边朝四周看了看，我只好把车慢慢朝前开——在心里已把他祖宗十八代问候了个遍！可那个男人朝四周看了看，见四下里无人，就走到那棵泡桐树下，解开裤子，掏出自个儿的家伙，对着泡桐树撒了一泡尿。难道他们不是一伙的，不进去了？我把车停在斜对面不远的地方，看到那个男人提起自己的裤子，抖了抖——挂在上面的钥匙叮叮当当一串响，然后，穿上裤子，回到车里，发动车子，一溜烟开走了。

原来只是个专车司机！我长舒了口气，立马原谅了他抢了我生意的事实。

我把车子缓缓掉头，停在斜对面的树荫下。不知为什么，我决定等她出来，要等多长时间？一个小时，两个小时，还是要到凌晨？我不能想象凌晨回到家，连两百元的租子都拿不出来时母亲会是什么表情，但我还是决定等下去。

没有那么久，半个小时后，S出来了。这回她没有玩手机，她背着双肩包，心事重重地从巷子里走了出来，我的心又怦怦乱跳起来，我手忙脚乱地发动车子，又拼命按捺住兴奋和焦急，慢吞吞开过去，装作路过的样子，在她身后五米远的地方按了一下喇叭，她漫不经心地回过头来，脸上带着疲倦——她似乎又神游了一下，然后缓缓朝我招了招手。

二

"去哪儿？"我一边按下空车牌，一边趁机大大方方扭过头看她。不得不说，她比我那些同学晒的新女友漂亮得多。但她可能比我们大一点。不要紧，现在不是流行姐弟恋吗？我一边开车，一边想入非非。

"朝前开吧。"她伸出手指往前指了指，然后转弯，转弯，再转弯。她在半空中画了一道弧线。我明白了，"绕老城区转一圈？"我问她，不外乎是想展现一下自己的智商。

她没有点头，也没有微笑，只是扭过头来看了我一下——这是她第一次看我，我在心里比画了一个"yeah"——我猜这一眼的印象应该不坏，我长得不丑，而且年轻，干净整洁，看上去应该不同于其他的士司机。但她的眼神冰凉，像是拿冰烙了我一下似的。

她似乎是在找人。车子开出一百米后，S坐直身子，看到有一闪而过的行人，便努力扭过头去辨认。可惜这时候，街上并没有什么人，一圈转下来后，才看到三个人影，其中还有两个是一对中年夫妻。

车子绕老城区转了一圈后，她没有要下的意思，于是我把速度放得更慢，又转了一圈。就是这时候，雾突然下大了，越来越浓，十米之外，便什么也看不清了。起初我以为是室内外的温差造成的，把空调温度调高了些。可是渐渐连五米之外也看不见了，我突然意识到是这城市下了一场从未有过的大雾。浓雾使对向的车辆只能看到两只模糊的大灯，抹去了两旁的建筑、树木，更是抹去了路上所有的行人。整个车辆如同行驶在古龙小说的神秘氛围中。

我打开双闪灯，摸索着开了一段后，最终还是放弃了。我把车停在一个新建的小区旁，那儿道路宽敞，还有新修的高大的路灯，看上去是比较安全的。我扭过头跟她说："还是等一会儿吧，这会儿实在是不安全。"她脸上的疲倦没有丝毫减轻，但神色似乎安定一点儿了。她点了点头。

看见她的表情稍微松弛了些，我鼓起勇气，试探着问："怎么，你是来找人的吗？要不，我待会儿帮你找？"说完这句话我就后悔了，这不是我，这太多嘴多舌了，但她却没有多想，点了点头，继而又摇了摇头，"你又不认识他，怎么帮我？不过，你可以开得再慢一点。"

"或许，你可以给我看看他的照片？"由于内心的窃喜，我又往前试探了一句。可她还没来得及回答，窗外有个男人的身影一晃而过，突然间，她就推开车门追了上去。

男人个子很高，身板笔直，走起路来有一股洒脱不羁的风范。

路边残雪未化，他却披着冲锋衣，露出格纹状的米色围巾。寒风吹动他的衣襟和一头灰发，有几分迷人。可他似乎浑然不觉，双手插在口袋里低头疾走，一边走路一边似乎还在思考什么。发觉身边多了个人，他吃了一惊，但不得不说，他吃惊的样子也挺迷人的。当看清是S时，他小跑起来，显然是想甩掉她，但S也跟着跑起来。他一边跑一边扭过头来对S说着什么，脸上的线条依然那么柔和。但几米之外，我依然深切地感受到了他的冷峻和坚决。——S似乎又焦躁又伤心，她一边哭诉着什么，一边想去拉他，但男人连连甩掉她的双手。

两人拉扯着很快消失在浓雾里，只留下我目瞪口呆地坐在车里，我沮丧地坐了一刻钟，需要花点儿时间厘清他们的关系顺便平复一下我的心情，还要去追吗？照这么看来，她不是干那行的，可谁知道呢！谁说小姐就不能有男朋友呢？我的心情一瞬间像从塔吊上跳了下来，要死不活地躺在地上。我不希望她是干那行的，直觉也渐渐告诉我不是，可如果真不是，就我这么个的士司机，要想跟她发生什么是不可能的。我狠狠踢了两脚车门，恨不得把这破车踢烂，对这世界的恨意也再次燃烧起来。

我驾驶着车，心烦意乱地在大街上游荡着，有人拦车也不想理。突然一转弯，我扭头瞟到了副驾驶座上放着的双肩包，我差点没捡起来抱着痛哭一场——S的包掉在车上了！我终于有理由找她去了！

此刻，我就像一个瘪了的气球找到了气筒，又被吱吱地打上了气。什么也别说了，开着我的小破车，找她去。我在面前第一个十字路口找到了S，那男人不见了。S正一个人孤单往前走着，我冲她按喇叭，大声说："你的包！"她扭头看了看我，又回到了我的车上。

"需要带着你去找他吗？"看见她一脸的忧伤，我忍不住说。

"好。"这次她又扭过头来看了我一下，好像在心里已把我当成了同盟军。我不由得又在心里比了一个胜利的手势。我尽量把座椅调前，眼睛都快贴到窗玻璃上了，硬撑着慢吞吞往前开。

"刚才，那个十字路口，我本来已经追上他了，可他突然小跑起来，我有哮喘，我故意说：'你别跑了，我跑不动了。'其实，我也真跑不动，但他又加速了。我看着他的身影，以为他会停下来，或者会回头望一望，但他没有，他的背影很快消失在雾里了，就像被浓雾吞掉了一样。我走到他消失的地方，以为他会在某个角落等着我，以为我一转身，就看到他在某个角落冲着我笑……但是没有，他彻底消失不见了。"

她又接着往下说，像是在自言自语。

"我以为往前走10米、20米、50米，就会找到他，但是都没有……街上没有人了。雾太大了。"

"你们吵架了吗？"我小心问道。

"没有，我们没有吵架，只是……"她扭过头来看了我一眼，缓缓说道，"只是我怀疑他有了其他女人。"

"啊，有这么漂亮的女朋友还找其他女人？那该碎尸万段了吧。"我看着她说。

她冲我失神地笑了笑，说："他是个编剧，一个才华横溢的编剧。"

"所以？编剧就该和其他女人……"我皱紧了眉头。

"要不？我们找个地方去喝一杯？"她偏过头来问我，说着就要拉开车门，我当然没有理由说不。不是每个夜晚都会有艳遇的。

三

我们在路边不远的地方，找到了一家小酒吧，酒吧掩隐在一排杉树林后，一进门，她就在不多的几个顾客脸上搜寻起来。看来，这也是他常来的地方。

我们找了个没人的角落坐下来。她熟练地给自己点了一份"红粉佳人"，又很快用花式手法点上了女式香烟。我则看了半天酒水单，给自己点了一杯"教父"。可上来后，却发现很烈。

"怎么样？不好驾驭吧？"她看着我，像是看到了我隐隐皱了皱的眉头。

"嗯，不太好喝。" 我只好老实回答。

她点了点头，把面前的红粉佳人推给了我，接着便端起"教父"一饮而下，休息了片刻，她打了两下响指，酒保又给她送了两杯"教父"过来。然而，她却不喝了，只是低头把两只盛满酒的杯子碰来碰去，有些许酒精洒了出来，汇集在一起，映照出一张美丽却失神的脸。

"你常常四处找他吗？"坐得太久了，等酒吧里仅有的几个顾客也陆续走掉后，我试探着问。

"不，"她摇了摇头，长长吐出一口烟雾，那口烟雾也跟着她的头晃动起来，像是一只在摆尾巴的鳗鱼。"大多数时候，他是在家写作的，埋头苦干的那种。你知道吗？我也是因此才爱上他的。"

她蜷到沙发里，陷入了回忆之中。也许是酒精的作用，她的话匣子也打开了。

"有一阵子，我姑妈家拆迁，租了东寺街的一套民房过渡。他正巧也住那栋，他住的是一楼，我常看见他在院子里画画、读书，或者和他的朋友聊天。三楼的露台上，有他种的葡萄，他常上去浇水。我们在楼梯上碰到过几回，在侧身而过的时候，他会冲我笑笑。他笑的时候鼻梁会微微皱起来，眼睛里流露出温和的光，他略显灰白的头发在风里飘动着。"

"他是才华横溢的，但他，或许生不逢时，你懂吗？"她在烟灰缸里摁灭了烟蒂，用涂着黑色指甲油的指头失神地拨弄着里面的烟蒂，此时烟灰缸里烟蒂已经有七八支之多了。

"要怎么说你才能明白，才能准确无误地明白他的才华呢？

"有时候我在楼上看他们聊天，看着看着就入迷了，一坐好几个小时，姑妈端来水果都忘了吃。他们毫不在意多了我这么个迷妹，旁若无人地争执、大笑，连荤段子也照说不误。

"有时候他们会产生分歧，对他的作品或某个剧作家的作品。有时候他听着，抽着烟，间或点一点头，有时候眉头一皱，眼中流光一闪，说：'不。'然后缓缓吐出一口烟，把眉头舒展开，开始阐述自己的观点，他慢慢地说，但每个字都很有力，开始还有人反驳他，但他把他们一一都驳倒了。最后，就只有他一个人说了，他们都打起哈哈，喝茶或者逗'烟斗'。'烟斗'是他养的一条拉布拉多犬。

"天晴的春末，或者夏天的傍晚，他常在院子里画画。除了偶尔抽一支烟，他几乎一动不动。那时候的他是那样的深邃和孤独，仿佛天上最亮最寒冷的那颗星，一种拒人于千里之外的气息，只有烟斗，靠在他的脚边，在太阳光里打盹，它和他一样，深邃、孤独、帅气、迷人。

"我以为他的朋友会越来越少，但他们常来常新，老朋友带新朋友来，有时候还带来年轻漂亮的女孩，有一两个是出演过某个小角色的小明星。他们每次来，都是一场盛大的聚会，从中午闹到午夜，喝酒、唱歌、跳舞、论道——他们是那么快活不羁的一群人，幽默、洒脱、睿智、特立独行，是我向往的自由自在的生活。在此之前，甚至到现在，父母是把我管得很严的——而他是他们的中心，灵魂人物，这么说你明白吗？你相信他是一个才华横溢的编剧吗？"

她忽闪着墨色般的眼睛看向我，我正要回答，却见她眼里闪过一丝羞怯的笑意，她突然说："他最讨厌别人用这个词了，弥漫着一股淫荡的味道。"

"啊？"我一愣，紧接着又笑了起来，说，"被你这么一说，似乎还真有点这种味道。"

她笑了，笑容转瞬即逝，但苍白的小脸似乎慢慢恢复了一点血色。她又点燃了一支烟，夹在枯瘦的指尖，再次冲我笑了笑，然后又开始了讲述。

"很快，我迷恋上了他，一天看不到他就觉得坐立不安。于是，我找各种借口频繁地往姑妈家跑。有一天，我们再次在楼梯上相遇的时候，他突然猛地把我按在墙上，抱住我的头，狠狠地亲吻了我。姑妈就在走廊上浇花，她乒乒乓乓地把铝制铁桶弄得响，花盆里漏出来的水滴滴答答滴到了楼下。她再往前走两步，就有可能看到正在亲吻的我们，可我们都是如此地忘我，不愿松开彼此。也许，我眼里流露出的仰慕，早就被他一网打尽。

"从这以后，我的心像长了翅膀似的，无时无刻不在欢呼雀跃，走路轻盈得像是在跳舞。我找更多的借口更加频繁地往姑妈家跑，可他再也没有做出任何出格的举动。有时候我在楼上看到他和一帮朋友在一起，他冷冰冰的，没有表露出认识我的样子，只是聊着聊着，他会突然冲我眨一眨眼睛，轻微到你以为只是不经意间眨了下——只是不知为何单单眨了一只。但我知道，那是我们之间的暗号。"

"可是好景不长，姑妈很快搬走了。我没有理由再往那里去了，如坐针毡般过了三天后，我做出了一个惊人的决定。"她吐出一口烟圈，看了看我，眼里没有丝毫的羞怯，而是大大方方地。不得不说，除了爱慕，一股敬佩之情从我心底升腾起来。

"我把那套房子租了下来，姑妈的那套，还有他隔壁的那套，只留着顶楼的。我想，不能太空了，生活在这么破旧而又空空荡荡的房子里，一定特别无趣吧？我猜测，他是喜欢热闹的。

"很快，我们在一起了。他的妻女在国外，几年前已办过手续，我也甩掉了我的那些小尾巴。起初，我们相处得非常愉快，非常。"

她又强调了一下，然后像是对自己的话表示肯定似的，点了点头，说："是的，非常快乐，非常快活……"她像是神游了一下，明显陷入了短暂的回忆中，随着她眼睛里消失了的光，我也跟着神游了起来，想象他们早晨、黄昏、夜晚纠缠在一起，在晨光熹微的早晨，坐在床上，他搂着她，唱歌或是讲话……我不由得在心里涌起了一股强烈的醋意。

我在黑暗里捏紧了拳头，想以此压抑自己翻腾起来的醋意和就要凸显出来的生理反应，可是我却又如此地渴望她继续讲下去。

"整个夏天，整条街道都摇晃着栾树的枝叶，那美好的夏天呀，真让人心旷神怡，灵魂出窍。"然而说出这句话时，她语调里的甜蜜在迅速消失了。她低下头，看着自己瘦削的手，像第一场秋风吹过夏天的街道，我预感到，那些灰色的片段来了。

"大多数的傍晚，我会坐在楼顶的葡萄架下，看一本书，打个盹，或者仅仅只是享受夜晚即将到来的清凉。然而很快，我发现不对劲了。有一天，我俯身在顶楼的栏杆上，望向小巷纵横交错的里弄，发现那里有一栋半新的楼房。怎么说呢，它为什么引起了我的注意呢？因为它着实有异于其他半旧不新的房子，用一个词来形容，就是有点花里胡哨的。我开始站在那里看，为什么这个地方会有这么一栋房子，它是用来干吗的呢？我一直站在那里，悄悄地观察起来。太阳开始慢慢收起了它的暑热，光线黯淡起来，我看见每个窗前都有女人活动的身影，她们打着哈欠，洗漱，或伸懒腰。我好奇怪，为什么只有女人没有男人？但就在那一瞬间，我马上明白了，这是那种场所！我不禁笑了，没想到自己生活的小城也有这种场所，而且就和自己的住处隔得不远，真是'生活在同一片蓝天下'——当时，这句话就那么从我的脑子里蹦了出来，我记得我还笑着抬头看了看那片蓝天。

"夜色降临了，那栋房子亮起了灯，里里外外都闪烁着柔和暧昧的灯光，我看到有三五成群的男人进去了，也有一个一个的女人出来了。有一个女人，穿着素雅的旗袍，手腕上插了一朵红花，一步三摇地从里面走了出来，我的目光一直跟着她走到我家楼下，她突然抬头朝上看了看。不知她是发现我在看她，还是怎的，她朝上看了看，我本能地闪了闪身子，躲到暗影里去了。这时，烟斗跑了出来，它围着她撒着欢，打着转，摇着尾巴，吐着舌头喘着粗气，我虽看不清，但可以想象那大舌头上一定还流着哈喇子——烟斗是一只右后腿被人砸伤了的老狗，它患有轻度的孤独症，一般情况下，看到陌生人它是会狂吠的。

"恰巧，编剧回来了，街上的路灯照着他的背，把他的影子投射到女人身上。我心里突然升腾起一种不能形容的妒火。他背对着我，我看不见他的样子，但那女人的脸正在光线里——她正在笑，嘴巴斜挑着，眼角飞着，像一群飞蛾一样，扑闪着扑闪着，这里飞一下那里飞一下——是那种风骚的女人被还看得上眼的男人撩动了的样子。我虽然年纪小，可是我懂！

"我一刻也没有停，扔下手中还握着的水瓢，就冲了下去。可他已经回来了，已经躺在藤椅里看报纸了，脚边就躺着那只要死不活的老狗。这个畜生，好像它刚才不曾对别的女人摇尾巴一样！

"他毫不掩饰自己知道她是妓女。'你能看出来她是个妓女，我看不出来？我是个编剧呀。'

"'我是个编剧呀，编剧当然要跟不同的人接触，跟不同的人做朋友，不然我怎么写作，怎么写出世间百相，写出伟大的作品？'他的话句句在理，可怎么听都像狡辩。"

她停下来，头伏在桌上，把头埋在胳膊肘里，我问她："所以你们就吵架了？"她点了点头，算是回答。

"就为这个？你看到他跟一个陌生女人说话？"

她淡淡一笑，说："编剧有个习惯，每每上街看到陌生男女说笑，就喜欢编派他们。他会猜测他们是什么关系，正说着什么，打算去干什么，有时候他一边编故事，还一边捏着嗓子设计他们的对话，栩栩如生，活灵活现，那些对话镶嵌在那些神态动作里严丝合缝，丝毫没有不妥帖的地方……"

这个习惯，终于也在这一刻传染给我了。我开始想象潦倒编剧和落魄妓女的N个版本的故事。

"也许那一眼只是个开头，把我和他之间的不信任给调动出来了。

"可是我仍然离不开他，是自由对束缚的吸引，成熟对青涩的吸引，逾矩对禁锢的吸引？或许还有别的。对爱，对知识，对才华？我感到那吸引是致命的，是难以抗拒的，从脑海里钻到身体里，不由分说地操控着我的四肢。

"有一天，华灯初上的时候，我又从家里溜了出来，跑去他那儿。院门虚掩着，他正在客厅里赶稿子。屋角里燃着檀香，烟斗在他脚边打盹，一切显得是那样的静谧和美好，我特别喜欢看他安静做事的样子，那样子很迷人，也很能给我安定之感。那时候我们已经吵过很多次了，对于这段关系我已感到力不从心，所以我不打算进去，只在门口站着，静静地看他做事。他时而皱着眉头抽烟，时而用脚磕一下烟斗，时而面色平静舒缓地敲击着键盘——我知道，那是他写得顺畅的时候。那时候他笔下的文字，一定像宽阔的大河那样，平静舒缓，从容不迫地向前奔流。

"这样持续了一个多小时，我的腿站酸了，走到隔壁房子里。之前跟你说过，我顺带也把这间屋子租了下来，这一带的房子建得很简陋，墙壁很薄，躺在里屋的床上，贴着墙壁，能听到他的呼吸声。过了一会儿，我听到了一声鹧鸪的叫声，那是他的微信声。我听到敲击键盘的声音停下来了。过了一会儿，鹧鸪又叫了一声，我听到拖鞋在地板上走动的声音，大衣架晃动，打火机脆响，拖鞋趿拉到门口，皮鞋摔在地上，紧接着铁栅栏院门'吱呀'一声，脚步声已经在巷子里响起来了。我连忙从床上跳起来，扑到客厅里。透过院墙上的镂空，我看到他一边低头看手机一边笑了——叼着烟，嘴角斜斜往上一挑，笑了。

"这个笑容，我不想再诠释，我很熟悉，我想你也应该很熟悉，如果你谈过几次恋爱，如果你曾心仪过某人，并认真观察过的话，你会得出结论，这个笑容，只会给予异性。

"我能想象得到，如果他面前有这么个女人，那么他下一步就应该会凑过去，在她脸上亲一下。

　　"嫉妒之火再次点燃了我。我用还保留着的那把钥匙，打开了院门，电脑还没关，他正在创作那幕话剧。我无心感受那波澜起伏的剧情，一心只想查看他的QQ和微信，可密码被修改了。恰巧此时一封邮件来了——邮箱开着，我的手不禁颤抖起来——我可以看到他所有的来往邮件，也就是说可以窥见他内心深处的几乎所有的秘密，特别是他所钟爱的事业上的。"

　　她停顿下来，像是用完了所有力气，头趴在胳膊肘上，点燃了一支香烟，右手把香烟举在耳侧，烟雾在头顶缭绕。乍一看，她的脑袋像个横放着的香炉，呼呼冒着香烟——我猜，那一刻，她的脑袋里肯定冒出了什么可怕的念头。

　　她把烟夹在耳畔，像是忘了它的存在，没有再吸。香烟燃尽时，烫着了她的手，她哆嗦了一下，掉下一串烟灰来。她像是才从回忆中惊醒，在眼前的烟灰缸中摁灭了香烟，用迷惘的大眼睛扫了我一下，接着说：

　　"那时，我脑海里闪过一个可怕的念头。

　　"没错，我打开了他的邮箱，整个浏览了一遍。不得不说，他是幽默的，是迷人的，他的幽默风趣、洒脱不羁在信件里得到了更多体现。在阅读信件的过程中，我仿佛又回到了开始，我坐在楼上，看着他跟许多朋友聊天。

　　"他与出品人的往来邮件最多。看得出来，他对新剧满怀期待。夏天的时候，有个出品人到画家这儿来过几次，每次都带着不同的女人，少女，妙龄少女，他毫不掩饰他对不同女人的喜好。他常跟编剧说去他那儿吧，然后冲着他促狭地眨眨眼，不用说，鬼也知道他在暗示什么。

"我眼前再次浮现出编剧脸上挂着的笑容，那个风骚得暧昧不明的笑容，是那人带给他的女人吗？我知道，出品人正在竞争一个要职，我想都没想，就申请了个邮箱把我手中的照片——那人跟女孩们的照片，不是床照，但也足够亲密——寄给了他们单位的公共信箱，我甚至都没为能引人注意而多写两句什么。但结果是，这封信真的给了他致命的打击。

"也许是有人在背后推波助澜吧。看到他潦倒的样子，我有一点点内疚。可还没等我把内疚平复，编剧就发现举报信是我写的——我甚至都没想过要抹去电脑上发邮件的痕迹。

"'你知道你毁了我，你知道吗？'他坐在靠椅里，双手无力地支撑着头，'我的所有努力都白费了，你知道吗？得奖，成名，车子，房子，女人……所有的一切都灰飞烟灭了，你知道吗？'

"我惊诧地瞪大了眼睛：'女人？'

"他抬起头吃惊地看着我，像是才发现我是个女人似的。不知是因为连夜的酗酒熬夜，还是因为梦的破碎，他的头发乱糟糟的，眼角布满了血丝和皱纹，风度顷刻荡然无存。原来一个男人的精神支柱倒塌了，会带来这么可怕的后果。我害怕了，后悔了，想走过去，给这个软弱的人一丝安慰。

"他却咆哮起来：'我不能接受出卖我朋友的女人！你！你，教我如何……再面对他？'最后，他竟呜呜地哭起来了，'你毁了一个有着卓越才华的编剧，你知道吗？……'

"他的哭声让我心碎了，曾经我是一只小猫咪，现在却把狮子弄哭了，又痛又骄傲的情绪在我内心交织翻滚着……"

　　说到这里，夏小姐停住了。袅袅烟雾后，她的双眼闪了一下，放射出一道怪异的光芒。小猫咪在舔嘴角的血吗？我脑海里闪过一个念头，但也只是模糊地一闪。是什么？我没厘清楚，因为那让我心疼的忧伤又回到了她脸上。

　　"你们就这样分开了？"我问。

　　"没有。"她弹了弹烟灰，眼神又黯淡了，陷入了回忆之中，"我终于还是没能抵御得了心中的爱，走过去，抱着他的头，眼泪很快滴落在他的头上。"

　　可以想象后来发生了什么。我的喉结上下滚动得发疼，心里的那份孤独和爱恋鼓动着我，在我的身体里上蹿下跳得厉害。我强迫自己尽量不去想象，然后努力清了清嗓子，说："你们和好了？"

　　"和好了，可是却再也回不到从前了。我不明白，这是为什么，无论我怎么努力，都回不到从前了。"说完这些后，她抬起眼睛来看着我，希望我说点什么。可我该说什么呢？我想到了她眼里闪过的怪异的光，想到了哭泣的编剧……我把嘴唇轻轻嚅动了两下，最终什么也没说出来。她失望地垂下了眼睛，长长的睫毛在脸颊上投下了浓黑的阴影。

　　"走吧。"说着，她就站了起来。

　　我们走到街上，雾依然很大，两三米外就只能看到些模糊的影子，高大的树木、车子、房子，都影影绰绰，让我怀疑这整个晚上都不是真的。而我唯愿这一切继续下去——我害怕回到真实的生活中。我的心一紧，紧走两步，拉住她冰冷的小手，她侧过脸来，我看到了她脸上挂着的泪痕。我再也忍不住，突然一用力，死死抱住了她。她在我怀里挣扎着，却激发了我从来都不曾退场的荷尔蒙，我抱住她的头，在她脸上狠狠吻了一下。

"我陪你找他去吧。"她渐渐平静下来，像一条用完了力气的鱼，在我怀里温软下去。

这天晚上，我们又手拉手围着小城走了一圈，当然没找到他，最后走累了，站在十字路口，我们不约而同地问对方："去哪儿呢？"

最后我们一致决定：去编剧家里。

"吱呀"一声，院门打开了，我问她："要是编剧回来了怎么办？"

她说："你怕了？"

我摇摇头，说："我不怕。"

她说："那你怕什么？"

我顿时就不怕了，因为我看到她像一条小鱼，褪光了衣服，光溜溜地钻到了被子里。

就这样，在这个迷雾滔天的迷茫夜晚，我献出了我人生中的第一声呻吟。

第二天早上，当太阳的光芒照到小屋里，照到我脸上时，我醒了过来。当我意识身处何处时，马上跳了起来。S早就不见了，我一边慌张地扣着衬衣上的扣子，一边扑到窗边望向窗外。那辆薄荷青色的士正惬意地停在那棵大泡桐树下，一阵微风吹过来，树叶翻飞，我仿佛感受到了来自车子的愉悦。同时，我也看到床头的墙上贴着一张便签，上面写着：

夏天　17

这应该是夏小姐早上贴上去的。这不是日期，也不是门牌号码，那是什么意思呢？

2018年3月5日

迷失的夏天

一

八月的武汉，正热。前进四路，那一片低矮密集的平房更是被包围在一团火里。

一辆的士"吱"的一声刹在青鸟火鸟娱乐城旁的集贤巷口，车上跳下来一位妙龄少女，一头烫过又扎成马尾的长发在背后一闪一闪的，发出健康柔和的光泽。她走得很快，高跟鞋把邻居们的眼睛都叩开了。他们开着门，正在门口择菜，她甜甜地跟她们打招呼：

"龙龙家家，您在家啊？"

"武家娘娘，您在做饭吗？"

她们也热情地回答："晓晓回来了啊？来看你爸爸啊？"

"嗯！"她脆生生地答道，脚步却一刻不停地向巷子深处自己家走去。等她走远一点，后面的人立即凑到一起，对着她的背影，悄声说：

"哎呀呀……不要脸呀！"

"是的啊……听说……脱光了啊……都脱光了啊……"

"哎呀，从小就古灵精怪的，不是个省油的灯呢！"

她叫叶晓晓，是藏龙岛大学城某大学油画系的大三学生。

她隐隐约约听到一两句，头不由自主地侧了侧，耳朵本能地去捕捉那些声音。其实，不听也能知道她们要说什么。她拉回了自己的耳朵和头，斩钉截铁地向前走。她要把那些闲言碎语用高跟鞋的脆响掐断。

叶晓晓径直向巷子最深处走去，一刻也不停留。路过一棵大树底下的平房，门开着，却没有看见里面的人，里面传出咿咿呀呀的越剧声。她犹豫了一秒，打消了要进去看看的念头，又向前走。

"回来了？"巷子尽头就是她家，她爸爸叶之容正蹲在门口给一条大鳊鱼去鳞。

"回来了。"叶晓晓简单地回答，说着就侧身从叶之容身旁闪进屋。

"涂当怎么没有来呢？"叶之容一手把鱼按在砧板上，一手飞快地在鱼背上刮着鳞。

叶晓晓犹豫着没有吱声，她的眼泪要涌出眼眶，但她拼命地忍着。

"我问你话呢？"叶之容停下了刮鱼鳞的手，用力扭过头来，继续追问，"我问你话呢！涂当今天怎么没有来？怎么没有一起来？"

"我们分手了。"叶晓晓竭力平静地说出来。

"啊？分手了？为什么分手？"叶之容"霍"一下站起来，转过身来瞪着叶晓晓。

叶晓晓呆呆地站着，手里拎着的东西还没有放下来，手指在袋子上绞来绞去。

"你倒是吭声啊？为什么分手了？"

叶晓晓还是不作声。

"你倒是说话啊？哑巴了？！"叶之容突然把手里的刀和鱼都扔在地上，两只大手痉挛地扭动着。叶晓晓一看这架势，像受了惊的小鹿一样跳了出去。

叶之容的火暴脾气，在集贤巷一带是声名远播的。巷子里爱看热闹的邻居都偷偷停下手里的活计，侧着耳朵听稀奇。这么短的一条巷子，又窄，邻居们都能从各家炒菜的气味中嗅出彼此的窘迫或宽裕。什么事情都是瞒不了人的。

叶晓晓跑到一个她自认为安全的地方，蹲在地上。

"哎呀呀，老叶，晓晓一个姑娘家的，你怎么总这么训她？"树下的平房里颤巍巍地走出一个白发老奶奶，后面怯怯地跟着她的孙子夏天。

叶晓晓双手抱着膝盖，不看也不听任何人讲话。

夏家奶奶一边劝说叶之容，一边来拉叶晓晓，想把她拉到自己家去，可叶晓晓就是犟着不动。

"夏太，您别拉她，越拉她越犟！她还有理了！"叶之容余怒未消，继续骂骂咧咧。

"老叶啊！像你这么做就不对，这教儿育女要讲究方法的……"一个戴着眼镜端着茶杯的瘦高个男人正准备发表一番高论。他是大家的"刁先生"，可惜他的高谈阔论被叶之容毫不留情地打断了："像你那样教育就好？把儿女教育到号子里去？！"

刁先生被噎得半天说不出话来，只好说："好，好，好，我不跟你这种粗人计较，行了吧？"说着，刁先生转身要往人群里钻，可转念一想，这样认输不就留下了话柄，邻居们会乱说的。于是，他又折回来，大声说："喂！喂！喂！我可跟你说清楚，我家大儿子可不是进号子了，他是出国了，去了澳洲，澳洲——Australia！Australia你知道不？"

叶之容看见叶晓晓还蹲在地上，余怒未消，顾不得跟刁先生久战。扭头看见女儿买回的一大堆东西，他又冲过去，一股脑都扔了出来。

这天是叶之容的生日，叶晓晓从网上给他买了一只飞利浦的电动剃须刀，花了四百九十元。剃须刀被摔了出来，摔破了，叶之容还嫌不解气，一脚踏在上面，踏了个稀巴烂。

叶晓晓看着自己的父亲，他两手鲜血淋漓，暴跳如雷。他不知道，为了买那支剃须刀，叶晓晓舍弃了三条裙子和一件T恤。那一刻，她心里也有些许的恨意升上来，眼泪也一滴一滴地掉下来，滴到她的膝盖上，滴到抱着膝盖的手指上。

"晓晓，快起来啰，你再不起来，夏奶奶的脚可吃不消了哦。"夏家奶奶挪了挪自己的一双小脚，捶了捶弯疼了的腰，转身对孙子说："夏天，快帮奶奶把晓晓扶到屋里去。"

夏奶奶的孙子夏天站在她们身后，得了奶奶的指令，他连忙伸出手来把叶晓晓连拉带拽地拖进屋。

夏家奶奶的娘家是大家族，小时候裹过脚，虽然一九四九年后放开了，但夫家也是有钱人家，她在家没出过什么力，她的小脚也没长大多少。夏奶奶全名苏水莲，这是很久很久以后叶晓晓才知道的。

"晓晓，喝水。"

屋里很暗，叶晓晓半天还适应不了。可夏天不一样，黑暗对他没有影响，他很快摸到茶杯，给叶晓晓倒了杯凉白开，递到她面前。

这间屋子很拥挤，靠窗的地方放着一个小炭炉，后面是八仙桌，是餐桌也是书桌，上面放着电饭煲和茶具等。八仙桌后面是一张单人床，此刻夏天就坐在这张单人床上。

"晓晓，喝水呀。"叶晓晓把玻璃杯拿到嘴边，轻轻地抿了一口，她知道这只杯子是夏天专门给她准备的，顿时有一丝酸楚随着冰凉凉的凉白开直达心底，尽管多少年她一直假装什么都不知道。

夏天是个睁眼瞎，他什么都看不见，却好像听见了叶晓晓心里的感慨，他冲她羞涩地笑了笑。

突然有一刹那，叶晓晓想伸出手去，在夏天面前晃晃。她怀疑夏天根本就是看得见，而是跟她、跟大家、跟生活开了一场玩笑。

从小到大，她无数次拿好玩的、好吃的、恶心的东西悄悄地放到夏天面前，希望把他吓一跳，从而拆穿他装瞎的鬼把戏。可惜，她一次也没有得逞。叶晓晓想：如果这真是一场恶作剧，那么导演一定不是夏天，而是老天爷——他给这个高高瘦瘦、身材匀称、五官俊秀的男孩装了一双乌黑油亮的瞎眼睛。

夏天先天失明，又生性腼腆，小时候常被邻居小孩捉弄。他们在他必经的路口码上石块；趁他不注意的时候，往他兜里塞死青蛙；把蘸了墨水的雪糕给他吃……但每一次，只要叶晓晓在场，他们就得逞不了。她是女侠，是夏天的保护神。她跟那些捣蛋的孩子厮打，收拾他们。渐渐地，他们服了。夏天也服了。

夏天的路磕磕绊绊、坎坎坷坷，可他一样也慢慢长大。他能独自一个人穿过几条马路去菜场买油条，能独自倒两趟车去盲校上学，他甚至学会了给奶奶修收音机。

唯一可惜的是，他是那么怯弱，就像一个长不大的孩子，总想藏在奶奶身后。

"这伢嘛事都好，可惜就是这双眼睛……这叫我嘛时候能够放心地走啊……"夏奶奶总是在背地里偷偷地叹气，好像忘了他还有一对腰缠万贯的父母。

"晓晓，你为什么事不叫涂当一块儿来啊？"夏奶奶慢吞吞地在小炭炉子上弄午饭，扭过头来问她。

为什么只要是分手大家都认为是女生甩了男生呢？想起爸爸的责骂，叶晓晓呆着不想回答。

外面一阵响动，好像是叶之容把刚才扔出来的东西捡了回去。

叶晓晓不想理他，喝了口水。

"晓晓，你最近画了什么画啊？你说，画能不能翻译成盲文呢？"夏天问了个怪问题，让叶晓晓目瞪口呆。

"哎哟，宫保鸡丁啊……那个香啊……"门外刁先生拉长了声音在大发感慨。叶晓晓仿佛能看见他挺着瘦弱的胸脯，伸长了脖子，大张着嘴夸张地打呵欠。

刁先生大名刁德安，原来是无线电厂的会计。他戴副眼镜，又喜欢高谈阔论，仿佛天文地理无所不通，人们给他取了个"先生"的外号。正好他又姓刁，大家觉得这个姓氏非常适合他，于是都叫他"刁先生"。他也不恼，乐滋滋地接受。久而久之，男女老少都喊上了。

"吃了啊，刁先生？"有人跟他打招呼。

"吃了吃了，青椒炒牛肉，那个香啊……"

他还想就午餐的内容跟那人探讨下去，可人家从他脑满肠肥的呵欠中闻到了口臭的味道，点了点头，笑了笑，就迅速进屋了。

刁德安是这些居民里唯一出生在这条巷子里的人，夏天纳凉时他还吹嘘二十年前这整条巷子都是他们家的。

"那怎么没的呢？"有人摇着蒲扇，无限揶揄地问。

他不回答。夏家和叶家的房子以前确实是他家的，十几年前三万元一栋被他给卖了。当时算是贵的，现在看来，简直便宜到家了。

他自诩为正宗的武汉人，觉得自己高人一等，开口闭口就是"你们乡里人……"，可这儿所有的"乡里人"都打心眼里瞧不起他，瞧不起这个吃软饭的家伙。

他还想追着人家说几句，可他老婆一向是晚上在灯红酒绿处辛苦，这会儿正在把白天当黑夜地恶补睡眠。她在屋里高声骂道："刁德安，你还不给老子死进来！"他这才作罢，缩着头回了屋。

夏奶奶弄好了午饭，三个人吃了，叶晓晓帮着收拾了碗筷，趴在八仙桌上打瞌睡。收音机里又咿咿呀呀放起了越剧，吴侬软语正好催眠，叶晓晓迷迷糊糊地就睡着了。

二

这一觉倒睡得够久的，醒来时已是太阳西斜。叶晓晓琢磨着叶之容的气消了，偷偷地溜回了家。

家里一个吊扇正哐当哐当地转着，叶之容在吊扇下的躺椅上打盹。她轻手轻脚顺着梯子爬到了阁楼上，可吱吱呀呀的阁楼还是惊醒了叶之容，他在下面喊了声：

"开空调！别舍不得电！"

这间房子叶之容接手之后就修整了一下，加高了两米，比夏家显得明亮多了，但也并不宽敞，加起来就二十来个平方。下面一个巴掌大的客厅兼饭厅，其后面是更小的厨房和厕所。叶之容想办法在上面建了个阁楼，木材用得扎实，密封也好，还装了空调，是叶晓晓的闺房。他就在下面客厅里支张行军床。

叶晓晓并没有开空调，天气热是热点，但还能受得住。武汉的夏天一直这么热。小时候没空调，不也这么过来了吗？她不太喜欢那些娇滴滴的小姐们，好像没空调就活不下去似的。

她躺在床上，头枕着胳膊，另一只手转着手机。

叶之容是个水手，长航的，可惜他驾驭不了当年那股下岗的浪潮。一九九八年，他下岗了。下岗后，他在家里焦躁不安地闲了半年，在兄妹们的帮助下在巷子口开了家早点铺，后来发现自己做的汤圆受欢迎，就专卖汤圆了。

他没有什么爱好，就是喜欢喝酒，喝了之后就发酒疯、骂人、砸东西，左邻右舍都已经习以为常了。有一次他喝醉了，吹嘘自己血液里流的是酒精。叶晓晓觉得这是他说过最清醒的话了。叶晓晓的妈妈在她几岁时就走了，听说是得了急病，但是个什么急病，叶晓晓一直没弄明白。家家舅舅也早已不和他家来往，每回问叶之容，他就借着酒劲又哭又闹。后来长大了，叶晓晓也就懒得去问。生活嘛，总要向前看，死了的总归是死了，还是活着的老爸要紧。

叶之容很喜欢涂当，因为他嘴巴甜，而且每次来他都会给叶之容带点好酒，还要陪他喝上两盅。自从涂当陪他喝过酒后，他就没再发酒疯了；即使喝高了，最多也就是扯着别人七里八里地说上几个小时。也难怪他这次会发那么大火。

可现在他还只知其一，不知其二，要是明白涂当为什么跟我分手，那他还不真拿把刀把我给杀了啊！叶晓晓正在胡思乱想的当儿，手机响起来了，把她给吓了一跳。她怕吵醒叶之容，连忙接了。

"喂，晓晓吗？"叶晓晓听出是"经纪人"陈小北的声音，"你在哪里？怎么没上网呢？"

"哦，小北哥，我在家呢，回家了。"叶晓晓压低嗓门回答，但大脑警觉起来。陈小北找他一定有事。

"我在网上给你留言了，你看看。明早早点过来，别误了事。"说着，他挂了电话。

叶晓晓用手机登了QQ，发现陈小北给她留了好长一段话。原来明天要见记者，他就有关问题，给了她标准答案，要她记住要领，明天顺顺溜溜地表达出来。

陈小北给她列了十来个问题，有些是记者给的，有些是他臆想的。第一个问题是：你觉得自己是商业炒作吗？

叶晓晓往下翻了翻，还有更尖锐的，例如：你相信一脱成名吗？你觉得自己的身体难看吗？你觉得是男人更喜欢你还是女人更喜欢你？你揣测过男人们看你时的感受吗……

叶晓晓呆了半晌。踏出那一步，这些问题迟早是要面对的，她不是完全没有心理准备。她退出QQ，简单收拾了一下，准备回藏龙岛。

叶晓晓拎着东西一步一步从阁楼上爬下来时，叶之容正站在底下看着她，呆呆地问："怎么不在家里住一天？这个点，你再过去，太晚了，不安全……"

"有事。"叶晓晓一边换鞋子，一边回答，低着头不看叶之容。

"那，吃了晚饭再走吧。"叶之容像一个做错了事的孩子，不知所措地站着请求道。

"有事，"叶晓晓一边朝外面走，一边回头说，"我走了啊，爸。"

叶之容知道挽留不住，只好站在门里朝叶晓晓挥了挥手："到了给爸打个电话……"

"知道了……"说着，叶晓晓的高跟鞋已经响到刁先生家的门口了。

"哟，晓晓，怎么今天才回来就要走啊？"刁德安坐在躺椅里欠起身子跟叶晓晓打招呼。

"是啊，刁伯伯，学校里有事呢。"叶晓晓掩饰住心里的厌恶，依旧甜甜地回答。

刁德安站起身走出门，看见叶晓晓扭动着臀部的背影，他用大拇指和食指揩了一下嘴角。

刁德安一直想从叶之容父女俩那里揩点油，可惜叶之容直来直去，丝毫不隐藏对他的防范。而叶晓晓呢，心眼又过于多，所以一直未能得逞。这常让他恨得牙痒痒。

三

叶晓晓是成名了，是的，一脱成名了。她现在是网络上的大红人，任何和网络打过交道的人都知道她，就连巷子里的大妈们也通过上网的儿子和老公，知道了她一脱成名的事。可是，她快乐吗？她突然觉得一切变得好复杂。

叶晓晓是学油画的。她不喜欢梵·高，不喜欢莫奈，她认为那不需要功底，只需纯粹的天赋和足够神经质。她最喜欢的画家是桑德罗·波提切利。他是15世纪末佛罗伦萨的著名画家，意大利肖像画的先驱，最擅长画圣母子。

她喜欢波提切利细腻稳健的笔法。她从画家笔下那些丰满白皙、充满肉感的女人体里，感受到了活生生的女人气息。那些女人神态端庄安详、体态优美，将那些几近完美的裸体坦然呈现在人们面前。她们的目光游离在画面之外，你看，或者不看，她们根本不在意。

叶晓晓读高中时就大胆临摹了几幅波提切利的名作，但由于基本功不够，都不怎么满意。

大一时开始画人体素描，系里每次联系的模特都是广大劳动人民，现在劳动人民的生活也渐渐好了起来，大鱼大肉让大家的身材严重变形。尤其一些已婚女性，粗大的骨节突出着，因生孩子而扩张的盆骨依然扩张着，大而扁的乳房耷拉着。她们对于油画系学生的看与不看，也完全不在意。她们摆出的这种"大无畏精神"，因为过于勇猛和完全没有看头，彻底倒了这些小画家们的胃口。

男生们由第一次扫一眼就脸红心跳，慢慢地开始有了怨言。他们私底下开玩笑，希望班上的女生为艺术"献身"一回，他们把一学期的十次人体写生依次排上了女生们的名字，没想到叶晓晓竟然首当其冲。她长得不算漂亮，但男生们一致认为她是最好的幻想对象。

等消息传到女生这边，又传到叶晓晓的耳朵里时，已是大二下学期。叶晓晓一下涨红了脸，咬着嘴唇，啐了传话给她的女生一口，但她的心底有一种异样的甜蜜慢慢蔓延上来。那些男生，到底是识货的，她心里偷偷地想。

愚人节那天，班长半开玩笑半认真地问叶晓晓：

"你能为艺术献身一回不？"

叶晓晓知道他的意思，"唰"一下红了脸，咬着嘴唇按捺住心里的激动，装作平静地回答："我考虑考虑吧。"

下了晚自习，叶晓晓最好的朋友林荳荳在寝室里怂恿她："答应吧，答应吧，男生们可把你排在了最前面。要是你脱了，那几个男生非喷鼻血不可……"

叶晓晓没有理她，自顾自地端着盆子进卫生间洗漱了。

喷头"砰"的一声打开，热水自上而下喷在身上，点点水珠滚过身体犹如夏雨倾洒在荷叶上。水滴从脸上落下，滑过脖子，溜过胸前，自上而下，淋湿了她白皙的脚踝。

叶晓晓的脸长得很单薄，但身体很丰满。34C的胸部，是很多女生羡慕的。一对饱满而富有弹性的乳房骄傲地挺立着，浑然天成。叶晓晓知道，这样的乳房，即使是在名画中也不多见。

由于经常运动，叶晓晓小腹平坦，腰肢纤细；臀部不算大，但是滚圆。

她又用双手把头发高高挽起，抱在头顶，歪歪斜斜地站着，端详起镜中的自己。完美的线条、白皙的皮肤、吹弹可破的肌肤，青春在皮肤底下闪烁着白玉一样温和、诱人的光泽……这让她想到了古希腊头顶水罐的女神。

她突然有一种想拿起画笔画下自己的冲动。

人体是美的。漂亮的人体更是艺术品。

没有什么好犹豫的，叶晓晓第二天答应了班长的请求。

当叶晓晓在更衣室准备好，披着浴袍站在画室中央的时候，所有的男女生都使劲鼓起掌来。当她把浴袍脱下时，所有的男生都惊呆了。他们屏声静气，拿起画笔贪婪地画下了他们幻想中的女神。

可惜男生们的计划泡汤了，后面的女生死活也不肯脱。不知道她们是自知身体硬件不如叶晓晓，还是别的什么原因，反正她们就是不脱，而且，没有一个愿意。

林苣苣说：“大家都不脱，我也不好脱，我怕她们骂我。”

这下，叶晓晓成了另类。她得到了所有男生的爱慕，却也得到了所有女生的仇恨。她们羡慕她，自知不如她，这就更加深了她们的恨。恨的理由搬不上台面，隐隐地埋在骨子里，就更加强烈，更加持久。叶晓晓也渐渐感觉出来了，她们孤立她，绵里藏针地讥讽她。

“那么大，像不知……”

“唉，都走样了，不知道……”

女人们对于同类的怨毒，是最深刻的怨毒。

叶晓晓当裸模的事在校园里不胫而走，流言比风快。她走到哪里，都能感觉到像烟雾一样的闲言碎语跟随着他。在食堂、在开水房、在操场，她都能感觉到背后的窃窃私语，当她转过头去时，那些迷雾又三三两两散开。这让她很是恼火，这些人除了妒忌，还有什么本事！

这让叶晓晓更看不起她们，她一点都不认输、一点都不妥协的个性冒了头，她跟她们杠上了。她独来独往，像个独行侠。

好在班长站出来了，他带领着男生们要求女生公正友好地对待叶晓晓，并在周末主动约叶晓晓出去散心。男生们像当初给女生排写生顺序一样，给叶晓晓排了周末男主角，每周一个男生约她出去逛街、看电影、吃饭。叶晓晓得到了支援，更是不动声色地趾高气扬起来。排到涂当那里时，就固定下来了。

"你的身体真美。"

两人头对头躺在校园的草坪上，涂当手里转动着一支狗尾草，说。

叶晓晓闭着眼睛享受着已经要坠下地平线的夕阳，微微笑着，不作声。

"叶晓晓，就是小小的叶子……以后我就叫你小叶子吧？"

"小叶子？"叶晓晓睁开眼睛，侧过身重复着这三个字，略带疑惑地体会着里面的情意。半晌，她扭过头去，闭上眼睛，微笑着点了点下巴。

涂当又说："小叶子……我能再看看……不？"他指的是叶晓晓34C的身体。

叶晓晓还是不作声，涂当翻转身撑在地上，拿狗尾草扫着她的脸，叶晓晓忍着，还是不作声。涂当突然伸出手来挠她的胳肢窝，叶晓晓实在是忍不住了，伸出手反击，两人顿时扭打成一团。

四

第二天的记者招待会开得比陈小北预想的还要成功。

叶晓晓当天晚上回到了租住的房子。摄影的活接得多了，住在宿舍里就不大方便了，她和涂当在校外合租了一个小套间，说好是合租，所以一人分摊一半的房租。

叶晓晓在电脑前把陈小北嘱咐的内容背得滚瓜烂熟。更绝的是，她有美术功底，娓娓道来，简直就像是一堂艺术普及讲座。

对于叶晓晓的应变能力，陈小北丝毫不怀疑。当初决定包装她的时候，他就看准了她那双乌溜乌溜转动贼精贼精的黑眼睛。

一位网站的娱记问："同样是露点，大多数人感受到的是色情，而你坚持自己露的是艺术。色情和艺术只有一步之遥，你凭什么说自己从事的是艺术呢？"

叶晓晓不慌不忙，眨着单眼皮的小眼睛微微一笑，说："凭我的眼神。我的眼睛告诉你的是纯真，不是隐晦和暗示什么。"

"你为什么要展示自己的身体呢？"

裸模这个职业由来已久，陈小北倒没想到记者会问这个问题，他把目光投向叶晓晓，他以为她会简单地回答自己的身体漂亮之类的话。

叶晓晓的脑海里闪过男生们排的写生表、班长的请求、女生们的孤立，但她没有给大家讲那个故事。

"人体是上帝缔造的最完美的艺术品，尤其是按黄金比例分割的女性的身体，女性的身体不仅是生命之源，也是艺术品。将美好的一面展示给众人，这是人的天性。文艺复兴时期与达·芬奇、米开朗琪罗齐名的拉斐尔曾画过许多裸体的圣母，人们从她们身上想到的不是性，而是圣洁。我希望大家也能从我的身体上读到圣洁。"

记者群中闪过一丝骚动，这些拿了红包的记者显然也没有想到叶晓晓的回答会如此精彩，他们有些搞不懂这个小姑娘到底是"胸大无脑"，还是"胸大有脑"。

记者们又接连问了几个问题，叶晓晓都沉着应答，博得了大家的好感。

现场气氛太好了，问题都问完了，记者们还不肯走，有人问：

"叶晓晓，你还会有更大胆的举动吗？比如说……向我们展示你的身体？"

这个问题倒是叶晓晓始料未及的。

在自己学校，给班上同学当一回裸模，并不是什么惊世骇俗之举，因为同学们毕竟都还是比较友好的，每人一张人体色彩，不会造成太大的影响，毕竟比这尺度更大的画作，甚至是名人的裸体画都比比皆是。但因为这次写生，叶晓晓的名气大了，有摄影记者来找她，需要她当人体模特，拍一组主题摄影。叶晓晓一口回绝了。

那位摄影师软磨硬泡，甚至找到涂当的哥们来给她灌迷魂汤，叶晓晓还是不为所动。

"保证不露点，保证不色情！"摄影师是国家摄影协会的会员以及省摄影协会的常务理事，他亮出一大堆头衔，还拿出自己的作品，就是希望青春的叶晓晓帮他找点灵感。

"要不……接着试试？"连涂当也心动了。男人就那点虚荣心，自己有个什么宝贝，就想拿出来看看，并希望全世界的男人都垂涎欲滴。

"不行！"叶晓晓还是斩钉截铁。她有自己的小九九，偶尔展示一下自己的身材，是可以的，但要真拍了照片，一张一张复制出去，那后果不是自己能控制的。

不巧的是汤圆馆歇业了。

前进四路那一带是老房子，过年时大火烧着了一栋仓库，连带着烧了好几家民房。春节后市政府下令整改，几个开发商看中了这块地，几番角逐后，把集贤巷和汤圆馆那片都圈了进去。刁先生鼓动得一巷子居民兴高采烈、沾沾自喜，以为咸鱼翻身的大好机会来了。

生活完全断了来源，叶之容也不急。又当爹又当妈地过了二十多年，这一下歇下来，他可安逸了。他有时穿着大汗衫、大裤衩，端着茶缸，摇着蒲扇在巷子里晃来晃去，有时跟刁德安下象棋、下军棋、下围棋，杀得天昏地暗死去活来。

可叶晓晓急了，九月份开学就要交学费了啊，一万三，可不是个小数目。她偷偷翻了翻家里的存折，三四个存折，零零散散加起来才几千块钱。叶之容每天杀得高兴，早把这些"俗事"抛到了九霄云外。更巧的是，某天早上去菜市场，叶之容竟被一块西瓜皮暗算了，稍微劈了下腿，踝骨就骨折了。

伤倒不重，但伤筋动骨一百天，叶晓晓这下彻底傻眼了。

叶晓晓去找几个叔叔姑姑借钱，第一轮借钱，给自己的兄长看病，叔叔姑姑们没有多说；但是第二轮借学费，他们颇有微词了。

"读书有什么用？你看你爸爸，读的书比我们多，硬是一点人情世故都不通，都读勺了！"

在叶之容的兄弟姐妹中，他书读得最多，中专，那个时代的高级知识分子，连工作都是包分配的啊。叶晓晓无语。

"你看，周星驰都没有读大学！就连那个首富李嘉诚都没有读什么书！你那个什么二级学院，还是个美术专业，有什么好读的啊？读出来还是找不到工作，毕业就失业，还不如不读嘛！"

东家买了房，西家买了股票基金，全都被套牢了。

叶晓晓不信邪，找到了舅舅，长航分给叶之容的房子就被他家住着，多少年一分钱的房租都没有给，更没有半点还房子的意思。她想，这回家里有事，舅舅总不至于袖手旁观吧。

她猜错了，舅舅压根就不打算再认这门亲戚！对于她这个多年未见的外甥女，他只是诧异她"一哈子"就长大了。

"你爸爸那个脾气坏哦！你自己要小心呢！"外婆拄着拐杖送她到过道里，老人家瘪着嘴、咬着没牙的牙床狠狠地说，"我好端端的一个闺女竟……竟活生生地没了！"

除此之外，他们没有打算借给她半分钱。

百折不挠的叶晓晓受挫了，她两手空空地回到医院。叶之容睡着了，她趴在叶之容身上偷偷哭了一场。那个锲而不舍的摄影家突然打听到医院来了，他拎了点水果来看叶之容。

叶晓晓怕把叶之容吵醒，把摄影师领到了医院的花园里，摄影师循循善诱。

"我需要你纯净的眼神给我灵感。"摄影师诚恳地说，"这是纯粹的艺术创作，保证不用于任何商业用途。"

"你的身体还是少女的身体，这里面没有性，没有肉欲，有的只是青涩和感性。你单薄的脸和纯净的眼神，正是我所寻找的。"

最后让叶晓晓真正动心的是他开出的价码。

"一千块一场，一千块一场怎么样？"

叶晓晓睁大了眼睛。一千块一场，十三次，她的学费就够了啊！多一项技能总比辍学好吧。她想，反正涂当是支持的，拍就拍吧。

第一次拍摄还是有点艰难的。在摄影师的工作室，叶晓晓带着涂当。叶晓晓怎么也无法把浴巾脱下，犹犹豫豫快一个小时了，她都无法像当时在画室里那么坦然。连涂当都有点着急了：

"你到底是怎么了？要不咱们不拍了，打道回府？"

叶晓晓还是犹豫不决。倒是摄影师很有经验，他叫来了女助手，让女助手先脱了，摆出姿势拍了几张，叶晓晓的紧张才得以缓解。女助手很自然地走过来，扯下了她身上的浴巾。

先从自然的背部开始拍摄，然后侧面……接着摄影师要求她加了点动作……转身……

工作进展得很顺利，拍出来的效果也很理想，摄影师在每一幅照片上都加上了一些感性的文字。

光线从背后照过来，叶晓晓半躺在一张贵妃榻上，右手支着头，左手顺着身体轻轻抚在髋骨上，头微扬。光线打在脸上，镀上了一层柔和的小麦色光芒，身体的调子半明半暗，立体感很强，光洁如玉的身体因为青春和饱满微微发出润泽的光辉。

摄影师在照片的右上方写上了几行钢笔字：

年轻的光阴，年轻的手

抚过那些伤痕

抚过那些等待的岁月

风柔柔吹过，雨滴滴下过

你的目光却未曾来过

　　那湖水一样澄澈的双眼，升腾起一波又一波的迷雾，年轻的期待和寻找。的确不色情，叶晓晓接过摄影家给她的三千块钱，尽管他并没有兑现自己的承诺，把照片的版权合同交给她，她仍然长长地吁了口气。

　　后来，摄影师办了展览，叶晓晓在圈中就小有名气了。涂当偶尔也给她拍几张发在微博上，但一直是不温不火的，直到那天陈小北找到她。陈小北把她的照片放到了某知名网站上，并想方设法做成头条新闻。一夜之间，她红了，三炒两炒，有一些名不见经传的牌子或网店找她代言。不久，街头巷尾的婆婆妈妈也知道了，除了她那个从不上网并故步自封的爸爸叶之容。

五

　　陈小北略一沉吟，与台上的另一名策划交换了下眼神，便大胆地说出了叶晓晓下一轮的工作方案：

　　"这位记者问到了我们心坎里，我们晓晓正有一个惊世之举要向各位宣布：我们打算请100名摄影记者和媒体人与我们共度一天，包括上街、吃饭、洗澡、睡觉……"陈小北抢过话筒说。

现场一片哗然，马上有记者兴奋地问："真是惊世骇俗之举，我现在可以报名吗？"

"天！真敢！我也要报名！"有不少女记者也纷纷报名，现场顿时被炒热到极点。

上街、吃饭、洗澡、睡觉……叶晓晓的脑海里浮现出自己赤身裸体地走在街头的情景……恐怕所有的人都会侧目吧！无聊的小青年会吹口哨，满脸皱纹的老太会目瞪口呆，提篮子的中年大妈会大骂"伤风败俗""不要脸"……最可怕的是爸爸，他会怎么样？他不会拿一把斧头把她劈成两半吧？

叶晓晓呆住了。这是陈小北的突发奇想，他完全没有跟她商量。这一次恐怕玩大了，不会把自己烧着吧？叶晓晓几次张了张嘴巴，却什么也没说出来。现场的气氛热到了极点，记者们吵吵嚷嚷地在陈小北面前报名。他们把所有的目光都放在了陈小北那张嘴上，努力地想听清楚他在说什么，好在第一时间将那场划时代的壮举勾勒出来。

"完全不清场……"陈小北激动得两眼通红，一再郑重承诺，"绝对面对面，每个人都有面对面提问的机会……"

"时间怎么安排？每个人几秒钟吗？"

"不，绝对在两分钟以上！"

"计划能在什么时候实施？本月可能吗？"

"我们已经有几个选址，但还未最后确定，是选在人文气息较好的武昌，还是选在时尚商业的汉口？到底定在哪一处，我们还会征求广大网友的建议，你们也可以建言……"

"要上街吗？"

"会出动警力吗？"

"会不会戒严？"

"未成年人能参与吗？"

陈小北完全被记者们对准他的话筒，以及他们狂轰滥炸似的提问给点燃了，他激动得唾沫星子横飞，两只眼睛都快暴出来了。而叶晓晓的喉咙却直发干，她听着陈小北与记者的对话，一句话也说不出来。她的眼睛也在发红，是着急得发红。

记者散后，叶晓晓一屁股跌在凳子上，她欲言又止，她想说："为什么突然加了这么个活动？为什么事先都不跟我商量？甚至连通知一声都没有？"

可陈小北张开双臂，小跑过来，抱住她，还来了个360度的旋转，在她脸上"啪"地亲了一口，激动地说："宝贝，你熬出头了！我们熬出头了！"

"可是……"

"对我有这样的奇思妙想感到惊奇？佩服吧？"陈小北打了个响指，"别说你佩服，连我自己也感到惊讶，这样有价值的点子是怎么飞到我脑海里的！哎呀！我真是个策划天才啊！"陈小北迈着舞步在大厅中央陶醉地转了个圈。

也许他是对的，叶晓晓不知道该怎么跟他说出自己的顾虑。陈小北一直帮她，从开始在网上发现她，他就一直不遗余力地帮她，没跟她提钱，更没对她动手动脚，甚至还在某些时刻为她花了不少钱。她怎好把这些不信任的话说出口？

可叶晓晓还是犹豫着，她隐隐约约感觉到这是人生转折的一件大事。如果她真的在所有媒体面前脱了，那也就意味着她的衣服再也穿不回来了。到底该怎么做？好像没有一个万全之策，要么一脱成名，要么放弃这个大好机会。放弃恐怕是不可能的，她如饥似渴地等待了这么久，煎熬了这么久，等待的就是一把火把她烧透，烧到通红，甚至是红得发紫。那才是她希望的。可是，这如何才能不负如来不负卿，两全其美呢？

更让人害怕的是，她越来越看不懂陈小北了，他是真心实意地想帮她，还是在利用她？如果是帮她，为什么不征求她的意见？一起结伴同行的人，一旦有人有了外心，比凶猛的敌人更可怕。

叶晓晓焦虑不安！叶晓晓着急上火！

六

开完记者招待会，叶晓晓两眼烧得通红。回到房间，她把挎包往茶几上一扔，就倒在沙发上。这回也没有人跟她争辩，没有人给她命令，甚至骂她了。涂当搬走了，甚至连自己用过的不要的东西都装在垃圾袋里一股脑带走了。他真是走得彻彻底底、干干净净。

他叫了几个哥们一起来搬东西，连挽留的机会都不留给叶晓晓。

叶晓晓正躺在沙发上黯然伤神，手机突然响了，她伸手摸到手机，一个陌生的号码，她很警惕地接了。

"喂……晓晓，是我，我是夏天……"

叶晓晓竟然接到了夏天的电话。夏天偷偷地去打工，攒钱买了部手机，这是他打的第一个电话。

听到是夏天，叶晓晓强打起的精神就放松了。她甚至都没有问他是怎么知道她的号码的。

"你怎么能打工啊？做什么呢？"叶晓晓脑海里浮现出残疾人在路边卖报纸的情形，一千多块，要卖多少份报纸啊？

"我会调琴啊……调琴……就是调钢琴——钢琴调音师……"夏天生怕叶晓晓误会成"调情"了。

"哦……"叶晓晓一点都没感到惊讶。夏天能单独上街，能单独上学，小时候就会修收音机，现在会调钢琴，应该不稀奇了。

"晓晓，你怎么了？你不开心吗？"夏天倒很关心她，听出了她语气里的心不在焉。

叶晓晓承认夏天的聪明和敏感，但她怎么才能让夏天明白她的苦恼，且不说夏天能不能接受这样的事，只是这件事从何说起啊！叶晓晓不想告诉夏天，他活在那个简单的世界里，他哪里能明白这个五彩缤纷的世界里的诱惑呢？

"没什么，我挺好的。"叶晓晓无声地笑了笑，勉强应付。

夏天想说，晓晓，你有什么都可以跟我说，你可以信任我。但是他终究不敢说出口。在叶晓晓面前，他的自卑更深更深，他的缺陷像一把剑一样刺在他的心口。"那好吧，你好就好。这是我的手机号，你有事可以给我打电话。有什么事情，可以想办法沟通啊……"

夏天挂了电话，叶晓晓从沙发上站起来。也许不是什么事情都可以沟通的，但我们可以去试一下，不试试怎么知道行不行呢？这是夏天说过的。也许老天爷没有给他双眼，所以特地给了他一颗善感而明澈的心。

叶晓晓打电话给陈小北了，说想跟他聊聊。他在美院老校区的一家咖啡馆里。叶晓晓在校门口叫了辆黑的，半小时就到了。

这是家知名的小咖啡馆，店主是名画家，墙上挂着不少文艺复兴时期的仿制品。进门的墙边放着一架老式钢琴，一个十来岁的小男孩坐在钢琴前正全神贯注地弹奏一支肖邦的练习曲。

里面有点儿暗，叶晓晓在一排水晶帘子后找到陈小北，他坐在角落里一边喝着咖啡，一边用笔记本上网听音乐。看到叶晓晓来了，他摘下耳机，示意叶晓晓坐在对面，并招手叫来了侍应生。

"一杯橙汁吧。想跟我谈什么呢？小丫头。"陈小北笑笑，一副胸有成竹的样子。叶晓晓更不知怎么开口，陈小北也不急，不紧不慢地看着她。服务生的橙汁端上来了，叶晓晓才犹犹豫豫地开了口，说："小北哥，感谢您一直以来对我的帮助……"

叶晓晓想从远处绕过来，哪知陈小北打断她，说："直接点吧，这么晚，这么忧心忡忡地来找我，就是为了对我说几句感激的话？"

叶晓晓转动着脑子，仔细斟酌着，她想让陈小北改变上午的决定，但怕得罪他。

"说呀，有什么话不能直接对小北哥讲呢？"陈小北抿了一口咖啡，不慌不忙地说。

"上午您为什么临时对记者讲了那样的一番话呢？那个活动……"

"我知道你就是为这个来的。"陈小北瞟了一眼电脑，"有什么异议吗？难道你不觉得我的这个决定非常棒吗？这是真正的灵光一现啊！"

叶晓晓呆呆地看着他，不知道自己眼前坐着的这个人是天使还是魔鬼。曾经多少次他把她从那些骚扰中解救出来，教她怎样跟摄影者签合同以保护自己；曾经多少次他有如神兵天降，帮她排忧解难；曾经又有多少次，她以为自己是聪明绝顶的，拥有审时度势的眼光，但眼前的这个人，她完全看不懂。来之前，明明隐隐感觉到他是别有用心的，现在被他的几句话轻轻一化解，似乎又是自己错了，自己多心了。

"难道你还要责怪我没有事先跟你通气吗？我能想到这个活动，也是因为那个记者的提问啊！你没有感受到当时那热烈的气氛吗？你看看那些记者，完全被我们的计划给震撼了，多兴奋啊！"

叶晓晓还是沉默不语。她的眼神是迷惑的、游离的。陈小北又继续说：

"傻丫头啊！熬过了这一次，你就成名了啊！有多少人梦想着这一天啊！有多少人做梦也想让这么多摄像机对着自己，却不能成真！你熬了那么久，被底下那些下三烂的摄影爱好者纠缠了多久，你的苦、你的难堪，难道我没有看在眼里放在心里吗？经过了这个活动，你就不一样了，你就身价百倍，你就是大腕，你就是名人了啊！你可以完全把他们踩在脚下了！有多少人做梦都想着这一天呢！你还在犹豫什么啊？"

"可是，我付出的代价会不会太大了？"叶晓晓犹豫着说出心里的语。

"代价？什么代价？你的身体那么美，只会让男人们看了垂涎欲滴，知道、了解、欣赏你的美！如果有人批评，有人非议，那就是妒忌！"

"可是……可是……"叶晓晓还是犹犹豫豫。

"你还在犹豫什么啊？"陈小北有些不耐烦了。

"脱下的衣服还能穿回来吗？"叶晓晓鼓起勇气说。

陈小北斜挑着眉毛，看了她一眼，说："你的衣服是现在才脱的吗？"说着，他也觉得这句话过火了，马上又转圜了语气，"别多想了，丫头。衣服已经脱了，我们是为艺术而脱。"

叶晓晓还想说点什么，可陈小北打了个呵欠，说：

"就这么定了……除了我，不会有人这样帮你的……不早了，早点回家休息吧，我已经很累了。"

"我们是为艺术而脱！我们是为艺术而脱！"叶晓晓在回去的车上不停地念叨着这句话。她需要这句话给她力量，让她坚定起来。

七

叶晓晓有气无力地回到房间，刚躺下，爸爸的电话就来了，叶之容在电话那头焦虑地说："快回来，快回来！快叫辆车回来！从小带你的夏太走了！"

叶晓晓心头一阵疼痛，"哇"的一声哭出来。可两分钟之后，叶之容的电话又来了："叫到车了没？快点，还没死，等着见你最后一面！"

叶晓晓慌慌张张地奔到南京路二医院，夏奶奶突然脱水中风了，幸亏离医院不远，叶之容将其送进手术室内抢救。夏天茫然无力地坐在手术室外，他的爸爸妈妈也来了，穿着华丽的衣服，口里不停地担心着公司的生意。他们和夏天坐得很远，夏天是他们完美人生上的一个败笔，他的存在时时提醒着他们这一隐痛。不一会儿，妈妈回公司了，她要去打点她的生意。爸爸夏育之终于坐到夏天身边，他伸出手握住儿子的手，咬了咬牙，用了用力。

夏天茫然不动任由父亲握着他的手，目光散淡。叶晓晓第一次觉得他像个盲人。

夏育之的内心不知受到了什么触动，突然转过身搂住儿子的双肩，并把儿子的头使劲按在自己的肩膀上，他自己则咬着牙齿，闭着眼睛，好像要哭出来。夏天一把推开了他。他跌跌撞撞地摸索到叶晓晓身边，乞求道："晓晓，晓晓，你带我走，带我走，好不好？我不想待在这里，我害怕待在这里……"

得到了大家的默许后，叶晓晓带着夏天离开了。他们在南京路胡乱转了一圈后，想到明天还要上课，她就带着他回到了自己的房间。刚到家，天空就轰隆隆下起了倾盆大雨。武汉的夏天，常常雷雨肆虐。雨水铺天盖地地从天空倾泻而下，猛烈地敲打着窗户，敲打着窗外的树枝。天迅速地黑下来了，只朦朦胧胧看得见近处的路灯。

气温迅速地降下来了。一阵潮湿的雨，弄得两个年轻的生命都拘谨不安。

"你冷吗？"叶晓晓看见夏天的胳膊上起了一层鸡皮疙瘩，他用手来回搓着，没有回答。她找到一条毛巾被搭在他身上。

"你饿不饿？"叶晓晓中午没吃午饭，这会儿，肚子才隐隐觉得饥饿。

夏天还是不讲话，叶晓晓也只好呆坐着。

可这湿漉漉的雨下个没完没了。叶晓晓也渐渐觉得冷了，她的头发和裙子刚才汗湿了，现在凉凉地贴在背上，极不舒服。她想了想，反正夏天也看不见，不如去冲个澡。想着，她随便抓了件睡衣，就去卫生间冲澡了。

夏天呆呆地坐在那里，他害怕失去奶奶。从小到大，奶奶就是他的天就是他的地，奶奶教会了他一切，教他像一个正常人那样穿衣吃饭说话学习调琴，甚至让他读书上学。现在奶奶要走了，他的世界一下子坍塌了。奶奶领他走到了光明的入口，就要挣开他死死牵着的手，他觉得世界一下子又黑暗了，那些高楼、那些树木、那些街道、那些五彩的阳光和云朵，还有人群……那些因为奶奶而构造起来的世界，也要随奶奶走了。它们就要被风吹散了，或者"轰隆"一声向他倾倒过来。

"啊！"夏天的喉咙里发出一声古怪的尖叫。

"怎么了，夏天？"叶晓晓刚洗完澡，连忙关切地走过来。

一团玫瑰的甜香随即旋转到夏天的身边，他知道是叶晓晓刚刚洗完澡。他稍稍定了定神，说："晓晓，我渴了，能给我倒杯水吗？"

一双小巧的拖鞋啪嗒啪嗒地打在地上，叶晓晓倒来了一杯白开水，递给夏天。

夏天抿了一口，杯子上有同样的香味。他把杯子转了转，把叶晓晓捏过的地方握在手里。

"你饿吗？"对于夏天的小伎俩叶晓晓浑然不觉，她看着他温柔地问。

夏天木讷地点了点头，得到允许的叶晓晓立马行动起来。她迅速到厨房搜罗，找到了一个番茄、两只鸡蛋，并撕了两包方便面，将面在滚水中捞了捞，做了一锅番茄鸡蛋炒面。

吃完面后，两个人又陷入了沉默。窗外的雨越下越大，似乎没有要停止的意思。世界似乎已经变成了一片汪洋，白汪汪的水面反射着灯光和闪电，看不出深浅。叶晓晓租住的房子仿佛是大海中的一叶扁舟，随时有倾覆的可能，这栋单薄的民房，建在路边的电线杆旁，叶晓晓听着轰隆隆的雷声渐渐感到了害怕。

而夏天，听着外面猛烈的雨声，心里渐渐感觉到了局促，什么时候才可以走呢？外面有没有公交车？即使有公交车，这个遥远而陌生的地方，他能够顺利地回去吗？晓晓是他心目中的女神，这是他和她单独相处的第一个晚上，他不能冒犯她，他不能唐突她，如果不走，他可以做到吗？

夏天听到轻微的响动，他知道是对面的晓晓将脚从凉拖里抽了出来，轻轻地放在床上，并抱住膝盖。

"你害怕吗，晓晓？"夏天轻轻问。

"有一点。"叶晓晓回答道，又马上补充，"这房子太潮湿了，而且旁边就是电线杆……你怕吗？"

夏天乌溜溜的黑眼睛看着叶晓晓，微微一笑："我不怕啊。"说完，他在心里轻轻叹息一声：晓晓，你知不知道我是因为和你在一起才不怕的呢？

叶晓晓没有想那么多，这场雷雨能让她暂时忘记陈小北、裸照和他的计划，她心里是轻松的。雷声渐渐小下去，雨声也住了，一场雷雨走远了。屋里又感到了闷热，叶晓晓跳下床，噼噼啪啪地走过去，推开窗子，一阵悦耳的蛙鸣传过来。

"到底是新城区，还可以听得到青蛙的叫声。"叶晓晓在脸上挤出一丝笑容。

夏天想说，这种叫声绝不是青蛙的，而是癞蛤蟆的，因为他听得出它们的不同。可他发觉叶晓晓很高兴，于是抿了抿嘴唇，没有作声。他想起小时候，巷子里的小孩把癞蛤蟆扔到他面前，想吓唬他，他没哭，倒是把来给他解围的叶晓晓吓哭了。她一边哇哇大哭着，一边硬撑着把那只癞蛤蟆拧起来扔远了。

"我……该走了……"夏天慢慢站起来。

"什么？都这么晚了，外面还有没有公交车哦，再说了，你一个人，我怎么放心……"叶晓晓急了。

"我可以的……我可以一个人过马路，坐公交的……"夏天也急了，他心里的脆弱再次翻腾起来。

"我知道，但也不能走！这间房虽然小，但住你还是住得下的，你睡沙发我睡床，没事的。"叶晓晓拉住夏天，把他按在沙发上。从小夏奶奶疼她，她今天病重，叶晓晓不想夏天再有什么闪失。

夏天只好又坐下来，但是更加局促不安了。刚才的开水早已喝完，叶晓晓已经把一次性纸杯收走，这会儿他只得两只手互相交叉着剥着自己的手指头。叶晓晓看在眼里，就主动找话来说：

"夏天，我一直很奇怪，你是怎么过马路的。马路上那么多车，你不怕吗？"

夏天听到叶晓晓问这个问题，掩饰不住心里的高兴，脸上隐隐闪现出一丝骄傲的笑容，嘴唇上一排绒毛样细细的黑胡须在灯光里闪了闪。

"五岁时，你们都玩奥特曼，我也很想要一个，那天我拿了压岁钱，就跑到马路对面去买了一个……回来后，奶奶不仅没有批评我责骂我，反而很高兴，逢人就夸我,说：'我的孙子会过马路了。'受了那次的鼓励，我总想再试试……"

"但那时候车少，现在车多多啊！"叶晓晓打断了夏天的话。

"是的。奶奶虽然很高兴，但从那以后，她把我看得更紧了。可是，我总会有办法的。"夏天又笑了笑，"虽然我的眼睛不好，但听觉很好啊……"

听觉好有用吗？恐怕等听见刹车声的时候已经来不及了吧？叶晓晓心里想。但是这回她没有打断夏天，只听他继续说道：

"人们过马路总是很小心的，于是我总是等在路边，等着有人跟我一起过，因为等你听见刹车声时，就已经来不及了……

"在马路的这一边时，我站在别人的右边，等到了另一半

时，我就换到人家的左边，跟着别人一起走……因为车子靠右行
驶……"

叶晓晓心里不禁暗暗佩服起夏天来，真是不简单，于是她又问
道：

"你是怎么学会调音的呢？"

夏天看着叶晓晓，正待开口，她的手机又响起来了，原来是夏
伯伯打来的。他问叶晓晓和夏天在哪儿，他已经将车子开到了学校
门口，让她把夏天送下去。

八

夏天坐在爸爸的别克车里，一点也不开心。夏育之看出了夏天
心里的不舍，他怕叶晓晓把自己的儿子带坏了，虽然儿子是个睁眼
瞎，但好歹也是个儿子，怎么也能分到他几十万的家产啊。

夏天听到雨声又大了，感到车窗外的电闪雷鸣和无数车辆交会
时发出的光芒。在这个狭小的世界里，爸爸是想保护他的，他应该
和爸爸亲、尝试着和爸爸说说话，但他什么都没有说。他还在心里
和叶晓晓对话。

"晓晓，你知道我是怎么学会调音的吗？"

夏天心里的叶晓晓笑着摇了摇头，她眨动着灵动的大眼睛。在
夏天心里，叶晓晓是最美的，若没有现实的藩篱，他可以尽情想象
晓晓的美。他不知道，叶晓晓只有一双单眼皮的小眼睛。

"你不知道吧？你不知道人家根本就看不出我的眼睛有问题

呢！"隐匿在自己心里的夏天调皮地卖了个关子。

"由于我们的听力比常人好，因此在盲校的时候，老师就常常对我们做这方面的训练。而我，学得特别好。"在自己设想的对话中，夏天又小小地夸了自己一下。这于现实中是绝对不可能的。

夏天想象中的叶晓晓又笑了笑，这回露出的是一个赞许和骄傲的笑容。

"晓晓，你知道吗？世间万物都是有灵性的。所有的东西都用声音告诉我它们的存在，那声音是它们灵魂的密码和入口，用心听，你就能读懂他们。

"风有声音，呼呼……是越过山岗；哗哗……是拍打着海浪；沙沙……是阵阵松涛……

"树叶也有声音，在风里和雨里是不一样的。在风里，它哗啦哗啦愉悦地翻转着身子，就像在舞蹈；在小雨里，它快活地仰着小脸，咕咕喝着水；在雷雨里，它难过得咬紧牙关承受着，雨水打在它身上，生疼生疼的，一滴一滴，是它在低声哭泣……

"每一件乐器，每一把琴，都是有灵性的。钢琴更是有灵魂的，她端庄、秀美、雍容、大度，你可以借它的嗓子唱一首抒情诗，可以讲一个爱情故事，可以唱一段田园牧歌、一首小夜曲，也可以演奏一支激烈的交响曲……

"钢琴有二百多根琴弦，八千多个零件，但它们的调整和排列都是有规律的。他们乖巧得就像是排排坐，等待着老师发苹果的幼儿园小朋友……

"一架崭新的钢琴，是骄傲的少年，他们常常突然升一嗓子，降一嗓子，调皮地跑了音，他们需要被驯服……

"我静静地聆听，闭上眼睛静静地聆听，我能听出是哪个捣蛋鬼在使坏，我把它揪出来，修理他……

"你知道我是怎么隐藏自己的吗？每次去调音之前，我都把自己收拾得干干净净，到了雇主家里，人家开门，第一次一定要人家在前面走，因为那是陌生的地方，你不知道路啊，如果自己莽撞前行，就很容易撞倒人家的东西，所以你一定要跟在后面……你要在心里记住路线，左边是墙，右边是餐桌，哪里左拐……走几步右拐……

"人家说话的时候，一定要看着声音来的方向，面带微笑。——这是奶奶教我的，很多同学认为既然看不见，就不用抬头看人了，但从小奶奶就告诉我，看着人家说话，是礼貌，是尊重，看着人家说话能让自己的眼睛有神，才不会丑陋可怕……"

夏天轻轻地说着，他没有告诉想象中的叶晓晓，看着人说话才能掩盖他睁眼瞎的毛病。他甚至想象，自己自顾自地说着，想象中的叶晓晓受到了忽略，她静静地抱着双膝听着，一双大眼睛里泛出了点点泪光。

"给钢琴调音的时候，很多同学都不敢承认自己是盲校毕业的，说是音乐学院的。我想，如果你连自己是盲校毕业的都不敢承认，那怎么能叫大家正确地认识盲人呢？我一直有一个梦想，就是希望大家能像对待正常人一样接受盲人……

"其实盲人和正常人没有太大的区别啊，除了眼睛看不见，我们都是一样的。你们生活在现实的世界之中，我们生活在我们想象的世界之中，我们的世界只有我们能够想象得出的东西，你们的世界也只有你们能够看见的那一块啊……

"我们的听觉很灵敏，手指很灵巧……"夏天向叶晓晓举了举他的双手，叶晓晓闪动的双眸看见，这是一双钢琴家的手，那么白皙修长且优雅柔软。

"听，汽车的引擎飞快地工作着、轰鸣着，车轮向前疾驰，带起路面上的雨水和泥渣……雨刷在紧张地挥舞着双臂……雷鸣在不远处的高空中霹雳炸响，'啪啪啪'……一声连着一声，紧接着，闪电像奶奶手上的青筋一样划开天空……

"道路两旁的树木在狂风中甩着头发，树枝树叶都纷纷向上飞扬，就像要离开树枝一样，而树呢，拼命抓着它们……它的根也紧紧地抓着大地……路上的行人都弓着身子，吃力地打着伞，妈妈搂着孩子，孩子依偎着妈妈，在伞下互相鼓励着前行……"

夏天在努力描述他所能听到的、感受到的、了解到的全部世界。他不知道，这个时间这个地段，街上是没有妈妈和孩子的。他沉浸在和叶晓晓独处的时光中，忘记了飞逝的时间。

"还在很小的时候，奶奶带我去过黄陂农村，那是一个很小的山村，到处弥漫着稀牛粪的味道……小猪猡在猪圈里嗷嗷叫着……公鸡打鸣，骄傲地踱来踱去。母鸡在鸡笼上方咯咯叫着，为自己生了一个双黄蛋而激动得大拍着翅膀……我永远记得那一切……那里住着一个老奶奶。她从小失明，她的先生也是盲人，但她可以做任何事情。她料理家务，家里干干净净一尘不染，她还会纺线织布、缝补衣服……她生了两个儿子一个女儿，孩子们都被她照料得好好的……

"那天中午，我和奶奶在她家吃了午饭，香椿炒鸡蛋中的香椿，是她让孙子爬到门口的香椿树上摘的。吃完饭后，我们坐在她家堂屋里晒太阳，她家门口有一方水塘，水塘将太阳光反射到我身上，暖融融的……

"奶奶闲话家常，帮瞎眼奶奶剥即将要下种的花生……花生壳咔咔地发出脆响……不远处的猪圈里，小猪猡吃饱了，靠着猪妈妈睡午觉，不时发出满足的哼叽声。公鸡依然骄傲地踱着步，母鸡领着小鸡仔在觅食，我将手里的几颗花生米丢出去，母鸡扑棱着翅膀飞奔而来，临到跟前，又急急忙忙刹住脚，一番引吭高歌，小鸡仔们十分了解妈妈的心思，都摇摇晃晃地跑过来，争着吃鸡妈妈发现的一顿美食……

"这时候，吃过午饭的孩子们三三两两地从门口经过，他们要上学去，蹦蹦跳跳唱着在学校里学到的儿歌，他们惊扰了鸡群和树上落着的麻雀，歌声在青山绿水的背景之中显得那么动听，那稚嫩的童声，是我童年中的天籁……我站起来，忘了用眼睛'看'，而是侧过身去，用耳朵追寻着那声音，孩子们奔跑着追逐着，声音很快就消失在远处了。但我还是站着，不肯坐下。那歌声不知道又从什么地方钻出来，仿佛从远处的山岗上传来，似有似无，像羽毛一样轻轻撩动着我的心……

"从那一刻起，我决定要去上学了……"

九

别克开上大桥，声音变得单一了，"嘶啦嘶啦"，车轮飞快摩擦着湿漉漉的地面。"呼呼呼"，风在车窗外追逐奔跑……夏育之关着车窗，开着空调。夏天摸索着开了车窗，风呼啦一下灌进来，呼呼地在夏天身边嬉戏着。

下了江汉一桥，风声消失了，各种焦躁不安的喇叭声和嘈杂的人声从车窗外涌了进来。夏天的眼前晃动着各种灯光。大汉口是个不夜城。现实将他从那个童话般的春天里带了回来。

"夏天，你是跟我一起回去，还是……回奶奶那个家？"车驶到中山大道路口，夏育之问夏天。

"回奶奶家。"夏天想也没想就回答。

夏育之犹豫了一下，转动着方向盘，向右边开去。过了三两个路口，他把夏天送到前进四路那个巷子口。看着夏天下了车，尤其当他关上车门的一刹那，他突然产生了想亲自送儿子回家的念头，他担心折翅的儿子离不开从未离开过的老娘。

"夏天……"夏育之在夏天身后拉住他，他害怕儿子当着他的面撞到墙上。

"不用，爸……"夏天推开爸爸的手，率先走在巷子里。这条巷子，他走了二十三年，这里面每一堵墙、每一棵树、墙边的每一块地砖，甚至每一家炒菜的味道他都了然于心。他还要爸爸现在来扶他吗？他大步走在前面，跟在后面的夏育之却因一时不适应黑暗，竟被转角处的半块砖头绊了一下。他连忙伸手撑在墙上，总算没摔倒。

"回去吧，爸。"夏天在前面听到了，头也不回地说，"我行的。"

夏育之扶着墙站着，看见夏天在黑暗中走到小屋门口，打开门进去，然后关上，他长长地叹了口气。

夏奶奶躺在医院的病床上，八十四岁的她竟然度过了危险期。早上叶之容带回这个消息的时候，夏天还直挺挺地坐在床上。听到这个消息，他才泪流满面。

"个勺东西！"叶之容用力地拍了一下夏天的背，打得他几乎从床上摔了下来，"个勺！现在倒哭了！快去看看你奶奶，她的嘴巴歪了，但一睁眼就念叨你呢！"

夏天跌跌撞撞走出门去，突然想起似乎该带点什么去看奶奶，便拉住叶之容，去江汉路的沃尔玛买了香梨，又折回去取了夏奶奶爱听的收音机，然后拦了辆的士，直奔二医院。

十

可惜叶晓晓的膨胀很快被一根针扎破了。像一个吹得过大的气球，一根针轻轻一划，她就砰地爆了。她很快发现自己和涂当的第三者竟然是林苣苣。

叶晓晓租住的宿舍在学校三号侧门附近，上课时必须经过女生宿舍。那天上午去上课，她竟然发现涂当和林苣苣有说有笑地走在一起，涂当左手拎着林荳荳的开水瓶，右手揽着林荳荳的腰。她简直不敢相信自己的眼睛！本来男女朋友好聚好散，这是常事，她不是不能接受，只是需要花时间去适应。但没想到他们分手的原因是涂当另有新欢，而且她是自己的好朋友。这让心高气傲的叶晓晓太不能接受了。她很想冲上去给他们俩几巴掌，但当时去上课的同学多，看了看密集的人群，她忍住了。

下课后，她早早地出了画室，等在林荳荳必经的路上。同学们三三两两去了食堂，林荳荳才和涂当慢悠悠转过来。涂当又伸手揽着林荳荳的腰，她冲过去，一把打掉涂当的手，对林荳荳说："你还有一点良心吗？"

林荳荳还没开口，涂当却拉着叶晓晓说："叶晓晓，你这是干什么？"

这句话让叶晓晓更来气，分手才几天，他就别过脸去袒护别人了！连称呼也变了，还三个字连名带姓一起喊！叶晓晓的眼泪要涌出来了，但她拼命忍着。她冲着涂当粲然一笑，说："你一边儿去！这是我们两个女人的事！"

涂当拉着叶晓晓的手还不松，叶晓晓又盯了他一眼，这一眼里却满是怨恨和恶毒："你松不松？！"说着用力甩掉涂当抓着的手。她又转过身来盯着林荳荳，林荳荳害怕地说："你……"

"你平时不是挺大胆的吗？"叶晓晓无不讽刺地笑了，"在寝室里就数你胆最大、嗓门儿最大、食量最大，你现在在这里装什么柔弱？"

"你想怎么样？"林荳荳被叶晓晓的一番话气得不轻，她不想听她继续说下去。

"叫他回去，我们单独聊聊。"叶晓晓轻蔑地指了指涂当，为了报复他连名带姓地喊她，她连他的名字都不想提。

涂当还等着林苣苣发号施令，但林苣苣担心叶晓晓说出更多更难听的话来，便挥了挥手，让涂当回去了。

叶晓晓领着林苣苣来到了校园后面的小山下，她还要往上走，林苣苣却停了脚步。

"你有愧吗？"叶晓晓听到林苣苣的脚步声停住了，她转过身居高临下地问。

"没有。"林苣苣不紧不慢地说，"我为什么要有愧？"

"你有本事就自己去找个男朋友啊，你为什么要抢我的男朋友呢？！"

"他是你的吗？他身上盖了你的印章了，还是有你的签名？"林苣苣理直气壮。

"你……"叶晓晓倒理屈词穷。

"再说了，全天下的男人，人人得而处之，为什么一定是你的呢？"林苣苣站在山坡下，傲慢地笑了。

叶晓晓没想到这个女人脸皮居然如此之厚，一时语塞。

"再说了，即使我不动手，涂当也会离开你的。你拍的那些照片……你都被天下男人看光了，哪个男人还敢要？"林苣苣继续面带微笑不急不缓地说道。

叶晓晓站在后山的第十级台阶之上，背后是树木葱茏的樟树林，秋天的阳光从樟树的树冠之间自上而下照在叶晓晓的身上，像舞台上打在身上的灯光。背景是灿烂的，碧绿的树叶间露出淡蓝的天空，有流云，还有飞鸟的影子。可惜，叶晓晓的脸正背对着光线，看上去是那么晦暗、那么模糊、那么没有生气。

林苣苣的一番话让她想到了涂当，想到了照片进入到网站后的一周。

十一

那天叶晓晓从摄影棚回来，拿钥匙开了门，却发现涂当正呆坐在电脑前，这让她感到有点不对劲。以前涂当一听到她的脚步声，就会跑过来开门，并在门口给她一个拥抱，今天他是怎么了？她随手挂了包，就问："怎么了？"

涂当还是不作声，只意味深长地看了她一眼。她走到电脑前，屏幕上都是她的裸照。她感到了涂当的愤怒，但还是故作镇定地问："怎么了？"说着，双手搭在涂当的双肩上，轻轻揉捏起来。

涂当又点出一张来，这张是拍摄的间隙，另一名助手随意抓拍的。她坐在海边的大岩石上，摄影师躺在地上举起相机来一起看照片效果，摄影师偏头看着她，笑得很灿烂。

"怎么了，当当？"叶晓晓从背后抱着涂当，脸在他的后颈处蹭着，用牙齿咬着他的脖子。

"你说怎么了？"涂当终于说话了，"你看这个男人，他笑得……我无法相信他跟你之间没有什么。"

"你不了解我吗？我有了你，我……"

"怎么可能，我不相信你在这个男人面前脱了……你那么美……他会没有感觉？他会没有反应？他会不动邪念？……我想不通……我无法相信……"涂当的双手无力地垂下来，低着头痛苦地说。

"涂当！你胡乱猜忌我……你是知道的，我不是什么人的活都接的！你怎么这么小气！当初你是同意的啊！"叶晓晓百口莫辩。

"我小气？我小气？！"这句话把涂当激怒了，他一句比一句的语气重，弯着腰，对着叶晓晓，眼睛都瞪到她脸上了。他用食指指着自己的鼻尖大声说："我涂当小气？我的女人当着无数男人的面脱了，我忍了！今天还要当着全世界的男人脱，还说我小气？！"

"你！你！你怎么蛮不讲理？"

"是你蛮不要脸！"涂当用武汉话骂道。

叶晓晓睁大了眼睛，她不敢相信这句话出自平时疼爱她、愿意为她做任何事的涂当之口，她"哇"的一声大哭起来。这回涂当没有理她，摔门而去。

后来，她给涂当打电话，总是被告知无法接通，一个又一个的短信也没有回。终于有一天，涂当出现在门口，他身后站着几个不认识的哥们……他甚至连挽留的机会也不愿给叶晓晓。他搬走了他所有的东西。

心底那份最隐秘的痛蔓延上来，像恶魔一样啃噬着叶晓晓的心。她恨涂当，更恨眼前这个可恶的女人。她把自己拉下了水，却站在道德的岸上审判她！她不能放过林荳荳，更不能在此刻输给她，顿时，一连串恶毒的辱骂从她嘴里蹦出来。

"你骂吧，你骂吧！胜利者要摆高姿态……我包容你！"林荳荳反而笑了，笑得真的很开心。

叶晓晓顿时一句话都说不出来。是啊，骂她有什么用，涂当不会回来，只会让自己显得更可怜。想到这里，叶晓晓也笑了，她继而说道：

"哈哈，你倒是提醒了我！我现在是名人了，有大把大把的男人等着我去挑，至于他，一个我用过的男人，不值得我这么大动肝火。"说着，叶晓晓从台阶上走下来，走过林荳荳身边，准备去食堂吃饭了。

可是林荳荳不放过她，她拦住叶晓晓，说："呵呵，你是出名了，但要看看出的哪种名，这世界，脱了的人多得去了，但未必有男人挑！"

"你不要说得那么恶心！什么脱不脱的，我是为艺术献身！"叶晓晓捂着耳朵歇斯底里地说。

"叶晓晓，你别自欺欺人了！你我都是艺术系的学生，难道你不知道人体和艺术的区别吗？难道你以为脱了就是艺术了？如果是那样，那婴儿和白痴都是艺术家，因为他们不需要穿衣服！"

"我的身体很美……"

"美？婴儿的身体不美吗？蕴含着无限的生机和希望……粉嫩粉嫩的小脸，清澈的眼睛，饱满的小手小脚……白痴不美吗？人家的沉思比你的沉思真实得多！"

"世界上那么多名画，桑德罗·波提切利的《维纳斯的诞生》《春》，米开朗琪罗的《大卫》，拉斐尔的好多圣母……不都是

裸体吗？你一个学美术的人竟然这么保守、这么落伍，你太可笑
了！"

"是吗？我可笑吗？保守不等于落伍。人家那是名画，而不是
裸模……"

"没有裸模哪来的人体画？！"

"嫁一个男人是贞洁，而嫁了许许多多个男人就是……"林荳
荳又扬起眉毛胜利般笑了，"以前做裸模的都是半公开甚至不公开
状态，她们需要在一个狭小神秘的范围内保持画者的神圣感！你的
身体在聚光灯下、在画布上才是美的，并不是你一丝不挂到地处招
摇，那是对艺术的亵渎！不是我不懂艺术，而是你的艺术走入了歧
途！

"而且，我还听说了，你要赤裸着身体跟一百名记者共度一
天。我真不知道你的鼻子两边长的是什么！你的衣服都脱到了大庭
广众之下脱到了街上，你到底还有没有廉耻之心？！人人对你这种
艺术仿而效之，那天下就大乱了。赤裸就是美，那我们的审美直接
退化到了原始社会……"

叶晓晓哑口无言，顿时矮下去，她轻得像一片飘落的树叶，在
风中抖了一下，然后跌坐在地上。她无力地看着林荳荳以胜利者的
姿态扬长而去。

十二

这一晚上，叶晓晓不能安睡。幸好第二天是非专业课，那个讲

西方美术简史的教授是个可爱的老头儿，从不点名，叶晓晓一觉睡到下午，还是陈小北的电话把她从昏睡中叫醒的。

"还在睡呢！"陈小北听到叶晓晓找不着东南西北的声音，就知道她还没起来，"美女就是命好啊，自己还在做美梦，就有我等小人替你南征北战打江山啊！"叶晓晓连忙笑着解释，他又接着说："告诉你件高兴的事：那个伟大的策划已经报上去了，正等着审批呢！"

"啊？这么快！"叶晓晓在电话那头一惊，终于醒了。

"怎么了？你还不乐意啊？"陈小北听出电话那头叶晓晓的不情愿。

"没，没，只是……这次玩得太大了……电视台是传统媒体，比较保守，对我肯定持批评态度的……"

"你管它什么态度呢！只要有节目上不就行了！有节目上才有收入！"叶晓晓还想要说什么，但脑袋还没醒过来，是一片黑洞般的迷糊。她刚张了张缺水的嘴，陈小北又接着往下说："再说了，娱乐圈是什么？娱乐圈就是见利忘义的圈子！明星是什么？明星就是焦点！不管是香还是臭，只要有人记得就行！你再好，人们忘记了你，你就失去了商业价值！就像那个某某某，装疯卖傻地非要上某某节目，还有那某某某，他有啥啊？他就是个屁！却越骂越红，现在代言费都是七位数字了！有人念叨就行！哪怕是泼粪，也比你好端端让人遗忘了好！"

叶晓晓呆呆地看着天花板，听着陈小北在耳朵边呼呼地轰炸着。

"你管他是批评还是赞美呢，这关咱屁事啊？多少人绞尽脑汁想编出点故事出来呢！咱们这多好的机会啊！只要有人关注，咱就有戏！"

"记住啊，这是一个让大众真正认识你的机会，一定要利用好！要表现出你高雅、淡定、知性的一面来……你管别人说什么，重要的是抢占市场，打出知名度！什么叫知名度？不是知好度，是知名度！这次上节目，标志着你叶晓晓又往前迈进了一大步啊！紧接着，广告、代言、电视剧、电影就都来了……"

叶晓晓呆呆地听着，真的能够一炮而红吗？她想象着聚光灯的追随，想象着记者们的追捧，想象着粉丝们的尖叫……天花板上突然跳出林荳荳和涂当错愕的表情，立即让她感到扬眉吐气。她一定要闯出一番天地来，让他们刮目相看，悔不当初！

"一切都在我的运筹之中，晚上，我请电视台的几个领导和制片吃饭，我买单，你过来陪一下他们。"陈小北说到了重点，但叶晓晓还沉浸在自己的想象中。

"老汉口大饭店，六点，别忘了啊……"陈小北又强调了一次。

"啊？"叶晓晓这才回过神来，"有哪些人啊？"

陈小北说了一次，又笑着补充道："怎么了？就是几个朋友！来不来随你啊，我可不强迫的！"

"来，来，来，当然来。"叶晓晓听出他语气里的不满，马上赔笑着回答。

挂了电话，叶晓晓看手机才知道已经下午四点半了，她懒洋洋地爬起来就开始洗漱化妆，正准备出门，夏天的电话来了。他告诉她，奶奶已经醒过来，可以吃点儿稀饭了。叶晓晓一边漫不经心地听着，一边换鞋出门。

"你要去哪里啊？"叶晓晓带门的声音大了点，夏天听见了，便问。

"出去吃饭，说是电视台的几个什么人吧。"

叶晓晓挂了电话，在校门口叫了辆出租车，直奔汉口。

十三

老汉口大饭店，就坐落在江汉路步行街上，古典的欧式建筑，穿着得体的老式门童给每一位客人敬礼，轻言细语，真正把每一位客人当小姐夫人伺候。

这是叶晓晓从没享受过的尊贵，可惜她今天是来陪客的。

酒桌上的男人，喝的是酒，吹的是牛，谈的是生意，但眼光，总会落到女人身上。没有女人，他们就缺少兴奋剂，酒淡了，菜咸了。尽管女人仅仅是女人，就像大菜盘子边上的花边，那不是重点，但没有花边，就显现不出菜的档次，体现不出大师傅的刀工和手艺。今天叶晓晓扮演的就是这个花边，这一点，她非常明白。

六点已过，饭局已经开始了，一桌人觥筹交错，没有等她，却把她安排在2号位置上。她很自觉地坐过去，很客气很礼貌很诚恳地跟1号人物道歉，抱怨天气，抱怨塞车让她来晚了。一桌人哄笑着要罚她酒，她端起酒杯来抿了一口。

"你干吗呢？敬酒啊！"叶晓晓刚喝了口水，陈小北就向她挤眼努嘴。她只好袅袅婷婷站起来，端起酒杯，向众贵人一一敬酒。

几杯红酒下肚，一天没进粒米的叶晓晓已经不知东南西北了，头沉得快要撑不住，眼前的人影缥缥缈缈地晃来晃去。可看看酒桌上的所有人，个个都精神抖擞，看来这一圈只是个热身。

又被拉拉扯扯地干了几杯，叶晓晓突然觉得，酒客们看自己的目光太露骨了。在他们的这种注视下，叶晓晓觉得自己好像被剥去了衣服，被他们上上下下地把玩一番。酒劲"噌"一下就蹿上来了，叶晓晓捂着嘴跑了出去。

她在洗手间吐了个够，旁边面盆前也有个女人在呕吐。那女人已经吐完了，她一边洗手，一边用水浇着池子里的呕吐物。刚冲干净，手机就响起来了，她打起十二分精神接了。"没事儿！没事儿！我马上就来！"说着，她用冷水抹了抹头发，打起精神出了洗手间。

叶晓晓看得目瞪口呆，难道女人在职场就非得这样吗？她可不想这样！打定主意后，她布了个局。

稍作休息，叶晓晓回到了酒桌上。两分钟后，她的电话响起来了，她爸爸给她来电话了，他生病了，要她送他去医院。叶晓晓站起来准备走，某处长却拦住了她："你爸爸生病了，你去有什么用？我让司机开车过去，送他去医院就是了！"

这有点不是那么回事了，叶晓晓觉察到不对劲，沉着脸坐了下去。从现在开始，没有必要跟这群乱了性的男人讲什么情面，叶晓晓在心里打定主意。

"叶小姐，我们也是摄影爱好者，我们也喜欢拍美女，我们也想给你拍几张照片……"说着，他把手一伸，旁边的那人把提包拉开，从里面拿出一部摄像机来。

叶晓晓惊得本能地抱住前胸。她这才注意到，已经有几个不苟言笑的客人在她去洗手间的时候告辞走了。这时手机又响起来了，叶晓晓刚要接，被人一把打掉了。

"你想干什么？"叶晓晓大声呵斥。

"我们也想艺术艺术……"说着，那人已经慢慢挪到她面前，直直地伸手过来，似乎想解她衣服上的扣子。叶晓晓大叫一声打掉他的手，转身靠墙站着，双手护着前胸。她寻找着陈小北，可一眨眼间陈小北也不见了踪影。

叶晓晓这才感到了深深的绝望，但她是聪明的。她倒退了几步，强作镇定，笑着说：

"不是不陪你们，只是我爸爸生病了，改天陪，行不行？一定把各位陪好。"

"我们都是'人精'，会被你的这点小把戏骗了？"说着，有人三步并作两步抢到叶晓晓跟前，一把抓住她的胳膊。

叶晓晓拼命挣扎，闭着眼又踢又打，怎奈丝毫挣脱不了。那人按着她的头，自己两片油腻腻的肥嘴唇噘得老高，凑上去要吻她的嘴巴，叶晓晓拼命挣扎着把头向后仰，并用双手使劲打着他的头。那人眼看自己不能得逞，腾出右手，一把抓住叶晓晓前胸的扣子，用力撕了下去……

叶晓晓终于忍不住，放声大哭起来……

包房的门终于被打开了！在这千钧一发的时刻，夏天带着保安冲了进来。他循着声音，跌跌撞撞地在桌椅间找到了衣衫不整的叶晓晓，她再也顾不得什么了，扑在夏天怀里恸哭。包房里的几个衣冠禽兽一哄而散，保安问要不要报警，叶晓晓无力地摆了摆手。她哭得忘情，夏天的一颗心似乱箭穿过。他恨不得长出一百双眼睛来看看叶晓晓到底伤着哪里了，恨不得长出一千张嘴巴来安慰她，可他抱着她，焦急得什么也说不出来。

叶晓晓大哭着，头抵在夏天胸前，夏天只觉得心里又痛又痒，说不出是一种什么滋味。叶晓晓贴着他的地方，滚烫得难以形容。他想用力地把跪坐在地上的晓晓拉起来，但她如花泥委地，整个人都扑在他怀里。夏天僵硬地站着，一双手直直地垂着不知该往哪里安放。保安觉察出了夏天的异常，他把自己的制服外套脱了让叶晓晓披上，然后领着他们往外走。

走到楼梯口，人声嘈杂起来。叶晓晓好像突然被惊醒了，她推开夏天，去洗手间洗了把脸。她坐在马桶盖上，向隔间的男士要了支烟，双手抱膝，在马桶盖上一边抽烟一边默默地流泪。

好笑的是陈小北竟然打来电话，问她安全到家了没有，说看见她去了洗手间就以为她走了……叶晓晓淡淡地听他说完，就挂了。如果今天在洗手间的电话不是打给夏天的，而是打给涂当的，她可能就成了陈小北请客的一道餐后甜点。思来想去，什么都难免流俗。本来以为自己真是匹千里马，以为陈小北是个真伯乐，以为他真是赏识她的才干，却没想到故事竟是这样的肮脏！好笑的是自己常常暗暗发誓，等将来出名了，一定好好报答他，哪里知道，陈小北竟然如此等不及。

一支烟燃尽了，叶晓晓吐出最后一口烟雾，弹掉了烟头上聚集的一长串烟灰，站起来，翻开马桶盖，将烟蒂扔了进去，然后放水冲掉。她看着烟头旋转着旋转着，最后消失在一个无底的黑洞里。

眼泪并没有流尽，但是这一刻，她要好好地走出门去，这里离家太近了，太阳底下有街坊四邻的好多双眼睛。

十四

叶晓晓给夏天打了个电话，请他去外面叫辆的士——等在饭店门口——这个点，武汉的的士车并不好打。夏天叫好了车，叶晓晓戴着墨镜出门了，的士直接开到了藏龙岛叶晓晓租住的小屋。临下车了，叶晓晓摸了摸钱包，里面只有几张十块的，不够付车费，幸好夏天抢着付了。

上楼梯时就开始刮风，没一会儿，倾盆大雨又至了。叶晓晓已经忘了夏天上次来的事，更没想到这之间的巧合。刚到家，她的眼泪就下来了。她把自己关在卫生间里，任眼泪像怨气一样倾泻。

夏天站在外面，听着叶晓晓歇斯底里的哭声，他不知道该把自己安放在哪儿。他想起自己上次来这里和晓晓度过的那个美好的夜晚，他曾和他心爱的姑娘挨得那么近，心和心挨得那么近，而此刻，她在卫生间哭得撕心裂肺，他却无能为力。他该怎么办？他一个盲人能有什么办法！夏天感到无助和悲哀，老天爷为什么就独独不给他眼睛？为什么那么亏待他？！

夏天想起小时候，自己拼命地睁眼睛，甚至用手去扒眼皮，想看看这个世界。现在，他也有这样的冲动。只是，他知道，这样做是徒劳无功的。他站在小屋中央，手里的拳头捏得吱吱响，可他能怎么样呢？他把拳头捏着捏着，没有把拳头捏出水，眼里的泪水却要漫出来了。

叶晓晓在卫生间里开着淋浴的冷水，从头至脚浇着自己。她好悔恨，悔恨第一次的献身，悔恨后来的懵懵懂懂和欲罢不能。她不知道很多事情只要开始了，就不是她所能控制得的。她在里面哭得咽长气断，她也恨老天爷对她的不公平，虚荣的女人不是她一个，可为什么偏偏让她受到了惩罚？难道只因她的身体出众一些吗？

一个小时过去了，两个小时过去了，叶晓晓还没有出来。夏天在外面已经听不到哭声了，只听到哗哗的水流声，他担心叶晓晓在里面出什么意外，便小声地问："晓晓，你还好吧？"里面没动静，夏天又大力地拍着门大声喊，叶晓晓听见了，但她不想回答。担心叶晓晓想不开，夏天在门外焦急地徘徊，他想破门而入，但又犹疑不决，他多少和这个五光十色的社会有些隔膜的。可他又那么地担心她，他担心因为自己的迟疑和犹豫，心爱的人会死在自己面前。想了想，横了横心，他猛地撞向那扇门，门纹丝未动，可他在门上摸索到了钥匙——这是涂当插在门上的，他唯独忘了带走这把钥匙。

夏天摸到这把钥匙，仿佛摸到了通往叶晓晓心灵的入口，这把叶晓晓无意留在上面的钥匙，让他感到脸红心跳。这一刹那，他暂时忘记担忧，仿佛看到了一个美丽的姑娘、一个洁白无瑕的姑娘，就在这把钥匙的后面。他右手捏着钥匙，左手和身体贴在门上，右手捏得紧紧地，手指肚真切地感受到了钥匙上的凹槽和花纹，甚至因用力过猛而感到生疼生疼。透过门缝，他闻到一丝特别的芬芳，这种芬芳是奶奶身上没有的，是女同学身上没有的，是平时的叶晓晓身上也没有的。这种芬芳召唤着他。"咔嚓"一声，他扭开了浴室的门。

叶晓晓惊叫了一声，这一声惊叫让夏天回到了人间，也让他循着声音找到了叶晓晓，他记起自己是为什么而进来的。他在冰冷的水柱下拉起叶晓晓，把她裹在怀里拽出卫生间，又从床上抓了张大浴巾给她揩身上的水。叶晓晓青春的身体在湿透了的衣服里面呼之欲出，这太不同于自己和奶奶的身体了，它让他头昏脑涨手忙脚乱。

叶晓晓稍微揩了揩就钻到床上，太冷了，她现在恢复了知觉。她躲在被单中，窸窸窣窣地换了衣服，然后躺下，看着夏天头发上的水一滴一滴滴下来。

"把头发擦一下吧。"叶晓晓说。夏天没有擦，他左右甩动着头，想把水滴甩下来。一滴水甩到了叶晓晓脸上，她一惊，这个动作太像涂当了。每次涂当洗完澡后，他总只肯敷衍地擦一下头，然后追着叶晓晓甩，把水都甩到她脸上、身上。叶晓晓总是尖叫着躲闪，小屋子只有这么大，躲闪着躲闪着，最后躲到床上来了。

那些甜蜜时光已经一去不复返，只留下叶晓晓独自伤神。幸好还有夏天陪在身边，幸好今天还有夏天去解救她，不然……想到这里，叶晓晓不由得在心里生出许多对夏天的感念。

夏天拉了张凳子在床边坐下来，叶晓晓打量着他，也许是感受到了叶晓晓的目光，也许是找不到话说，一下陷入了沉默的状态。

"你怎么知道我在老汉口的？"叶晓晓打破了沉默，她只是让他打电话冒充叶之容，并没有告诉他在哪里。

"我家每年都会去老汉口吃一次年饭，有一个服务员的声音我听得出来，你打电话的时候她正在外面和传菜员讲话……"

叶晓晓感受到的已经不是夏天的聪明了，她只是感到庆幸，如果……如果不是恰巧在老汉口，如果她不是给夏天打电话，如果那个声音不是夏天熟悉的……她不敢想象。这一刻，她深深地感到后怕。

叶晓晓努力埋藏在心底的痛楚和迷茫就要决堤，她一个人背负得太久了，多想找人倾诉一下。她犹豫着，在心里权衡着，夏天像迷雾一样的黑眼睛看着她，头发上的水欲滴未滴，乌黑闪亮的黑发在日光灯下仿佛要滴出墨汁来，颀长的身段，细长的脖颈，一双纤长的手由于局促而不知该往哪里安放。哦，她差点还忘了，这双手会调钢琴，还能在琴键上弹奏出美妙的曲子。

她喊了一声夏天，然后拍了拍床沿，让夏天坐近了些。她握住他的右手，举起来端详着。修长的手指，指甲修剪得很好，淡淡的静脉从白皙的皮肤中微微透出来。皮肤细腻，手指肚上却有五个小小的茧子，叶晓晓知道，夏天是用这一双手来感知世界的。夏天被她捏得不自在，要从她手里把手掌抽回去。叶晓晓笑了笑，随他去了。

"晓晓……"夏天再次打断了她的思绪，"晓晓，你愿意告诉我到底发生了什么事吗？"夏天多想在这句话后面加上一句"我会帮你的"，但他觉得自己什么也帮不了她，这样的自卑让他把声音低下去。

叶晓晓开始跟夏天讲这所有事情的来龙去脉。从那个愚人节开始，从她第一次给班上同学当裸模开始，讲遇到了陈小北，照片传到网上……以及后来的那个饭局……叶晓晓平静地说着，仿佛在说别人的故事。在重复这个故事的时候，她清醒地看见了一个自己，因为虚荣和单纯，而一步步走向迷失的怪圈。

夏天静静地听着，一句嘴都没插。等叶晓晓讲完的时候，他久久不能抬起头来。叶晓晓捧起他的头，发现他的眼里蓄满了泪水，只是他咬着牙齿，不让眼泪落下来。叶晓晓再也忍不住，抱着他的头，放在自己胸前贴近心脏的地方。叶晓晓泪流满面，泪水滴到夏天的头和脸上，他尽力忍住声音呜咽着。叶晓晓忍不住低下头去吻他的眼睛，滚烫的嘴唇吻着冰凉的眼睛，她闭上眼，仿佛这样才能体会到夏天的痛楚。

"晓晓，你为什么要那么做？那样做，值得吗？"夏天推开了叶晓晓，仰着头问她。

叶晓晓没有回答，她无力地靠在床头，只觉得很累很累。她的无力谁能体会得到？

夏天抓住了叶晓晓摊在两旁的手，和她十指相扣。他抬起头来对着叶晓晓的脸，叶晓晓看到了他眼里的怜惜，忍不住抽抽搭搭地哭起来。夏天捧起她的右手，吻起来。叶晓晓的泪流得更汹涌了。

夏天的吻是一个生涩而稚嫩的吻，带着少年独有的热情和力量，他需要叶晓晓教他。叶晓晓把他的手掌举起来，看着那上面一个一个的小茧子，她用手指一个一个地抚摸它们，然后轻轻地放在嘴唇上亲吻起来。她的吻里，充满了怜惜和疼爱。

然后，她引导着他来认识自己。先从头发开始，从头皮到发梢，叶晓晓一点也不曾遗漏。她让夏天的指纹挨着发丝擦过，她要让他感受到每一根发丝的润泽和柔顺，每一个发卷都是一个迷宫，每一束发卷都是一朵抒情的浪花。

接着是额头，眉毛，眼睛，睫毛，脸颊，鼻子，嘴唇，牙齿，脖子……额头上的绒毛在手指肚下滑过，眉毛在眉骨之上，小眼睛，睫毛稀疏，脸颊窄，柔软而红润的小嘴唇——他感觉到了吗？像珍贝一样闪闪发亮的小牙齿——手指能够传达给他的心灵吗？脖子细而长，下面是锁骨，那性感的锁骨，夏天能体会得到其中的妙处吗？……

尽管手指肚上长了茧，但仍然那么敏感，饱满的脸颊有足够的弹性，光滑如绸缎的皮肤，细嫩得如初春刚长出来的树叶……手指像触电一般，将夏天全身烧得滚烫。在这激动的时刻，他闭上眼睛。在黑暗的世界里飞翔，是他最熟悉不过的事了。

一直到十五岁，他都是抱着奶奶睡觉的。他把手伸到那个他熟悉的地方，却像被蛇咬了一样马上弹回来，这太不同于夏天熟悉的奶奶的身体了。

"这是胸……"叶晓晓告诉他。她34C的胸部，自然和夏奶奶干瘪下垂的胸部不一样，白皙饱满而圆润的胸部上一点樱桃红，小巧而娇艳欲滴……可惜夏天看不到。

"这是腹部……"滚圆的腹部上一个深陷的肚脐,那是孕育生命的地方,是任何人类生命的起源。拉斐尔画作中的圣母,每一位都有一个滚圆的腹部。

"这是……"

叶晓晓引导夏天欣赏它们、认识它们。她知道,夏天会真正地欣赏自己。

她带领着夏天的手指从脚趾尖滑过的那一刹那,夏天脱口而出:"晓晓,你是一台好琴。"

因为这句话,叶晓晓再次抱着夏天哭了。她不知道,夏天还有半句话未说出来:好琴不是用来在街头展览的。

两个年轻人,因为对对方的怜惜,而互相拥抱着,度过了一个晚上。相安无事地。

尽管这个晚上,夏天彻夜难眠。

十五

前进四路的集贤巷里,叶之容为了庆祝夏奶奶要出院和夏天拿到高级调琴师资格证买了一大堆菜,大清早就开始忙活。刁德安知道有酒喝,凑上去说了半早上的话。叶之容因为高兴,也懒得跟他置气,任由他跟着自己瞎扯。

刁德安一直觊觎着叶之容的那家汤圆馆,这会儿东扯西拉地又说到那上面了:"首先要包装,将来搬迁后,你这汤圆馆就要好好装修装修……一碗卖十块钱，卖一碗赚一碗，也不枉你做得累死啊……"

叶之容一边哗啦哗啦打着鱼鳞，一边反问："一碗十块钱，我倒想呢！那卖给谁啊？你买？"

刁德安被他呛住了，但他锲而不舍，卷土重来，又说："包装……就像我老婆上次去夜总会吃的那个……首先给汤圆点上红点，然后请一批文化名人来写文章、搞宣传，你这个汤圆馆呢，也要改名字了……就叫咪咪汤圆馆……做什么都要做文化……这个我小儿子在行啊，他就有一批朋友是文化人……"

叶之容把鱼和刀都一丢，抬起头来骂了刁德安一句："个板巴养的！我好好地卖汤圆，你偏要说我卖人？"

开往仰山小镇的顺风车

一

早春的时候，最早的是意杨的叶子，从道路两旁的树枝间冒了出来，在树上笼罩了一层薄薄的鹅黄色，没两天，田野便次第绿了。田埂，草坡，山顶，庄稼人的花圃，都绿了。春天便汹涌而至。

夏天的时候，路旁爆出蔷薇的新枝，栀子花碧绿的叶间开出一朵朵芳香馥郁的白花；法国梧桐遮天蔽日，只在车窗上筛下金色的光斑；意杨迎风招展，在风里欢喜地晃动着碧绿的小手掌。一路开过去，地势渐高，群山像翠屏一样在眼前展开。

米姐在小镇上班。小镇离县城三十公里，这段路不是很长，但也不短。米姐不敢开车，她早就拿了驾照，可上路第一天就撞死了一头小牛犊。小牛那含泪的大眼睛让她心痛不已，半夜起来，她就把驾照烧了。车改之后，有很多男同事开上了汽车，有时候他们也会捎带一下米姐，但大多数车里都充斥着各种来历不明的气味，米姐不喜欢，便巧妙地避开了那些人。她不想叫人尴尬，也不想委屈自己。她只能坐公交。公交有时候准点，有时候不准，遇上刮风下雨，全身被淋得湿漉漉的，常常让米姐觉得人生就像这天气一样晦暗。

后来，不知怎么的，她就坐上了小先的车。

小先是科室新来的年轻人，办公室就在米姐斜对面，有时候他会拿报表过来请教，很有礼貌，而且一教就会。他的字写得纤细工整，一看就是心里通透的人。关键在于这通透二字，他从不话多，更不多事。在这个有两把刷子就跃跃欲试的政府小院里，这个干净、聪明却节制的年轻人，赢得了一帮老同事的好感，包括米姐。

分来大半年后，小先结婚了。举办婚礼的时候，他没有请同事，周一上班就带了新娘子来，给大家发喜糖。新娘子微胖，喜悦而健谈，很热情地招呼大家吃糖吃烟，还俏皮地把打火机一开，火苗蹿得老高，差点把科长的眉毛点着了。这一举动吓得科长哦哦叫着，她却哈哈大笑。米姐也笑了，这是个有生命力的女孩，肯定能很快给小先生个大胖小子或小棉袄。

临回去的时候，得知米姐住在同一条线上，新娘子非邀请米姐坐他们的车不可。米姐不愿去当那250W的电灯泡，可她拉上了米姐就不松手。那胖乎乎的手拉着，热乎乎的，让米姐心里一热，也就上了他们的车了。

可没想到第二天，小先就等在楼下了，说奉老婆之命，来等米姐。小先的车干净整洁，关键是人也不讨厌，米姐没有理由拒绝。

也许小夫妻有小夫妻的打算，多个人坐车，更安全，也可避免不必要的应酬，并且，米姐是科室里的副科长，在这样的机关，多交个朋友，总比多树个敌人好。这样想着，米姐就正式坐上了小先的顺风车。当然，她也不白坐，总会给小夫妻俩准备点什么礼物。有时候是一台榨汁机，有时候是一条丝巾，有时候是一盒坚果，有时候是一套化妆品，比对领导还上心。也许丢两百块油钱更省事，但日子是自己的，把日子过庸俗，一个念头就可以；想要过得体面又融洽，就得多花点心思。虽然米姐已经不再年轻了，但她心里，还是一棵在夏日骄阳下欢愉地招着小手掌的意杨树。

二

有相当长一段时间，两三年吧，米姐和小先相处得很愉快。到底是脾性相投，他们能聊到一块儿去。

"小先，你为什么叫小先呢？"

"还有个双胞胎哥哥，他先出生。"

"那哥哥呢？现在干吗呢？"

"没了，没满月就没了。"

米姐"哦"了一声，深表同情。

"母亲在门前栽了棵树，把他的胎发埋在树下，就给我改名叫小先了，意思是要我替代他好好活着。"

米姐再看，发现他果然有时孤身一人，新媳妇那么热闹的一个人，结婚几年，没有把热情传播一点给他，却好像把他变得更冷静和克制了。

冬去春来，田野黄了又绿。

他们在车里有说不完的话，大事，小事，单位的事，东家长、李家短，随口说说，一笑而过。即使不说话，也不尴尬。

"感觉大雨要来了。"

"是啊，大雨要来了。"

"不知道我们新来的书记能在大雨中全身而退吗？"

"难。我看难。"小先说。

"他呀。"米姐叹了一口气，摇摇头，便不再往下说了。提到她不喜欢的人和事，她便不再往下说了。

有时候，米姐也会收到小先的礼物，虽不贵，但都别具匠心。米姐心想，这肯定跟媳妇把零花钱管得紧有关。有一次，他送的竟然是一串玛瑙项链，不规则的碎石形状，但温润透亮。

米姐脱口就说："真漂亮！"

"戈壁滩上捡的，手工串的。"

"你串的，还是你媳妇串的？"

小先似乎略微有些脸红，尴尬地笑了，米姐便不作声，大概就明白了。

这家伙，还脸红个什么呀！米姐想，但同时，也有一种别样的感觉从心上爬过。是什么呢？米姐想了一会儿，便不再去想了。她把一杯柠檬水一饮而尽，已然心如止水。她并不是个喜欢找麻烦的人。

这些年，米姐的生活并不是干净得一只公蚊子都没有飞进过，她是有人的。

他收入稳定，地位稳固，穿得体的名牌服装，一周打两次篮球，游一次泳，周末去爬山或者跑马拉松。米姐知道，这些年自己在工作上顺风顺水，与他罩着有莫大的关系。快十年了吧，或者更久，他们都没想过要再进一步。不不不，他们不是那种关系，他跟她一样，都是单身，只是他们都是明白人，甚至有些明白过头了，认为一切有意图的行为举止在一个合法的仪式后都变得索然无味了。

"起因，经过，发展，高潮，结果……每次都这样。"有一次，他躺倒在米姐身边说。

"是啊！"米姐也累了，双眼无神地盯着天花板，没体会到这个比喻的绝妙。

"明知道最后的结果只有一个累字，却还要去爬一座山。"米姐一愣，正准备捧腹大笑，却听到他接着说，"害得我连这事也不想做了。"

米姐笑了，接着便把他的六块腹肌拍得山响，揪住一块肉疙瘩，连声问："做不做，做不做？"

追问当然是多余的，下一次还是爬一座更高的山，躺在同一块草皮上休息。

米姐是真心把小先当弟弟的。在工作中，他们是互相欣赏的上下级，是不避人嫌的小团体，也是生活中的左右手。她家换灯管，修水龙头，添置大件的生活用品，这些，小先都包了。

有一次，小先换好了水龙头，接过米姐递过来的毛巾，擦干手，却没有走，而是在沙发上坐了下来。米姐面色凝重地看着他，心里有一百个问号，却不能问出口，只好迟疑地在沙发边上坐了下来。

小先喝了口米姐倒在茶几上的茶，新鲜的龙井，是本地产的极品，是他带来的吗？小先想。他看着米姐，犹犹豫豫地开了口："米姐，你怎么不要个小孩呢？"

米姐一愣，十年前有人问过她这个问题，那时候她用各式各样让人哭笑不得的反问来回答别人。用反问来回答别人，是米姐的绝招。现在呢，没人问了，她也忘了那些反击了。是小先问，她便认真想了想，恍然大悟，她没有结婚啊！这是一个很好的答案吗？未必呀，因为对方很可能会接着问："那你为什么不结婚呢？"周而复始……幸亏是小先，他没有恋战，而是问："你不喜欢小孩吗？"

米姐想说："喜欢，可是……"小先似乎并不在意米姐的回答，却自己把话头接上了，"我很想要个小孩的，小孩能让家里变得热闹。"

米姐突然想到同事们的议论，两三年过去了，小先媳妇并没像自己之前判断的那样很快给他生下一儿半女，而是多年不见动静。

小先看了看米姐，她坐在更靠近阳台一点的地方，夕阳从外面射进来，照在她脸上，夕阳给她镀上了一层柔和的金色光泽，她看着他，关切的样子似乎想把他心里的疑虑都舀干。小先感受到了自己强烈地想要与米姐共处的渴望，他灌了铅一般想要在这里坐下去，任谁也搬不动他，任谁也不能叫他离开。他脑海里想的都是这个，他被这愿望折磨着，但除了一口一口地喝水，却一点也找不到更多的话题来拖延时间。

两个人都沉默着，小先怀着心事，米姐却是不敢打扰他，直到墙上的古董钟突然"当当当、当当当"敲了六下。——那还是去年，小先夫妇送给她的新年礼物。

小先只得自己站了起来，从客厅到门口，只有几步，却走得有如拖了一个水泥罐车般的沉重。到门口了，已开了门，他一脚踏出去，又回过头来看了看米姐，说："我妈生前最喜欢小孩的。"

米姐愣了一下，还没来得及说什么，小先就"哐当"一声把门关上了，倒让她在门后愣怔了好一会儿。

三

这晚约会回来的时候，米姐对着镜子取下了水晶耳环，耳环一晃，她就想到了小先，小先的那一双眼睛，应该是有很多话想说的吧。

这么想着，米姐就有些无力了，她扶着梳妆台坐下来。她想起母亲去世的时候，想起失去先生的时候，可到了晚上做梦的时候，她却变得很有力了。

这天晚上，米姐第一次梦见了小先。她和他。她像绵延起伏的群山，像一位地母，而小先，是一条冷而滑的蛇，他钻入了她的丛林，贴着她的皮肤。他把她抱紧，抱紧，再抱紧，只抱得她喘不过气来，从来没有人那样抱过她呀。他把她摊开了，揉碎了，他嘴里发出啧啧的声响……

米姐不知道自己为什么会做这样的梦，是他来得少了，还是……无论是什么原因，结果是，她一阵大汗淋漓，像真的做过一场运动那样疲惫。羞愧接踵而至，她一直是把他当弟弟的呀。

第二天下雨了，小先照例来接米姐。他看到米姐从单元门口跑下来，那一步两步她总是懒得撑伞，小先连连喊着，等一等，等一等，便撑了伞跑过去接她，擦得干净锃亮的小羊皮皮鞋踏在雨水里也不管。大伞一直护送米姐到了车旁，整个倾斜着挡在她头顶，看着她坐进车里，又看着她把双腿收进去。

米姐坐的是副驾驶座位，以前是为了看风景，而这会儿呢，总感到有点不自在。小先无声地递给她一块干净的毛巾，她脸上飘了点雨水，不多的几粒——这个动作是小先常做的，然而，由于昨天的那个梦，显得有些意味深长。

"那个……"两人一起说。

"嗯……"两人又一起说，还没等对方说出什么，便都沉默了。

米姐一低头，看到了胸前的玛瑙项链，像抓救兵似的抓在手心里，顿时感到一阵冰凉。原来不知不觉间，她已慢慢沁了一手汗。小先眼角一瞟，看到米姐的白手抓着项链，说："米姐，我们什么时候去戈壁滩看看吧。"

"戈壁滩?"米姐问。

"是啊,戈壁滩,我有个同学在那儿,他说,那是世界上最纯净和辽阔的地方。"

米姐不敢接这话,心里特想问他:是我们两个人,还是有其他人?

小先打开收音机,里面传来舒缓的钢琴曲。窗外要入冬的天气,凄风苦雨,零落的黄叶在枝头瑟瑟发抖,车内却温暖如春,两个人的气息也随着乐曲缓缓流动,试探,碰撞,交融……这真是一叶方舟,要渡我去哪里呢?有那么一刹那,米姐迷糊了,迷迷糊糊中,她希望这车永远开下去,永远不要停。然而,车还是停了下来。在下车的那一瞬间,米姐突然意识到,不能再坐小先的车了。

就这样,米姐下定决心,不再坐小先的车。她开始找各种理由,要加班,有事,要去早一点,有重要领导要接待,要回去晚一点。每次小先都一笑,然后自己走了。可又有各种原因让他们碰到一起,米姐要加班,科长却让小先等村里送的材料;米姐要去村里,小先却有应酬。每次碰到了,小先都一笑,像是在说:"看,还是被我逮到了吧。"

米姐无法拒绝这被逮到了的目光,她喜欢那温柔的目光落到自己脸上身上,这会令她不再跳动的心脏跳动,会令她不再泛红的脸蛋泛红,甚至微微羞怯,微微出汗。有时候,悸动像捉迷藏似的,开门的时候,小先会故意碰一碰她的头;换挡的时候碰一碰她的胳膊;给她拿水的时候,碰一碰她的手指。这些,都令她心跳加快。

一股甜蜜的气息在车内流动，窗外阳光正好，所有的草木都在秋色里散发出馨香。

米姐一直都活在这种微颤，甜蜜，试探，拒绝又不禁靠近的纠结之中，直到不久之后，发生了那件事。

四

米姐单位的书记姓熊，中等个子，不算很胖，但无一处不滚圆，圆脸圆脑袋，一个圆滚滚的下巴连接着宽肩厚背，见人一脸笑，就像一只人畜无害的小熊。

在食堂排队打饭，遇到谁忘了带饭卡，书记总把自己的卡丢给那人，有谁送他一点高档水果或茶叶，他从不带回家，总是分发给大家。有谁家的小孩上幼儿园、转学遇到了困难，他总会帮忙想办法。哪家子女考大学，找工作，能帮上忙的，他总会帮一把，不会让人失望。

"哎，熊书记早！"

"早！"

"熊书记好！"

"好！"

"熊书记加班呢！"

"嗯，刚开了个重要会议。"

仰山乡政府总洋溢着一派和谐热络的气氛。

但那一年，熊书记却出了点儿事。先是有小道消息传来，说有人在告他，可能会出事，但一直传了半年，也没见什么动静——他照样上班开会，出席重要活动，精神抖擞。大家想着，应该没事了，但突然又见他暴瘦，他说自己在减肥，大家却怀疑查到他的猛料了。过了一阵子，他又缓过劲来，小圆脸上长满了肉，一笑，两颊都颤动起来。大家便又猜，那事肯定过去了。

有一阵子，米姐的男友来得比较勤。爬完山之后，他喜欢靠在床头抽一支烟。那天，他正靠在床头，缓缓吐着烟雾，用手拨弄着米姐的头发，突然说："你们单位挺复杂的，小心点。"

米姐一愣："怎么了？"

他也一惊，像是回过神来似的，说："哦，没什么。机关单位，水总是深的，小心为妙。"

米姐仰躺着，盯着天花板，想着单位这半年来大大小小的事，听说这次检举书记的，正是单位内部的人。他在纪委上班，那么来一句，米姐不得不联想到他的工作。

"听说检举熊书记的，是我们单位的人。"米姐翻了个身，俯在他身旁用手指抚他的胸肌。他捉住她的手，抚摸着，又拿到嘴边，轻轻啄了一下，但并不肯透露更多信息："你管他呢，反正有人敢欺负你，你就告诉我。"

米姐觉得无趣，便又翻了个身，头靠在他胸脯上，眼睛正朝向黑暗中的墙壁，壁纸上是枝枝蔓蔓的暗绿色藤蔓，米姐的眼睛看进去了，就越发理不清走不出。

没想到快到年终的时候，这几个人碰到一起了。

那是个阴冷的星期六下午，米姐正和小先夫妻俩逛街，男友打来电话，叫她去白塔书院。米姐有点犹豫，这地方她不知道啊，怎么去呢？正在犯难的时候，男友的电话又追过来，叫小先送她去，并告知了详细地址。

车行到半山腰，才看到一个朴素的门楼，男友已和几个朋友等在门口了。米姐一下车，便听到男友喊："上来，这里！"小先听到他的声音，也降下车窗来打了个招呼。他又喊："一起吧。"小先看了看米姐，米姐知道男友不是随便开口的人，便说："那一起吧。"

米姐和小先把车停在半山腰，沿着陡峭的小路攀上去。门楼建在一处突出的岩石上，进到里面，才看到白墙壁上写着"白塔·书院"几个字，回廊依山而建，把山涧的溪流和对面白塔寺的风光尽收眼底。

走了几步，出来一个汉服打扮的年轻女子，把他们往里带，只见幽深的树木掩映着庭院，曲曲折折的小桥流水穿廊而过。米姐不由得暗暗吃惊，自己上下班常路过这一带，却不知道这里还隐藏着这么一个处所呢。

女子将米姐和小先带入一个题为快雪阁的包间。

坐定后，米姐将客人扫视了一圈，发现只有一两位眼熟，其他都眼生，但很奇怪的是，也没有人向他们介绍一下。

喝过两泡茶，便开始上菜。

席间说来说去，自然绕不过仰山镇，绕不过熊书记，有人说："熊书记不错。"有人便说："那当然。"

米姐和小先都听着，没有作声。米姐心里隐隐有些不快，不明白男友叫她来干吗，在这桌上没有受到重视，也不是陪客。米姐不知道小先怎么想，但两人的拘谨肯定是大家都看得出来的。那话题岔开了，就像那青烟，飘散了，但一会儿又聚拢来，又说到了熊书记的提拔。

米姐和小先交换了一下眼神，心想：怎的，这人不在，怎么倒像是冤魂似的。

直到一个胖和尚样的人问他俩："你们俩说是不是？熊书记是不是挺有能力的？"小先点了点头，接过话头，说："是不错。"

那人仰头一笑，说："那是相当的不错啊！我80年代入党的，在体制内干到四十岁，经商二十年，那是阅人无数，没见过这么有人情味的领导，有见识，有担当，敢开拓，不可多得啊！"说着，话锋一转，又对着小先和米姐说，"你们很幸运，要珍惜啊！"一席话说得小先和米姐面面相觑。

那青烟散去的时候，小先给他敬酒，不好说别的，只说谢谢领导对他和米姐的关照。米姐不语，垂着眼帘抿了口酒。倒是他，大大方方斟满了酒，一饮而尽，说："我有时候忙，关心得不到位的，你也多关心关心。"

这句话说得米姐心里"咯噔"一下。落座时，她趁机偷瞄了一眼小先，小先也回过头来看她，倒没有一点愧色。小先伸过手来，替米姐扶了一把椅子，又转过头来，趁替米姐斟酒的当儿，大大方方看她。

你来我往闹了好几轮酒，座上宾皆已露出七八分醉态。米姐和小先停了杯，看着上座的热闹。刚上来螃蟹，小先给米姐剥上了。

正拿着蟹腿准备往嘴里送的时候，先前那胖和尚样的商人带着醉态，满脸通红地看着米姐，突然说："怎么看，你也像个明白人啊！"

米姐不知道他这话针对的是什么，但总觉得有点说重了。她正了正身子，正准备发难，坐在上座的男友却已开了腔："什么叫看着像个明白人啊？我看你，怎么看着也像个正经人。"

话一出口，一桌人都哄笑起来，那人脸上便有了愠色，酒桌气氛冷下来了。一些人见风向不对，便开始三三两两往外撤。本来人也不多，这会儿就更少了。除了米粗他们，留下来的，一位是米姐眼熟的领导，一位就是那位商人。

米姐恍然大悟，这是一个跟她有关的局，她才是这个局的中心。她有些困惑，朝男友看了一眼，他正朝酒杯里弹着烟灰，回看了她一眼，没有告诉她什么，只隔着桌子伸过大手来，握住她的手。

他们一起看向那位商人，那人正在抽烟，似笑非笑地弹着烟灰，他知道大家都看着他，但就是不开口。还是那位领导打破了沉默，他清了清嗓子，说："我们是来解决问题的，不是来制造矛盾的，是吧？"听到这话，那人的脸色才缓和下来，说："开篇说了半天，以为你们听懂了，可后来，又发现你们并没听懂。不知是懂了装不懂呢，还是真不懂？"

"我说了，这事与她无关。"米姐的男友插嘴道。

那商人看了看他，往后靠了靠，又点燃一支烟，把眼睛眯成一条缝，直盯着米姐。米姐也不怕，迎着他的目光看过去，说："您别这么看我，我倒是不怕您看我，但我觉着吧，咱们这么互相看着，我是挺吃亏的——我可不想看着您那张不那么光鲜的脸。"

"那就爽快点！"

"什么爽快点？"

"别装了！"

"装什么？您不能自己心里住着个贼就看谁都像贼吧？"说着，米姐已失去了所有耐心，提了包准备走。

那人突然大喊了一声："你不能走！"

"怎么就不能走？"

"我说不能走就不能走！"

"你代表谁说不能走了？"

那人突然跳起来，借着酒劲，拍了一下桌子，大声喊："你敢说去年10月19号下午三点的那封检举信不是从你的电脑里发出去的？"

这话如此具体，不由得让米姐一怔。她转过身来，把疑惑的目光投向上座的两位，看看男友，又看看那位领导。只见那领导模样的人连连干咳着，说："你妈的灌了二两黄汤就又瞎说！什么下午三点，什么检举信，你这说的什么呀……"说着，他也站起来，取了墙上挂着的大衣，就准备往外走，但终于还是忍住了，又转回头来说，"你，我们只当你是放了个屁啊！"他又对众人说："他说的什么，我不知道啊。"

米姐终于明白了。

她眼神慌乱地在人群中寻求支援，看向男友，又看向小先。小先也慌乱着，一双眼睛似乎也无处安放。急迫中，米姐只得机械地说："我，没有！"就在那一瞬间，她突然想起，去年精准扶贫检查那天是个周六，上午就检查完了，下午座谈，因为她有事就先回家了。她把办公室钥匙丢给小先，方便他取资料……

就在那一瞬间，米姐把目光移向小先，她突然明白了他的慌乱，还有别的解释吗？米姐回想起自己方才的脸红，感觉自己像被人当众打了一耳光一样，震惊，愤怒，伤心，对，特别伤心！在那一刻，她把混合了所有情绪的目光像刀子一样掷向小先——这就像有箭头指引似的，把所有人的目光也一起调转向了小先。

"米姐，我，我没有……"小先涨红了脸，语无伦次。

"那你怎么解释呢？"

"解释什么……"

"还有什么可能呢？"在众人无声的谴责之中，在话和话的追赶之下，或许还有这一下午被压抑着的怒气，米姐在那一刻失去了理智，她抓起茶桌上的茶杯就朝小先掷过去，汤汤水水都洒了出来，茶杯也直直飞向小先。米姐没想到他躲也不躲，瓷杯正中他的左额，血顺着额头流了下来，迅速滴到他胸前的白色夹克上。

后来又发生了什么，那些人说了什么，米姐已全然不记得了。但她记得那一幕，特别是小先出事后，她常想起那一幕：她和他往外走，小先坐着未动，血一滴一滴从额头迅速滴到白色夹克上，在左边胸口汇集成一朵暗红色的花朵。米姐回头看了几次，可被人群裹挟着往外走，她无法，也没有理由停下脚步。

为什么那时候没听听小先到底要说什么呢，他在想什么呢？为什么她想也不想就怀疑他呢？

五

这个年就这样过去了，在寒冷和忙乱中过去了。

米姐和小先的决裂，也慢慢在新年的各种聚会、活动中传开了。假期结束的时候，小先也来上班了，额头上顶着一块伤疤。别人是每逢佳节胖三斤，他却更瘦了，瘦得有些形销骨立。都在一个单位，低头不见抬头见的，举报书记，总有点那什么吧，大家都有点儿避着他。在普通人眼里，哪有什么是非黑白呢？他本来就偏冷，这会儿别人孤立他，他也懒得搭理别人，几乎独来独往了。

他没有去米姐的办公室死缠着向她解释，只是每天回家的时候，先下楼，把车子发动，然后在车里坐十分钟。他是在等米姐吗？然而米姐在玻璃窗前看到了小先的身影，看到他下楼，等待，她却把脸转了过去，鼻子里哼了一声。

也有人问米姐："就一定是他做的呀？"好多次，米姐在看到玛瑙项链的时候——项链已被她扔在了办公室抽屉的角落里，也问自己，真的是他做的吗？可是还有谁呢？那组数据只有我们科室的人知道，而他恰巧那天又去过我办公室，如果不是他，那也太巧了吧？谁会设计得如此巧妙呢！不仅在针对书记的同时，还牢牢嫁祸给小先？关键是小先并未挡着谁的道啊！

当鹅黄和鸭绿再次爬上树梢的时候，米姐的男友给她买了辆高尔夫，每个晴朗的周末都带她去练车。等树叶长成小手掌大小的时候，米姐可以开车上下班了。可小先还是固执地等在楼下，也不那么讨人嫌，每天十分钟，似乎在诉说什么，坚持什么。有一天，米姐匆匆奔向她的高尔夫时，看到小先坐在车里，两眼望着前方，有些失魂落魄的样子，米姐突然一阵心痛，脚步迟疑了。可就在这时，小先发动了车子——十分钟已到，他没看到车后的米姐。这是他们最后一次近距离的接触。

为什么没有早点下去呢？为什么没有给他机会，听他说一说这到底是怎么回事呢？也许那天他从办公室出来了，而其他人进去过……米姐想过种种可能，可那天是星期六，加班的人本就不多，她想去看看监控，办公室走廊都装了摄像头的。她看着那在黑暗中射出凛冽之光的机械眼，终究是摇了摇头。

从那天起，小先便不再等待米姐了，他甚至都不按时上下班了，想早就早，想晚就晚，科长问他，他便说"哦，我睡过头了"，或者说"哦，我忘了"。科长很恼火，说："年轻人，你怎么能倚老卖老？年轻人怎么能倚老卖老呢？"小先皱着眉头，科长更生气，但他怕小先也给他一封举报信，跺了跺脚，便咬牙走了。不放过他的只有副书记，大会小会，仍用各种方式明里暗里嘲讽他，指桑骂槐，孤立他。小先慢慢地也木然了，坐在会场，像坐在空无一人的水面一样，根本不在乎周围的人说什么做什么。有时候米姐偷偷看他，希望他生出一些恼怒，跳起来把他们骂一顿，或者当着所有人的面说清楚到底是怎么回事，可他始终没有，有时候他抬一抬胳膊，米姐的心一紧——要发作了！可是，他又慢慢地把胳膊放下去了，只是换了一个坐姿。他始终那样坐着，老僧入定般坐着，仿佛那些唇枪舌剑射向的不是他。说到底，小先这个人，生命力还是弱了些。他比别人瘦一些，说话的声音比别人轻一些，甚至影子都比别人淡一些，这让米姐怀疑他那个早逝的孪生哥哥，是不是把他的某些生命力带走了。米姐的脑海里突然闪过一丝不祥的预感，"不不不，小先只是比别人瘦一些，文弱一些罢了！"米姐安慰自己道。

第二天，小先没来上班，他媳妇来给他请假，说他神经衰弱，医生让他休息。科长"嗯嗯啊啊"地支吾了一番。他不喜欢小先，甚至忌惮小先，可没必要对小先的媳妇客气。他把病假条接过来，看了一眼，扔在一边，低头继续看文件，装作很忙的样子。小先媳妇并没走，她仍站在旁边说："科长，您不能再这样对小先了，他已经轻度抑郁了。"

科长抬头看了她一眼，想说句什么，又自己压了下去，"哦"了一声，便又低头看文件。他心里想，关我什么事呢？我白白挨了书记的骂，白白失去了好几万的奖金。小先得罪了书记，针对他的也是书记，关我什么事呢？这样想着，他的脸色就更难看了。

"科长，他是您手下的兵，在没发生这事时，您不也是对他赞赏有加吗？发生了这事，你们不辨真伪，一下将屎盆子扣在他头上，大会小会，明里暗里针对他……"

人家这屎盆子也不是乱扣的。科长终于抬起了头，用中年人特有的笃定和掌握一切般的信心看着她，嘴里仿佛含着一闸洪水，随便一开口就能把小先和他媳妇卷走。但他看着她，就是不开口。

"我相信不是他，我相信。"她害怕那目光，把自己的眼神收了收。

"我也相信，可证据呢？有证据吗？"科长的目光冷冷的，除此之外，还有更多的藐视。在他的注视下，小先媳妇终于低下了头。

"我相信不是他，我相信……"她轻声说着，声音越来越小，最后终于哭出了声。

米姐就在自己办公室门后站着，清楚听到了小先媳妇和科长的对话。这个胖姑娘，到底没辜负小先对她的好。米姐想出去帮那女子说两句，可又迈不开腿。隔壁办公室终于有几个年长一点的女人走了过去，把女子从科长办公室拉了出来，拍着她的肩宽慰她："我们也相信，相信不是他！"米姐就更不好过去了，好像是她诬赖他似的。她把办公室的门关上了，背靠在门后，看见窗外的那排意杨树满树的鹅黄鸭绿已变成了深碧，阳光从茂密的树叶间筛下来，在地上打下许许多多晃动的小光斑。风还是很乱，一会儿向这儿吹一会儿向那儿吹，把叶子摇得乱七八糟。

六

从那天起，小先就再也没来上班了。米姐也曾听到科长在对门气急败坏地给小先媳妇打电话，然而没有用。小先过上了仙人般的生活，想来上班就来，不想来就不来。他来上班也不是真来，只是把车开到单位院子里，停下来，抓把小米喂鸟什么的，或到考勤机前站一站，探头朝里面望一望转身便走了。你说，这能算上班了吗？

可工资还是照拿的，没有人敢克扣他什么，但凡有点什么小福利，如几张电影票呀，一盒绿豆糕、两提咸鸭蛋呀，会计都会亲自送上门。一群年轻人都围着会计打趣："会计呀会计，你怎么对小先那么好呢？你怎么就不能对我们好一点呢？"会计只回答他们三个字 "去去去"！

有一次，米姐在街上，远远地看到有个人靠着一堵断墙抽烟，那人有点像小先，但比他要结实一点且黑一点，胡子没刮，还顶着一头乱蓬蓬的长发。等米姐把车停好，再走过去时，哪里还有人影。小先抽烟吗？米姐问自己，没见过，那就不是他了？也未必吧。尽管有那么多不同，但米姐还是认定那人就是她熟悉的小先，只是小先不愿意见她罢了。

米姐也想过，找个什么纪念日把两家人约出来吃个饭，像什么事都没发生一样推杯换盏，说说笑笑。以小先的聪敏，必定能接收到米姐传达的信息。可现在，小先躲着她了，怎么办呢？再等等看吧，米姐期待的是顺其自然，期待有那么一个水到渠成的机会，让她能和小先冰释前嫌。然而，米姐始终没能等来这个机会。

十月的一天，这是浅川城最美的时节，不冷不热，没有狂风，也没有大雨。街上这里一株桂花，那里一株桂花，一不留神，转一个弯，太阳斜斜地从石头院墙上照过来。墙角的一棵桂花树就探出头来，葳蕤盛大的样子让人心惊，心惊这生活的美好。还有糖炒栗子，差不多每个十字路口都有架着铁锅的小板车，小摊贩拿着小锅铲在炒板栗，重糖栗子的香味合着桂花的香气飘散在每一条大街小巷。这甜香真能抚慰人的心灵，米姐感到心上的空隙似乎都慢慢被填满了，干涸的沟壑因喝饱了水而变得润泽。高跟鞋踩在细碎的斜阳上，鞋跟笃笃点地，落叶嚓嚓有声，就连这声音都一起滋润着米姐的心灵，她心中的阴霾一扫而光。

　　一到家，她放下所有东西，就开始在包里找手机，她要给小先打个电话，她有多久没有这种欢呼雀跃的心情了。人生如此短暂，该过去的就让它过去吧，何况有些事还真说不清。电话还没拨出去，小先媳妇的电话却先来了。一听到那头的哭声，米姐就知道出了事。胖姑娘在那头泣不成声，断断续续地说："小先昨天晚饭前就不见了，到现在还没找到。"

　　"那还不赶紧找？河边！河边找了没有？"

　　"找了的，没有。"

　　"水库？"

　　"找了的，没有。"

　　"手机呢？"

　　"手机关机了。打了几百个电话，都没有消息。"

　　米姐瘫在椅子里，像一根刚被人从锅里捞出来的面条一样的疲软无力，她想起来开个灯，却做不到，黑暗里，晃来晃去的都是小先的脸，她想起在单位，小先的勤勉，聪敏，与人为善——她怎么能认为是他呢？她又想起他看她的那些目光，她怎么能认为是他呢？

　　她像在这暗夜里醒来一样，发了疯一样扑到沙发上哭了起来。

　　"昨天一天，人都一直好好的，我们上午逛了街，下午还看了场电影，晚上在家做饭吃。我是怕他有什么想不开，时时事事把他叫着，叫他淘米，米淘好了择菜，菜择完了，我洗菜，他剥大蒜……油烧好了，菜下锅了，我叫他出去摆碗筷……我出来的时候，碗筷在桌上，人却不见了。我急急忙忙去书房找，书房没有，又去卫生间阳台找，都没有。我喊他，没人应声……回头一看，门口的皮鞋不见了，搭在椅背上的一件米色外套也不见了……我跑到阳台上，心想，或许在楼下散步，可哪里有他的人影！我扑在阳台上喊，没有人答应我……我打他的手机，已经关机了……"胖姑娘断断续续地哭诉着。

米姐是走到小先家的，仿佛不这样折磨自己就不能解恨一样。一进门，一屋子的人伸长了脖子望着她。

"多孝顺多乖巧的一个孩子啊。冬天棉拖、羽绒服，夏天啤酒、鹅毛扇，有什么他没想到的，进门先喊妈，总是一脸笑。"小先的丈母娘一把拉住她，说着便哭了起来。原来，米姐不知道的是，小先经历过多次自杀未遂。在这片哭声中，大门打开，所有人都看向门口，有人带来了新的消息，小先的最后一个电话打给了他的一位初中同学，他去了新疆。

"他来过啊，他说原来经常听我提起戈壁滩，就想来看看……没啊，情绪挺好的呀，挺正常的啊，特别客气呢，给我们家里每人都带了礼物。哦，他穿得太少，临走时我要送他一件毛衫，他硬是说太新，拿了件旧的……"他同学在电话里说。

大家长吁了一口气，或许他只是想出去走走？大家互相安慰。米姐没有吭声，她脑海里只闪过了三个字：戈壁滩。

七

事情没有向大家期盼的方向发展，第三天下午，传来了小先的噩耗。

在警察的帮助下，大家拼凑出了事情的经过：从家里出去后，小先在小区门口上了一辆的士，到了汉口火车站，接着上了一辆最快到新疆的车，辗转到达新疆后，在那位初中同学家逗留了一下，最后去了戈壁滩。

小先靠在一棵胡杨树上，用刀片割开了自己的左手动脉，又拿出事先准备好的镜子，对着镜子割开了自己的颈动脉。

他还在上衣口袋留下了一封遗书，说把身上的钱都留给发现"他"的那个人，对于他即将看到的可怕景象，他感到很抱歉。对家里的事他也有安排，但就是只字未提那件事。

小先的葬礼很快举行了。单位像是醒过来了似的，这时才想起小先的种种好来，工会主席把林月梅拉到一边，问她还有没有什么要求要提。那个胖姑娘想了想，说："去看看那个监控。"

米姐感叹了一声，还是这个胖姑娘狠呐。

副书记、胖姑娘林月梅、保安部长，外加米姐，一起站到了监控室，熊书记为了避嫌，他没有参加。

终于，画面上出现匆忙行进的滑稽人物图像——那是在快进，到了指定时间，主任喊了声停，画面暂停了一下，出现了正常的播放。米姐看到走廊上出现了打扫卫生的清洁工，送开水的老人，早到的米姐和小先，米姐看到那个还活着的小先迈着长腿，手插在裤兜里，三步两步走到自己办公室门口，一边掏出钥匙来开门，一边扭过头来和米姐说着什么。画面是黑白的、模糊的、跳动着雪花点的，但依然可以看得出来小先笑着，如春风拂面。米姐眼里涌出了泪花。

"这是去年九月份的，再往后一个月。"副书记指着画面上的时间说。保安部长不吭声，继续操作着。哪知屏幕突然跳动起来，发出刺耳的声音，紧接着闪动两下，又变成了满屏雪花。"怎么回事？"主任问。沉默了片刻，部长回答："出了点问题。"又过了一段长时间的沉默，画面出现了，但时间已经跳到几个月后了。

"怎么回事？"林月梅扑到屏幕前。

"报告书记，今年春天雷雨多，损坏了多台设备……可能数据丢了。"过了一会儿，保安部长不得不放弃了徒劳的抢救，对副书记说。

八

秋天快要结束的时候，米姐决定去一趟新疆。

因由很多，小先的葬礼结束之后，米姐就生病了，断断续续地发烧，咳嗽，不是什么大病，却总不见好，还持续失眠。有几次米姐梦见小先，梦见他那一双大眼睛看着她，幽深地，哀怨地，深情地……有好几次，等米姐从梦中醒来，小先消失了，天也就亮了。"难道我真的错怪你了？"米姐问。在虚空中，没有人回答她。

"那我该怎么弥补你呢？如果你有孩子，我一定视如己出，把他当自己的孩子疼爱。"

一个月后，米姐参加另一位朋友的葬礼，遇到一个和小先共同的朋友。葬礼结束后，他们走到了队伍最末，看着低沉的浅灰色天空，他们俩聊起了小先。

"你有没有想过，也许小先根本没有用你的电脑？或许他只是在楼下的车里发出的那封检举信，在慌乱之中随便破译了一个Wi-Fi，不巧的是，它是你办公室里的。"

米姐一惊，这个解释是合乎逻辑的。她拉住他，还想再问点什么，但他摆摆手，什么也不愿再说了。

他把食指放在嘴上，说："到底是不是这样，我并不清楚。我只是告诉你，存在着一种可能，是一种技术上的可能。你明白吗？"

米姐看着灰沉沉压下来的天空，陷入了困惑。小先的声音又跳入了她的耳膜："可毕竟，还是诬赖了你啊！"

米姐心里突然一惊，这会不会才是小先自杀的真相？

米姐选择的是绿皮火车，从武汉出发，到乌鲁木齐要三十八个小时，两天一夜。这一路上，火车走走停停，不昏睡的时候，米姐就看着车窗外飞驰而过的田野，看着火车从平原开进山峦，又从山峦开到平原，进而进入一望无垠的旷野。看着车窗外由中原腹地的肥沃到西北高原的辽阔和苍凉，这一路上，小先在米姐的脑海里，一刻也没有离开。他为什么跑到戈壁滩上来自杀？这是米姐心里的一个谜。

米姐找到了小先的同学，这人戴着维吾尔族的瓜皮小帽，穿着坎肩和对襟的褂子。他眼窝深陷，一脸疲倦，除了腰杆笔直之外，再看不出半点英武之气。

"我怎会想到几十年不见的初中同学，来见个面，就是来自杀的！"在路边的清真酒馆，他们一边吃着手撕羊肉，一边聊天。几杯伊犁特曲下肚，他的话匣子打开了。

"那时候在戈壁滩上当兵，一个字，苦；两个字，真苦。战友们每天都给人写信，不写信干什么呢？孤单得要死，想家，想亲人。我妈不识字，我妹还在读初中，不能耽误她的学习。再说一个邮票还要八毛钱呢，还得从她的生活费里扣，我不忍心。我就给同学们写，有的同学回了，有的不回，有的回一两封就不回了，只有小先断断续续与我保持了通信。"

入夜了，气温就陡降下来，米姐裹紧了身上的羊毛披肩，又喝了一大口白酒，有一股暖流从脚下蹿了起来。她红了眼睛，看着他继续说。

"纯净呐，纯净，"他咂着嘴，"那时候我在信里常跟他提起戈壁滩，一个男孩子初中毕业后就来到了这里，没见过什么是辽阔，没见过什么是绚烂，戈壁滩，一下就把我给征服了……然而，他给我最初也最真的印象还是——纯净，就是这么两个字……"

"你在信里也是这么跟小先说的吗？"

"是的。"我说，"来一次吧，你一定要来一次戈壁滩，天那么蓝，蓝得没有一丝杂质，树叶那么红，红得也没有一丝杂质……"

　　米姐的心里像是有什么"咯噔"了一下，像是一扇门，吱呀一声打开了，一道光照了进来。

　　第二天，米姐改变了行程，找到了一家租车公司，也租赁了一辆一模一样的越野车，向戈壁滩出发。

　　车子从城市中心出发，驶入郊区，第三天进入人烟稀少的旷野。渐渐进入戈壁的时候，小先出现了。米姐感觉他就坐在副驾驶的位置上，靠在椅背上，脸上挂着若有似无的笑；时而把头转过来，伸着手指，告诉她避开羊群、避开烈日、避开路上的大坑，爬坡时怎样一口气冲上去才能避免熄火；告诉她，注意那个戴羊皮帽的老人，他有一双鹰爪一样锐利的双手，还有一双像鹰一样锐利的眼睛；叫她注意道路左边有一条小河，河边长满了苜蓿，这是难得一见的绿洲，不要错过这样的美景。这回，像是小先坐米姐的顺风车了。

　　傍晚时分，米姐把车停在一片旷野之中，看着辽阔的金色大地上，连绵起伏的胡杨林红得像血，巨大的夕阳静默而端庄地悬在无云的天空，静静向地平线逼近。米姐跳下车，内心被深深地震撼到了。在呼啸而过的风声中，夕阳给她周身镀上了金色的光泽，在这光与热之中，她闭上了眼睛，感觉内心正被光和热充满。

　　当眼皮也被晒得温暖起来的时候，米姐仿佛听到一个声音在说："该停下来找地方住了，记得把自己喂饱，再把油箱加满。"

　　可是米姐还不想停下来，她又经过了一小片绿洲，越过了一座小土坎。就这样不知开了多久，天光渐渐暗下去时，她仿佛感到脑海里的那个小先沉默了。他的目光低垂，变得深邃了，她下意识地看向右边，道路远处，有一株巨大的胡杨树，高耸于林，大得遮天蔽日，大得地老天荒。

等赶羊的老人赶着羊群走远了，米姐走到树下，找到了小先靠着离去的那棵树根。她确定，就是这一棵。她站着，想象着小先就在眼前，尝试着跟他对话，可是不行。她终于躺了下去，躺在小先躺着的那个地方，代替他，用他的目光看着白光逐渐消逝的天空，飘落的胡杨叶，爆裂的树皮，直指天空的老树干，还有几棵被鲜血灌溉过长得稍微粗壮的又被羊群啃去了头颅的稀疏的苜蓿。米姐把目光停留在凸起的树根上，纹理粗糙，在粗糙的纹理里看得见深黑色的物质，在模糊的微光里不明显，可是连成一片了。米姐看着那一片，想象着小先切开喉咙后鲜血喷涌而出，顺着树根流了下来，流到地上，流到沙土里，最后和稀疏的几棵苜蓿的根系握手了……米姐靠在那里，想象着小先凭着仅有的一点意识，又切开了左手的大动脉，鲜血还会喷涌吗？还是成团成团地流了出来？

他这不是要自杀，是要把自己的血流干。

米姐像是突然明白了什么。

九

"归根结底，我们是一类人。"米姐的耳边响起了小先的话。

晚上开紧急会议。开完会，米姐和小先结伴从会议室出来。连日暴雨，冲垮了农田房屋无数，镇上所有人都在抢险。这会儿天却放晴了，黑黝黝的云层涌动，光亮从薄弱处透出来，一会儿，竟然跃出一个饱满光耀的月亮来。米姐的心又欢呼雀跃起来，她喜欢一切美的事物。

小先像是明白米姐的心意似的，慢慢系上安全带，慢慢发动车子，慢慢把车驶出大院，同事们打着呵欠走远了，夜晚又迅速安静下来。

"最后救上来那个老人，跟你说了什么？"米姐问。今天抢险，小先一直冲在最前面，从废墟里扒出被淤泥埋了的老人。

"叫我娶个媳妇。"小先笑了，看向米姐，眼里闪动着狡黠的光芒。

"啊？"米姐惊讶地看向他，马上发现了他眼里的调侃，但她垂下了头，没有接茬。

小先笑了一下，又接着说："大概昏迷之中，老人把我当成他的儿子了。"米姐"哦"了一声，陷入了沉默。山里很多这样的老人，把儿子送下山读书，功成名就，他们在大城市里安了家，娶妻生子；书没有念出来的也去城里打工，也寄生在了城里，结果是一样的，下山了，就难得再见上一面了。

米姐把手从降下来的车窗中伸了出来，伸到夜色中去，有一丝丝的凉风从指缝中穿过。米姐知道，有很多年轻人，或者已经不再年轻的人，都在嫉妒小先今天的表现，如果是他们有了今天的表现，他们一定拿它换更好的位置。但米姐知道，小先不会，这么多年来，米姐了解他。

"你看，世界上有那么多食草动物，我们在一片草原上，自在地甩尾巴，抖动耳朵，都是为了赶苍蝇和蚊子，我们低着头吃草，老老实实，认认真真，刺猬啊，狐狸啊，兔子啊，都可以到我们的草地上来，我们是人畜无害的。偶尔抬起头来看看前面，只是为了欣赏一下低垂的天空，或者警觉附近是不是有危险。其实，你跟我一样，是胆小的，胆小得不敢与周围的人去争点什么——"小先仿佛洞悉了米姐在想什么。

"才不是呢！"米姐打断他。他笑了，把食指放在嘴巴上，做了一个嘘声的动作，继续往下说："不管你怎么说，你或许会说是因为不屑，但要争，必须是要有狠气的人，心里有一股杀气腾腾的力量，拿一把板斧站在长坂坡，谁来，都准备大喊一嗓子，一斧子劈过去，让对方灰飞烟灭……不是这样吗？哈哈哈……"小先笑了，再次用闪着光的眼睛看向米姐，猜测她心里的规则、秩序、敬畏、仁爱……

米姐想起了那一刻，她看着他，仅仅就那样大胆地仰头迎向他的目光，仿佛就得到了一种满足。

而此刻，米姐像是突然明白了什么，她从树根上欠起身坐直了，目光柔软起来。此时，想象中的小先正在她对面，她想要问他，问题还未来得及问出口，小先便点了点头。他的脸上布满了阴云，难过得看他一眼的人都要陪着一起流出泪来。他点了点头，把目光看向正在迅速坠下地平线的夕阳，然后垂下了眼睑。

米姐没有理由不原谅他了。不论之前小先做错过什么。

十

米姐辗转回来的时候，已是两个月后。救她的，是那个刚刚赶着羊群走远的老人，他虽然没有鹰一样的爪子，但也有一双鹰一样的眼睛。已经有一位年轻人死在安拉的胡杨树下了，他不想再看到第二个。怀着这样的担心，他折回来，却看到了躺在树下的米姐。她又累又饿，在黑暗中根本辨不清方向，越野车不断熄火，兜兜转转，她又找到了那棵遗世独立的大树。夜晚降临，寒流袭来，气温骤降了二十多摄氏度，她身上的衣服就像是没穿一样，整个人都快被冻成冰棍。她哆嗦着转着圈子取暖，最后一点力气用完时，只能蜷缩在树根下。老人找到她时，她已经陷入了昏迷。

老人让她烤着火，又给她灌了半碗伊犁特曲，她才在老人的小毡房里醒过来，但是她的腿和脚已经冻伤了。

"还能开车吗？"老人比画着问她。

当然不能，她得慢慢养伤，但也需要快点好起来，赶在真正的寒潮来临前走出去。如果幸运的话，有车进来，给她一点汽油。

一支深入腹地的探险队救了她。当轰隆隆的车队开进来时，老人跑到路中间，挥舞着羊鞭，拦下了车队。一周后，他们如约从此地返回，给了米姐汽油，还让她裹得严严实实舒舒服服地坐在大越野的后座上，帮她把车开了出去。

"去了一趟新疆，怎么感觉你变结实了呢？"回来后，朋友们都问。

"是吗？"米姐站到体重秤上，还是50.5千克，镜子里，也还是窈窕的身形，以前的衣服也都合身。"是黑了吗？"她问。

他们都摇摇头。"晒肯定还是晒了几天的，但确实没黑。"

"是什么呢？"米姐问。朋友们都答不上来，只有男友，想了想，说："是你心里、你身体里什么东西变了，以前觉得你轻飘飘的，淡淡的，像随时来一阵风就能把你吹走，但现在不一样了，感觉……你更有生命力了……"他呷了一口酒，想了想，然后点了点头，"嗯，就是这种感觉。"

一股暖流流过米姐的心田，就像是雨季滋润过塔克拉玛干沙漠。这个维持了这么多年关系的枕边人，她到底没有白疼，米姐望着他，有点欣喜，有点感动。他突然欠起身来，在她额头上啄了一下，眼里含着藏不住的情意。她一愣，随即笑了。

这天晚上，米姐留在了他那里。

当黎明的曙光照进卧室的时候，他醒了。看见米姐睁着眼睛，正瞪着天花板发呆，他便扳过她的脸，说："怎么了？有什么事让我们大美人心事重重？"

米姐转过身来，把头扎到他怀里，没有吭声。他的一双大手放在她背上，她感受到手心里传达出来的温度了，但这温度也融化不了心里的疑问。是的，米姐心里有重重叠叠的疑问。

"去过那片胡杨林了？"他试探着问。

"嗯。"

一片巨大的沉默横亘在彼此之间。像天上云卷云舒，无数幅画面从他们的眼前飞过。他的胸膛起伏，有几列火车开过。

他一掀被子坐了起来，背对着她，一边扣着衬衣的纽扣，一边说："你有没有想过，那封举报信就是他写的？"

米姐没有吭声，被子敞开着，她有一点冷。他突然抽身走了，转变的态度也好快。她慢慢转过身来，轻轻拉了拉被子，又望向天花板，望向了那一片虚空。

"他很无辜吗？他不无辜。撇开他用你办公室的电脑发举报信这个龌龊的举动，就是举报这个行为，就已经把他送上了不归路。将来，还有哪个领导敢用他？"他继续说，但是不看她。

米姐想说："那是你站在'你们'的立场说的。"但她没有回答这个问题，却听见卫生间里抽水马桶响动，听见他刷牙的声音。一两分钟后，衣服窸窣响动，质地较好的羽绒服摩擦裤子，围巾摩擦羽绒服，然后拉链拉起，接着在门口的鞋垫上，他顿了两下脚，那是他的习惯，就听到他说："我走了啊——"米姐没来得及回答，也无需回答，大门就"咔嚓"一声关上了。

她还在他屋里，他就走了；她还在他床上，他已经走了。

米姐有些尴尬，是一个人面对自己的身体和内心时的尴尬。最终，米姐还是站了起来，迅速套上了衣服。像忸怩的第一次，她突然有一种悲伤的预感，自己应该是最后一次来这里吧。

她留恋地看着这屋里的一切，最后站在了窗边，从窗子里可以看到半个前川城，那条最宽阔的是出城的路，此刻正车来车往。

这条路，她风里来雨里去走了十几年，之前的八年是一个人，后来的几年，有了小先的陪伴。她想起在那温暖的车里，小先看她的目光。他总想捕捉她的目光，想要告诉她什么。可惜，那时候她是胆怯的，她不敢接住那目光，也不敢去想象那里面蕴含着什么。她是一棵受过伤的小树，没有阳光照过来的时候，在风里没心没肺地摇动着小手掌；等真正的阳光一照过来，她却只敢低下头闭了眼，什么也不敢看不敢想。小先的心意，他的试探，她早就应该明白的。可惜，那像触电一般的心悸，让她选择按兵不动。而心悸，也容易让人失忆啊，更何况是对于她这样一个一心想着躲闪的人，心悸的那一刻会主动选择失忆。

这条路的尽头，是高山，是翠屏般的群山中的最高峰，所有群山都要仰望的山。在那里，小先曾救过米姐一命，而他们，也曾有过最亲密的接触，只不过，米姐选择性地把这段记忆遗忘了。

那一年冬天，接连下了好多天的雪，米姐担心自己照顾的那家贫困户——老人年岁已高，又是独居，给他上去送了点儿吃的。可下山的时候，一脚踩空，掉到一面断崖下了。米姐没有伤着筋骨，却怎么也爬不上去。她在断崖上喊了半天，可大山空荡荡的，回答自己的只有重重叠叠的回音。她赶紧找到手机，可找了半天，没找到信号。

太阳老高，可隐在云里就不出来了，米姐又冷又怕，更多的还是凄凉。

米姐想着母亲，想着若母亲在世，今天晚上会不会给她打电话呢？若打不通，母亲肯定要踱到她家看看的。她想起弟弟，已久未联系，这个本应跟她是世上最亲的人，除了有事找她，只跟酒瓶子亲了。男友呢？他可能会给她打个电话，如果没打通，他不会再打第二次，甚至他今天根本不会给她打电话。这样下去，单位找来时，恐怕自己只剩半具尸首了吧？老鼠，狼，野猪，山鹰……这么想着，米姐竟流起泪来了。

天黑下来，又下起了雨。雨水打在米姐身上，她只有在几尺见方的地方不停踱步，用以取暖。她再次尝试着抓住断崖上一丛已经枯萎了的灌木，人还没爬上去，却把灌木齐根拽断了。

米姐任凭雨水打在身上，心里已经在想身后事了。突然间她听到有人在喊自己的名字，幽远地，凄凄切切，尾音带着颤抖，仿佛在找一个不可能找到的人。米姐听得出了窍，忘了应声。等到了近前，她才听出是小先的声音，回了一声，才发现自己的喉咙早就哽住了。

小先把衣服脱下来，结成绳，甩下去，把米姐从沟底拉了上来。

小先背着米姐往山下走。走了几步，米姐就开始发烧，冷得在他背上哆嗦。山中没有人家，整个山道一片漆黑，只半山腰有一座没人打理的寺庙。小先把米姐背到寺里，又去屋后寻了些干柴，在米姐面前生了一堆火。火烧旺了一些，小先替米姐把淋湿了的棉衣脱下来，又脱了自己的干衣服给她揩头发。米姐已经开始喃喃说着胡话了，可也知道靠着小先一动不动。

等安顿好一切。小先也静了下来，他把米姐的湿头发往脑后拨，露出她的脸来。米姐就算昏迷了，也能感到他看着她。外面寒风呼啸，在庙里昏黄的灯下，后面立着菩萨，前面是火堆，火堆的更前面是大开的庙门，门外风卷着雨和雪花肆虐飞舞。更远的山下会有灯火有人家，可这寺庙里，只有米姐和小先，被昏黄慈爱的灯光笼罩着。自自然然地，没有一点生疏，仿佛已是一对很熟悉的情侣。小先拨弄着米姐的头发，把她的头发往耳后拨，他看着她，突然捧起她的脸，他的薄嘴唇在她发烫的脸颊上轻轻地移动着，下巴，脖子，耳垂……他扳着她的脑袋，紧紧地。她早已醒了，却又不知道如何是好。她想推开他，却又不知道在何时打断他才不让彼此尴尬，不会把这小心维持着的天平打翻。米姐犹豫着，一颗心乱跳着，手脚却软绵绵的，没有力气，既不忍，又不舍。小先仍在继续着，他扳过米姐的身子，手伸到她的腋下，米姐心里一紧，差点脱口而出，不行的！小先停顿了一下，并没有下一步的动作，他只是那样抱着她。持续了几秒钟，他似乎轻轻叹了口气，另一只手放在她的头上轻轻将了将她的头发，把她揽到了自己怀里……米姐听到了那颗有力的心脏跳动，闻到了他衣服上散发出来的肥皂味，还有那敞开的衣领里散发出的年轻的热血的味道，这一切令她脸红心跳。

那种味道，一直萦绕在米姐的记忆里。直到现在，哪怕是小先已经走远的现在，让她在独自上下班，独自面对黑夜和黎明的时候，她仍可以把嘴角微微上翘。米姐知道，自己的心房充盈而满足，甚至有时候微微激荡，与那一晚有着莫大的关系，都关乎小先那一晚的驰骋和节制。

十一

米姐开了车，顺着那条路往前走，来到了仰山寺门前，她看到了大门上的那副对联：

净土莲花沐雪寻春天华仰止
宝方慧日登台谒圣善道从焉

　　她想起那时小先给她看过的故乡的高山，大而悠远的山，山上山下层层叠叠的梯田，松林和翠竹掩映着白墙黑瓦的村庄，细长又弯曲的田埂小路……她仿佛看到那个黑瘦的少年打着赤脚，从黑漆漆的屋里走出来，顺着这条弯曲的田埂小路，一路走到了她跟前。米姐不用理解小先了，她早已全部了然。她相信小先所留下的所有信号，她都一一破解了。

　　第二天，米姐去了省信访局。她把手中厚厚的一摞资料放到每一个领导面前，说："领导，请你彻查一下仰山镇的熊书记，他违法乱纪，中饱私囊，迫害同志。"

　　也就是那一天，米姐就没有回家了。她住在小旅馆里，把手机关机，隔两天换一个地方，每个周一都去省纪委报到。终于有一天，一个扎着高高马尾辫长相清爽的女孩接待了她，她一笑，露出了一排洁白的牙齿。

　　这一天，米姐像失重一般从纪委的台阶上走了下来，却看到男友在最下面一层台阶上抽烟。猛然一看，他老了不少，胡子拉碴的。看到她，他愣了片刻，把烟蒂扔在地上，用脚踩熄了。再抬起头来时，眼神里已清明了不少，他一定明白了什么。

　　"成了？"

"成了。"

"一定会成吗？"

"当然。"

"我在这个位置，你叫我再怎么面对他们？"米姐知道他口中的"他们"是谁。

她挑起嘴角笑了笑，轻声说了句："实在抱歉。"

"我记得那封举报信不是你写的呀。"他又说。

"的确不是。"

"你就是不相信是他写的？"

"这个已经不重要了。"

"那你？你们……"他指了指纪委大门，声音突然提高了八度。

"没你想的那回事。"

"那你为什么……"

米姐想了想，她眼前浮现出那条出城的路边伸出蔷薇的新枝、意杨的新叶，小先干净的笑容、干净的脸，那翠屏一样在眼前徐徐展开的群山，山里一户户的人家，以及仰山庙门前的那副对联。她终是没有吭声，因为，他和小先不一样，他眼里只有他们，只有自己。

这样想着，米姐只好低了头，往前走了，还是迈着那失重般的步子。

"也许我们可以结个婚，生个小孩，过一种正常的生活。"

听到这话，米姐停下来，不用看，她知道他在身后看着自己。

可是，太迟了，不是迟在这一两个月，也不知道迟在了哪一天。从哪一天起，他们就错过了那个通往庸常幸福的入口呢？

米姐一点儿也不担心熊书记的案子。从这天起，她就可以把这事放下了。听说小先的媳妇怀孕了，她要去看看，还要去看看小先，告诉他这个消息。这个孩子会是小先的吗？或许是，或许不是，但小先应该会高兴的。他说过，他很喜欢小孩。

还要回到仰山小镇去上班吗？她已不大想回去了。去哪里呢？去一个遥远陌生的地方，在一个简陋的院子里，做简单的工作，处理简单的人际关系，在带着霉味的潮湿房间打开一本书，重新开启另一种生活，以此站得离大地更近……

地老天荒

一

离婚后整整三年，表姐从未遇到过前姐夫，尽管他们生活在同一座城市，却连关于他的只言片语都没听到过。

这让表姐生出许多感慨：曾经那样亲密无间的两个人，分开后，彼此的生活就再也没有交集，甚至连陌生人都不如。这么大一个城市，天天还有陌生人擦肩而过呢。

表姐说出这番话，让我很纳闷，因为婚是她执意要离的，那份坚定，是从骨子里迸发出的老死不相往来的决绝。

表姐生得很美，且不说身材，单是眉眼，就蕴着一股风流之气。她的眼睛不算很大，但是狭长，眼角微翘。眼仁又黑又亮，似一汪白水银里养着一粒黑水银。那么乌溜溜地转过来，再乌溜溜地梭过去，媚眼如丝，似是涌动着笙歌曼舞。别说是男人，就是女人，被她那么梭两梭，就有三分喜欢她了。

这样的女人，又聪明，又伶俐，套用某广告语一句：都是有故事的人。的确，表姐从来都是爱情故事里的女主角，从读初中起，就有男生在英语课上给她写情书，而且闹得全校皆知。从高中到大学，表姐一边读书一边不动声色地谈恋爱，一点儿也不妨碍学业爱情双丰收，毕业没两年就嫁了个金融男。潜力股啊，更何况姐夫家底也丰厚，不知羡煞了多少循规蹈矩的良家女子。

可没两年，表姐离了。表姐离婚，是轻轻悄悄地，但也不妨碍这消息在一瞬间爆炸般传开。那多少羡慕嫉妒恨的女人在背后讥讽道："看！我就说吧……"那些话，表姐和我，不用耳朵都能听到带着切碎肉和骨头的妒忌，好像她和她们的女儿就会千秋万代不离婚似的。表姐不想争也不想辩，只是低着头做自己的事，走自己的路。那两年，她的确累了。

后来，在有事没事聊天时，表姐断断续续告诉我，是她红杏出墙的。她太不在意他的感受了，不仅出轨了，还不遮不掩的——手机乱扔，QQ自动登录——她对自己太自信了，以为他会包容她，觉得他是离不开她的。

的确，表面上，他真做到隐忍不发。他没跟任何人说，也没跟表姐吵闹，甚至都没旁敲侧击点一下她，只在尘埃落定后，他们争吵的某个深夜，把他们在日本幽会的那个酒店名发给她了。

　　她在主卧的大床上辗转反侧，他在书房穿着睡衣踱步。他来敲房门，她不应。他又小声哀求着，她翻了个身，还是不理。男人气极了，发了条短信过来，说："你还记得白云居的事吗？"

　　表姐捏着手机惊呆了，原来，他什么都知道了。这句话，是她发给那个男人原原本本的一句话。

　　手机滑落在枕边，表姐摊开四肢仰躺在床上，出神地盯着天花板。原来，他真的知道了，而且知道得比她想象的还多。但是事情又未必是他理解的那样。

　　表姐不敢想象，他是怎样不动声色地翻查她的通话记录和短信的，又是怎样小心翼翼地摘出那条短信，深深地记在心里却又按兵不动的。

　　表姐躺了半晌，轻手轻脚地走过去打开了房门。一个如胶似漆的晚上，换来了他们的和平。他们和好了，佯装那件事没有发生。表姐是打算洗心革面，重新开始的。

　　可世事无常，人生总是一波未平一波又起，他们又遇到了新的问题。终于，在没完没了的争吵中，表姐说："我们分开吧。"趁他出差时，表姐叫了搬家公司来，搬了出去，从此不再跟他联系，并三次更换了手机号码。半年后，他找到她，想挽回，可一切都已经过去了。

　　三年过去了，表姐却在问：曾经那么亲密的两个人，难道生活就再也没有交集了吗？

　　表姐问得突然，让一直循规蹈矩的我不由得火起，我问："你想干吗？想看看人家离开你，还能不能活吗？"

表姐没回话，我自己回答她："人家没找你，也没有哪家报纸登载：某某男离婚后想念前妻，投东湖而死……证明他活得好好的！"

表姐不应。我知道她觉得，即使断了，那也应该有点儿余音，有点儿回响啊。

<h2 style="text-align:center">二</h2>

表姐大学时学的是凝聚态物理，毕业后直接去了科研所。可离婚后，她发现自己实在是忍受不了那些没完没了且要求苛刻严谨的实验，还有那些严谨而不苟言笑的同事。她决定发奋去考研。可就在报名的第二天，我带她去看了一场画展，她立即放下了考研的念头，而专心研究起中国画了。

"这样吧，三三姐，我看您还是选择抽象一些的西洋油画吧。"作为科班出身，且正在中学当美术教师的我，对于表姐的热血沸腾，不得不进行规劝。但我怕这盆冷水泼头下去她受不了，所以连"您"这样的敬语都用上了。

"为什么？"表姐毫不领会我的欲言又止，她戴着黑框眼镜，穿着她用白棉布自制的小褂和裙子，转过头来，惊讶地问我。

我只得告诉她，她选择的大景山水画太难了，"没有十年八年的功夫，你画的东西，根本见不了人。——如果你想糊口，还是选择比较好糊弄人的抽象油画吧。"

表姐又转过头来看了我一下，这次她没有瞪圆眼睛，而是微微抬起下巴，把头微微后仰，斜着眼睛瞟了我一下。我知道，这个举动，就表示她对我有意见，她对于我的不信任、不看好，非常有意见。

我只好闭了嘴。

我在她用书房改建的画室里转悠了好久，好奇心又起，于是问："那次画展，到底是哪幅画打动了你？"

表姐拿着毛笔直起身来，停顿了一下，说："《读碑窠石图》。"

原来是这幅画，这幅引了无数故事的画。那苍凉的意境直扑人心底。当时我还没意识到真正的原因，我只是在想，这幅无限寒凉的画，与表姐心底的悲凉是相互应和的吧。难怪她会喜欢。

到底是学物理的聪明人，一年后，表姐已经由一个生宣熟宣分不清且连买纸买毛笔都要我跟着的生手，成长为一个办过小型画展，在圈内小有名气的"画家"了。

她将自己的房子抵押出去，开了一个小画廊，既收画、也卖画，因为有美人坐镇，所以生意还算过得去。

有时候表姐穿了长衫，坐在店里看书或画画，让我觉得实在和那个学凝聚态物理的女工程师画不上等号。也许，表姐本身就是个传奇，所以才配拥有传奇的人生吧。

三

一个平淡无奇的早上，表姐开了画廊的门，点了檀香。她总说店里字纸多，早上开门时有霉味，非要用檀香熏。这天早上，她点了位画家捎过来的印度檀香，正坐在窗下翻画册时，店里迎来了一位重量级的客人。

的确是重量级。她挺着个大肚子，表姐先看到她的肚子，才看到她，而且，后面跟着她的前夫——张晨风。

那女人问："老板娘，有《百子图》吗？"

表姐站起来，却忘了回答她。她怒目圆睁，仿佛那还是她的男人，在外面跟搞大了别的女人的肚子，正被她抓了个现行。

男人在表姐的怒目下，似乎也像真做了错事一样，低了头，往旁边躲。但也就在那低头的一瞬间，他醒悟了，他没有错，他不是跟别的女人，而是自己的合法老婆怀的孩子。而表姐，他曾心心念念、爱得死去活来的女人，此刻正戴着黑框眼镜看书，看她那样子，一定还是一个人。所以，就在那一刻，他蓄积了力量，挺直了腰板，大大方方地朝表姐看了一眼，这一眼蓄满了挑衅和一个理工男不善于掩藏的居高临下的骄傲与怜悯。

这一眼，让表姐很是生气。她正要摔了书，大步走过去教训那个小男人一顿，却听得那孕妇又问："老板娘，有《百子图》吗？"

表姐愣了一秒，"老板娘"三个字提醒了她——她是这家店的老板，而他们，是一对来买画的合法夫妻。合法夫妻！也就是说，他们怎么样，没她什么事儿。

"是老板，不是娘。"表姐没好气地回答，她把书搁在椅子扶手上，准备走来。可没承想，她刚一抬腿，就把书给撞掉了，哐当一声，那本厚厚的画册就摔在了地上。

"哎哟，您慢点儿。"女人倒很温婉，没在意表姐那没好气的回答，这让表姐更火了，因为她没地方找茬儿。

"有《百子图》吗？"待表姐走过来，女人又问。

表姐清了清嗓子，摘下了黑框眼镜，露出她那一双如花美目。她的眼神越过女人的头顶，看着自己的前老公，笑问："现在都兴生一个孩子，要《百子图》干吗啊？"

男人抵挡不住，只得扭过头去，女人却不介意，回头看了看她丈夫，回答说："百子千孙好福气啊！我想生个男孩，所以想买一幅《百子图》。"

"可，您现在都已经这么大肚子了，是男是女早已成定局，想要男孩，恐怕已经晚了吧？"

女人皱了皱眉头，不过，她还是很快调整了自己的情绪，抚摸着凸出来的肚子，说："这个就不劳您操心了。如果老板这儿没有《百子图》，我们就不打扰了。"说着，她就要转身离去。

表姐突然意识到自己是多么没有气量、没有风度，相比之下，她简直输得掉渣。她连忙拦住那女人，说："您看，我跟您开玩笑呢，您还真生气了。我这里怎么会没有《百子图》呢，还是当代国画大师冯老松亲临的呢。——当然，只要这位先生出得起价钱呀。"表姐把话锋一转，对准了前老公，说话间又瞟了他一眼。

男人这会儿没有回避她的目光，直直地看过去，那眼里有三分坚定三分平静，还有几分是什么，表姐也说不上来。不过，那眼神，表姐明白，是叫她不要挑事儿。

表姐只好拿了她那幅所谓的镇店之宝来，在女人面前徐徐展开。我听到这儿，真是自杀一百次的心都有了，哪是什么冯老松临的啊，那是她自己亲自临的，准备留着给我做嫁妆的。这会儿倒好，送给了她前夫和他的现任，要祝他们俩百子千孙、儿孙满堂呢！

"多少钱？"

表姐咬了咬牙，说："三万！"她报了个天价，想吓退他们。

"三万？"女人也吃了一惊，"古董也不要这么贵吧？"说着，她转过头去看她的老公。

男人不抬头，说："你喜欢就买了吧。"

表姐心里咯噔一下，心想：他妈的，还是这么大方！原来你不仅对姑奶奶我大方，对别的女人也这么大方！但转念一想，她又有些不忍，这样一幅画，要三万，真是对不住业界良心啊，要不给他们打个折或降点儿价？却见张晨风——自己曾经的老公又扶着那女人的肩膀，说："能让我妈抱上大胖孙子，贵点儿就贵点儿吧。"

这又让表姐的气不打一处来，这话明明就是说给她听的。原来他们俩在一起时，表姐就是迟迟不愿要孩子，导致婆媳关系恶化，才常常吵架的。表姐怒火中烧，又无处发泄，便不再说话，草草卷了画幅，潦草一系，递给了他们。

"现金，还是刷卡？"她问。

四

"就这样了？"躺在表姐画室里的沙发上，欣赏着新近几个画家带来的梵蒂冈的油画，我问，"我怎么觉得刚听了个开头，就没了下文啊？"

表姐挺直了身体，绷着脸，可终于绷不住，扑哧一声笑出了声。

"笑什么？"我坐起来追问道。

表姐又扑哧一笑，才说："你看，他都自己送上门了，我会放过他吗？

"他们拿了画，正要出门，我像突然想起什么似的，跟他们说，要留个电话号码，好回访，下次来时也可以打折。

"'回访？'那女人惊讶地问。

"'是呀，要回访呀，您不是买的《百子图》吗？我们要回访一下，看看您是不是生的儿子呀？'我只好继续瞎编。"

听表姐这么说，那女人欣然接受了。那神态，似乎对自己生儿子胜券在握。她把手伸到老公的西服里侧口袋里，一边掏出一支派克笔，一边偏头冲表姐笑了笑。男人任由她摆布，可是更快地拉开了手包，从里面掏出了名片，"啪"的一声放在柜台上，说："我不喜欢麻烦。"

这句话，说给两个女人听，都天衣无缝。

"嘣嘣嘣嘣……"表姐模仿着《命运交响曲》里的敲门声，哼出一连串音符，用她的纤纤玉指拈着一张名片，扭动着腰肢，以舞蹈的动作递到我面前，我伸长脖子看了，上面写着：

张晨风 139×××××××

公司、地址、职务，一清二楚。

"你要这个干吗？"我问。

"正所谓：进可攻，退可守。你的，明白？"

我摇了摇头，不明白。

"那你的健身教练怎么办？"在我的印象中，表姐对这段姐弟恋，也还是比较上心的。她不会哪天受了刺激，从此又变得游戏人生了吧？

"挺好的呀，我们挺好的，我又没把他怎么样。"表姐说着，躺到沙发上，打开了电视机。

"那你要号码干吗？"

"干吗？不告诉你。或者，以后再告诉你。"表姐说。

表姐要搞什么阴谋诡计，我真不明白。分手当天，她就把手机换了，甚至小心得不用自己也不敢用我的身份证注册号码，连常用的QQ、邮箱、微博都丢了。这会儿她却花心思想他的手机号码，她想干什么？对旧情念念不忘？还是她太……无耻了？那时候，我正在跟我们学校的体育老师眉来眼去、频送秋波互相试探，对于表姐的种种，还在启蒙期的我当然不明白。

我也不知道，我走后，表姐整整纠结了一个星期。

纠结，就是这个词。对，是那个女人的大肚子让她陷入了长久的不能自拔的纠结之中。

她开始估算那个女人的肚子有几个月，然后算她可能怀孕的时间，再接着倒推他和她开始的时间。连我都知道，这是无规律可循的，可能一朝一夕，也可能十年八载，她如何能推断出来呢？可是她就是介意这个时间，好像那个时候的张晨风还是她的。然而，就算纠结如她，也是知道有多种可能的。因此，她反反复复推算，又反反复复推倒自己的答案。她陷入了那个怪圈，不能自拔。

最后，也不知道怎么算的，她把那个时间认定在两年前，这个结论让表姐不由得怒火中烧。多少次，她差点儿打电话质问他：分开一年还没到，你就和别的女人滚床单了？你还是人吗？你对得起我吗？你到底爱过我没有？

其实，她最介意的，还是他有没有爱过她。

表姐有没有被张晨风爱过？乍一想，一定是爱过的。因为他曾对表姐围追堵截、死缠烂打，送花、送衣服、送珠宝首饰……有什么事没做过？各种热恋、深恋、苦恋，该要有的动作、环节、程序，他一个没落，只差寻死觅活地跳楼自杀了。可这些，就证明是爱过吗？

可若说没有爱过，那他为何甚至不惜与家人决裂，来换取与表姐的婚姻呢？

若说真爱过，为何在离婚后整整三年，都不曾来看看表姐，甚至音讯全无？到了离婚那一步，表姐是恨他、讨厌他，可三年过去了，那些恨意都应该消散了吧？他为什么都不曾来找她？也许他们应该一起吃一顿饭，喝一盏茶，聊一次天，把那些所有的恨意都消融掉，让人生能够坦然前行，那也是一个美好的结局啊。

因为，他们曾经是那么亲密无间的两个人。

曾经那么亲密的两个人，都带着对彼此的恨意，生活在同一座城市，尽管装作没事人似的都已重新开始。可他们心里能够真正没有芥蒂、没有皱纹地生活下去吗？他们心里没有隐痛吗？他们不是该找个方式，让彼此之间的恨意消融吗？

可是三年了，三年过去了，表姐看到前夫的现任大了肚子，才想到要问他到底有没有爱过她？现在才想到要问是什么让那浓烈的爱戛然而止？如果当初换一种方式，他们会不会不是这个结局呢？

五

正在表姐纠结得不能自拔的时候，那个大肚子的女人送上门来了，她带着一个同样大肚子的女人来看画。怀孕之后，她就在家里安心养胎，天天在小区花园里晒太阳，与一群孕友结下了深厚的情谊，想必那幅"老公花三万元给我买的《百子图》"吸引了不少孕妇的眼球，她们自然也想到表姐的画廊里看看瞧瞧，饱饱眼福，顺便坐实一下。

"有《百子图》吗？"她还是那样问。

表姐这回淡定了，以礼相迎，笑答："都说了是镇店之宝，哪还能有两幅？"

女人笑了，更加骄矜了，看着她的同伴，说："咯，那你只能随便看看了。"

那女人也无所谓，没有非买《百子图》不可的意思，东瞄瞄西看看，这也好奇，那也问问。表姐那天穿了手绘着牡丹的黑色长衫，衣袂飘飘，站在一旁，一一含笑作答。

"我那天很有风度啊，他女人把我上上下下打量了好多次，只可惜张晨风没看到。"表姐后来跟我说。

临了，那个女人什么也没买，倒是主动给表姐留下了手机号码，告诉她，如果有了新的镇店之宝，就请她来看看。

她们走后，表姐拿着那张写有她姓名和联系方式的卡片，正打算抬手扔进垃圾桶，但就在要抛出去的那一瞬间，她瞟了一眼那字迹：曾虹丽……横不是横，竖不是竖，撇非要做出捺的姿态，扭扭捏捏牵牵绊绊的，一看就是个肠子曲里拐弯且好搬弄是非的女人。就在那个抛物线的起点，表姐把手收了回来，并迅速把那个姓名和联系号码存入手机中。她想，也许这个女人的手机号码比张晨风的管用。

没过两天，表姐叫美院的学生临了幅《百子图》，她把它挂在店中间。就坐在那幅画下，她拨通了曾女士的手机，直言告诉她，这幅画不是冯老松临的，要不了那么多钱，但也是《百子图》，请她来看看。

表姐听到她在电话那端犹豫了一下，便赶紧接着说："不知您住得远不远？如果远就算了，一个钟头后，我也要出门了。"

"远倒是不远……"那个女人迟疑了一下，说出了一个小区的名字。那正是表姐原来居住的地方。她一直以为张晨风会把那套房子卖掉，然后重新开始，这么看来，他并没有那样做。

"也许，您来去一个小时并不充裕，我出去办事，要不办完后弯一脚，把您带过来看看？……您买不买都不要紧的，其实，我也正好……正好想向您请教一下怀孕的技巧……呢……"表姐说着，还假装不好意思地笑了。

"哦……哦……"那个女人在电话那头恍然大悟开心地笑了。已婚女人防范的往往只是单身女人，对于一个事业有成，而且一门心思想跟老公怀孕的女人，她们才不防范呢，她们是盟友。于是她很快相信了表姐。

一个小时后，表姐出门了，她专程开车去"顺道"接来了曾女士。她没买画，但她们照样相谈甚欢，表姐请她在附近的口味堂吃了营养午餐，她则对表姐说了许多私房话，临走，表姐送了一小幅扇面给她，她则称赞表姐"真是个大大的好人"。

"老姐，你……你有没有觉得自己很过分啊？老是撒谎！"尽管我只是一个美术老师，但教师好为人师的习惯在我身上也得到了光荣发扬，听她撒了这么多谎后，我忍不住质问她。

"专家不是说了吗？研究表明，平均每人每天要撒五次谎，我以前很少撒谎的，差不多一天只撒一次谎，现在……现在就平均一下嘛。"

"专家说？我们之所以平均每天要撒五次谎，那是因为专家撒得太多了，都平均到我们头上了……"

"可是，相对于一个同床共枕之人的阴谋，撒点儿小谎，又算得了什么呢？"

表姐没有理会我的俏皮话，她合上画册，取下眼镜，看向遥远的窗外，那里正风起云涌，山雨欲来。

六

那天，我和体育老师刚看房子回来，我从手提包里掏出宣传单，铺在她画室的沙发上，一张一张研究。"那个小区的房子，已经升到一万五千元每平方米了……"表姐看都不看，拿着笔墨丹青，傲娇地说。

我看了看手里的宣传单，起价五千元……心里有一点儿难受，可我马上就释然了，我对表姐的羡慕嫉妒恨已经随着年龄的增长和我们越来越大的差距而烟消云散。这个世界，有些人生来就优秀，他们有理由享受比我们更精彩的人生。同样的工作起点，同样的条件，同样的人脉关系，但总有人做得更好。比如表姐，这间画廊就被她经营得风生水起，在周边的大学中，很有口碑。她给我们学校送了一批画，免费的，用来装饰教学楼走廊，因此和学校领导成了朋友，是真朋友，没有灰色交易的那种。而我，在学校里教了五年书，正副校长见了我，还叫不全我的名字。当然，他们现在知道我了，我的新名字就是——程三三的表妹。

我从宣传单上抬起头，看着表姐，我突然意识到，她所说的不是自己现在住的房子，而是"张晨风他们小区"，她曾经的家。

原来，家也可以是"曾经的"，这几个字组合在一起，多么让人悲哀。我扔了宣传单，走到表姐身后，刚好她在临那幅《读碑窠石图》。三年了，表姐忍耐了三年，终于开始着手临摹这幅画。那样寒凉，那样孤寂的画，映在表姐心里，会是一种什么感受？

"七七,你觉得我当时净身出户是对的吗?"表姐突然回过头来,问我。

我心里一惊,不知如何回答这个问题。张家家底丰厚,可表姐一向骄傲,她总跟我说:"爱情是两个人的事,婚姻是两个人的事,为什么失败了总是要男人买单呢?如果女人自命男女平等,就应该为自己的爱情和婚姻买单。"表姐坚信男女平等,她觉得男人做得了的任何事,她都做得好,念书时她坚持读理科,也是为了证明这一点。

她高傲地仰着头,只拖了她的行李箱出来,目的就是为自己换一个自由的未来。当时她的样子,就像是要出国去旅行。那时,她坚信自己是对的。

"我一直以为,在那段爱情里,是我亏欠了张晨风。其实,不然。"她放下了手里的笔墨,低下头,缓缓说。

"三年前,艾珍就怀过一次孕,四个月时……"她勉强笑了一下,继续说道,"四个月时,因为B超发现是女胎……"

三年前,也就是说表姐还未真正地和张晨风分开。

"就在我们还在冷战的时候,艾珍就怀孕了……"

我想起三年前,张晨风在冷战后,要死要活苦苦哀求死不撒手的样子,有点不敢相信。

"在艾珍怀孕四个月时,他妈想方设法去地下医院做了胎儿性别鉴定,是个女孩,于是,他妈连哄带骗,让她把孩子打了,因此,这几年她一直没能再怀上。"

表姐颓然窝在沙发里,用左手把眼镜摘下来,右手无力地揉着太阳穴。

"他是……冷战时怀孕……把孩子打掉后又来找你……"我理清了一下事情的顺序及关系，伸出去的手指晾在半空中。我突然有点忐忑，把这话说出来，实在没有考虑到表姐的感受。

表姐倒没什么异样，她闭上眼睛点了点头，说："有可能……当然，还有另一种可能，就是他已经有了备胎，然后假意挽留我——他当然知道我去意已决，假意挽留的结果是：一、破镜重圆，维持婚姻；二、我为了争取自由，净身出户，他得到房产……"

表姐不愧是学凝聚态物理的聪明人，把问题分析得有条有理。我把目光收回来，盯着搁在大腿上的画册，低着头想了半天。也许表姐的猜测是对的，因为只有这样，所有说不通的举动才能说通。可如果张晨风真是这么算计的，那他真是个畜生。

"我觉得第二种的可能性更大，因为……他了解我是一个怎样的人……"表姐站起来长叹了一声，说。

我低头不语。

"想不到同床共枕这么多年的人，竟然是这样一个阴谋家……"表姐想了想，又说，"我总想不通，他为什么要那么做，报复我？"

"可能只有这一个原因了……"

"那件事？可那件事已经过去了好久啊。而且他也决定了要原谅我。"

我无法回答表姐的问题。张晨风肯定是决定原谅表姐的，不然，他不会忍一个男人最难忍的事，他隐忍不发，是在给表姐面子，等着她回头。可后来呢？后来为什么又变成这样？

我们俩都陷入了沉默。我在想，张晨风到底是一个什么样的人，他为什么要那么做？我们的种种猜测，与他在婚礼上表现出的忠诚善良，真是截然相反。怎么会这样呢？

而表姐想的是，他为什么要那么做？为什么前后会出现这么大的反差？

所以，分开整整三年后，表姐倒为过去的爱情纠结起来：他到底有没有爱过她？

七

表姐遇到张晨风时，正是大四。她正斩钉截铁般斩断了上一段恋情，郁郁寡欢地走在校园的操场上。张晨风随他的高中同学回母校怀旧，他们站在操场边上缅怀落在篮球架下的青葱岁月。

初冬的夕阳如火，表姐就走在夕阳里，哈着手取暖，形单影只，还带着应有的美丽和忧郁。

张晨风就喜欢上她了。

张晨风问他的高中同学："她是谁？"

高中同学告诉他，这是本校大名鼎鼎的谁谁谁。临了，他还说了一句："你可别动真格哦！"

哪知，他就是动了真格。表姐是个浪漫纯真又热烈的人，爱上谁都会热情似火，所以没有多少恋爱经历的张晨风很轻易地被她点燃了。第一次正式约会后，他就催着表姐见父母。一个月后，表姐见了准公婆。那时的准婆婆在太子轩摆了一桌酒，不仅叫来了三姑六婆，还请了个江湖相士偷偷坐在中间。三姑六婆没有说什么，倒是相士说，表姐的眉眼生得太媚，有薄相，恐怕不是大富大贵之人。

准婆婆也不喜欢表姐，她不喜欢自己的宝贝儿子像个哈巴狗一样在表姐面前转来转去。这哪是她的儿子呢？这哪是她千辛万苦培养的宝贝儿子呢？这哪是她一直小心呵护、宠着、惯着的宝贝儿子呢？她的儿子应该是做大事的人物！他应该端端正正坐着由女人来伺候！这简直太丢她的老脸了！她恨恨地想，但得了相士的尚方宝剑，就用不着她这上不了台面的理由。她一直高调地反对他们的婚姻，但，他们已经一路高歌猛进到谈婚论嫁的阶段了。

反对是没用的，那时候的张晨风，用他母亲的话来说是"疯了！疯了！已经被那个小女人迷疯了"！

为了证实他的决心，母亲给他准备的两套婚房，他都没要，而是自己贷款买了一套两居室，自己装修做婚房。做母亲的实在没有办法，才妥协了。就在婚礼的前一天，她着急上火，一口气拔了三颗牙。她在婚礼上苦着脸，捂着腮帮子，啥也没吃，啥也不说。她的心和她的腮帮子一样，痛得哇哇乱叫。

但一个老人的气急败坏并不影响婚礼的质量，更影响不了新人的心情。

我记得在东湖边的沙滩上，曾经的表姐夫单膝跪下，向表姐信誓旦旦地承诺了很多很多。在那冗长的告白中，我仿佛看到他们已经经历了幸福的一生，正在抵达白发苍苍的暮年。

婚礼背景的屏幕上适时打出这么一行字幕：

我们走过天涯海角，要一直走到地老天荒。

在这个时代，敢说地老天荒，是一种勇气。所有的亲朋好友都在为表姐找到了自己的幸福而热烈欢呼，姨父姨妈为自己的宝贝女儿找到了依靠而热泪盈眶。——直到现在，我回忆起这一切，仍然觉得那是我见过的最感人的婚礼。

八

一个草木生香的下午，表姐关了店门，洗了头洗了澡，精心化了妆，还喷上了三年前的同款香水，开了她的白色高尔夫去见前老公。表姐特地挑了星期二的上午给他打电话，她猜这天他应该在上班——太太不在身旁，而且不会太忙。他很快接了电话，也答应出来。

他们常约会的东湖边上，那家咖啡馆已经改成了茶楼。在楼上的小包厢里，两人长时间地沉默着。

她看着他，他也打量着她。

与以前对她的小心翼翼相比，他已经坦然多了，大大方方地靠在沙发上，胳膊搭在扶手上。好一个志满意得、骄傲又放松的姿势！表姐看见他那副高高在上的样子，心想，我得小心点儿，不能弄成死猪不怕开水烫的局面。

于是，表姐端着架子，沉默着。

还是他先开的口："老板娘，宰了我三万块，是不是心里舒坦点儿了？"

"是老板，不是娘。"表姐仍然字正腔圆地纠正了他，"也不是宰。做生意嘛，讲究的是你情我愿，只有你情我愿，这生意才做得下去。你说呢？"

张晨风没有马上接腔，他喝了一口茶，慢慢把茶杯放下去，才说："还是这么伶牙俐齿、得理不饶人，何必呢？"

表姐也没有搭腔，她喝了口茶，把目光投向窗外。茶楼建在水面，隔着四五米的岸上，刚搭建起来一个孔雀开屏的菊展。表姐很喜欢菊花，但她可没有被菊展吸引，她在想：张晨风开口说的第一句话，不是"你还好吗？""店里生意怎么样？""结婚了吗？"之类的问话，而是惦记着我宰他的那三万元，证明自己在他心里已经没有分量了，至少我现在过得怎么样，他并不关心。这个想法，让表姐有一丝难受。

就在表姐正在难受的时候，张晨风突然又问："结婚了吗？……还是你先前的那个吗？"

表姐一愣，看着他，他终于能直面这个问题了，还当着她的面，大大方方地提了出来。可表姐愣过之后，莞尔一笑——也许他就是带着这个问题来见她的？但她没有回答，她以攻为守，提出了另一个问题："听说，在我们还在冷战的时候，艾珍就怀孕了？"

这回轮到张晨风愣住了，但他很快就恢复了平静，他笑了笑，把手摊开做了个姿势，没吭声，似乎在说："我们扯平了啊！"

表姐有些恼火，因这张晨风努力想跟她建立的平等关系。她想：逃出笼子的奴隶，想跟主人平起平坐了？可这次见面是她争取来的，若这次不欢而散，不可能有下次了，那么自己想弄清楚的事实就只有永远深藏在过去了。于是，表姐大口喝了一口茶，深呼吸了一下，缓缓说："张先生，我今天找您来，不是想吵架的。若吵架，我想，您也吵不过我……"

表姐这样说完，就微微仰了头，微微笑着，把她的黑框眼镜摘下来，露出如花美目，把秋水一般的目光款款送过去。她看着他，男人胖了一点，似乎也更自信了。可他还是抵不住表姐含情脉脉的目光，他的额头和手臂上渐渐冒出了点点滴滴的汗珠。这一切都逃不过表姐的眼睛，湖面上还有风吹过来呢，她有点儿得意地想。

男人终于把头低了下去，对着面前的茶杯，说："好吧，我认输。你还好吗？"

这九个字内涵丰富。表姐接受了他传递过来的渴望和平的信息，也收起了她端起来的架子，说："挺好的，挺好的，不过……"表姐顿了顿，又说，"似乎没有你好……"

男人不吭声，淡淡笑了一下。如果按照大众的标准来衡量，他显然是成功的。他的左手手腕上，戴着一只卡地亚卡历博系列的运动腕表，而右手边，放着他的车钥匙，上面几个字母表姐还是认得的：VOLVO。她假装站起来整理裙子，探身向不远处的停车场看了看，一辆蓝色V60就停在边上。不用算，她马上判断出来，他的这身装备，至少可以买她三个高尔夫了，甚至还不止。

"张先生，能否看在我们曾经爱过的份儿上……"表姐缓缓地说，一字一顿看着他，"告诉我真相……"

表姐一直认为在婚姻里，是她亏欠他了，所以当时心甘情愿地净身出户。可现在她发现不是了，而且更糟糕的是：他同样亏欠了她，他却隐瞒了真相，并愚弄了她。她可以不在乎那份该得的财产，但不能容忍他的欺骗和愚弄。——一向聪明的她，怎么可能忍受别人的捉弄？

"你不是也欺骗过我吗？"沉默了半晌，张晨风说。

"可我承认了自己的错误，而且也祈求了你的原谅，只是你不肯原谅我而已……"

"是这样吗？"男人抬起头来问。

"当然是！"

"哦。是这样……"男人还是习惯在被误解时不置可否。

"可是你呢？你一直在欺骗我，到现在还在欺骗我……"表姐打断了他的话，情绪激动。

张晨风不理她，可她不依不饶，直到把脸伸到他面前，问："你回答是不是！是不是我们还在冷战时，你就让那个女人大了肚子？"

他退无可退，不得不转过头来，盯着她说："是。"——终于，他又被她搞火了。

"是！"表姐的这个"是"字是头重脚轻的，前调是声色俱厉，尾调却是声势俱虚。因为，就在那一瞬，她也明白了，他们早没了关系，甚至都过了那么久，久得连诉讼时效都过了。如果他不在乎，她还能追究什么呢？她只得扶着桌沿，慢慢坐了下去。

道听途说和对方亲口承认，毕竟不能等同。所有的口红胭脂香水都如花泥委地，华美的大厦在顷刻间倒塌，表姐闭着眼睛，斜靠在沙发上，她需要时间来重整山河。

张晨风把表姐的举动看在眼里，他知道她一向是不肯示弱的，这会儿，无疑是真伤了心。"好吧，对不起。"沉默了半晌，他补充道。他以为这句话可以安慰表姐。

这无疑是更为凶猛的余震，刚才那个还带着三分火气的"是"还可以理解为气话，这个"对不起"就是坦荡荡承认了，表姐刚刚重绘的山河又在顷刻间被雨打风吹去。

表姐露出一个痛苦的表情，用手捂住了脸。她只剩最后一个问题了，她不管不顾地提了出来："你爱……过我吗？"

这句话抛出去像是面对了茫茫虚空的宇宙，好长时间都没有得到应有的回应。湖面上起了风，不解风情的风推了窗闯进来，仿佛也感受到了室内空气的滞重，又蹑手蹑脚溜了出去。

"我已经没有能力、没有资格回答这个问题了……"过了许久许久，表姐都没有把手从脸上拿开，却听到张晨风站起来说："对不起，我要走了……"说着，他真的走了出去。

表姐听到他在外间买单、下楼……然后开着那辆蓝色的沃尔沃绝尘而去。

九

半个月后，张晨风又约表姐了。在电话那头，他欲言又止，声音里饱含着欲罢不能的焦灼。表姐迟疑了三秒钟，答应了。也许是他心中的愧疚，也许是她想报复，也许是他们余情未了，也许是他们分手时缺一个释放的结尾，也抑或是彼此深藏着恨意。也许男女之间，就是这样吧，有了第一次，就有了后面的第二次、第三次、第四次……很多次，直到两败俱伤。能够抽身而退的，都是智者。

"对不起，那天我不该贸然走掉……"还是那间茶楼，列侬在浅唱低吟，张晨风听得见自己的心跳。

"你贸然走掉的，何止那次。"表姐说着，用如花美目看着他。

张晨风又低了头，不作声，表姐的话是有所指的。

他沉默着，她也沉默着，她是有耐心的。

过了好久，他才问："你是指我们的……"

"我们的婚姻，"表姐接口补充道，"你说呢？"

"今天不谈这个……"

"那谈什么？"

张晨风答不上话来，他长于数据分析，说话却不是表姐的对手。

表姐停顿了一下，她不想让他感到紧迫，放慢了语速，缓缓说："有些问题，我憋在心里，三年了，我一直想告诉自己：

三三，那页翻篇儿了，张晨风的那页翻过去了，你要往前看……可我做不到，我花了三年时间，差不多就要忘了时，你带着你老婆找上门来了……"张晨风张开嘴唇，想说点什么，可是被表姐制止了，她接着说："我算得上是一个洒脱的女人，可在感情上，还是比不上你。我没进入到你的胃里，你却进入到我的心里了……对于一个女人来说，忘记一个曾经那么亲密无间的男人，是多么难。而你和你老婆找到我店里，让我觉得这是上天的安排，安排我去解开这个结，或者……"

"你应该还记得，是你背叛了我们的婚姻。"张晨风还是忍不住打断表姐的话。

表姐稍稍愣了一下，她没想到张晨风会这么直截了当。"当然，"她很快调整了自己，"可是，后来你表现出来的恼怒和阴谋，比你刚知道事实时，还狠毒十倍。"

"那是因为你知道我爱你，而你死不悔改！你一直在犯错、一直在犯错，还越走越远！"

"我没有！"表姐也忍无可忍，大声说，"当你决定原谅我时，我是真打算改的！"

"打算？"张晨风在鼻子里"哼"了一声。

"我也是这么做的！"

"所以你怀孕了？流产了？"

"怀孕？流产？怀孕和流产都不是我愿意的！"

"他强奸你了？"

张晨风步步紧逼，可他的这句话一出口，两人都愣住了。他想收回，已经来不及了。表姐站起来，啪的一声打在了他脸上："这是我三年前该给你的，现在连本带利一起还给你！"

表姐抓起手包，小跑了出去，张晨风还愣在那里。可表姐后来丢出来的那句话更让他心里巨雷翻滚。她大声嚷了一句：

"那是我们的孩子！"

十

三年前的新婚，表姐是被宠上天的公主新晋为女王。她还不知道如何守卫疆土、笼络人心，公婆却一门心思想抱孙子。张晨风也喜欢小孩，无论是在人潮拥挤的游乐场还是小区花园，只要看到扎小辫的小女孩，他都要含笑注目半天。他想要表姐给他生个女儿，也许他是想要个小一号的程三三拼命去疼爱吧，可表姐对他满溢出来的父爱视而不见。她觉得自己还年轻着呢，还有好多梦想没实现，好多生活没体验。在这件事上她一意孤行，直抵黄河。

因为这条导火索，表姐和张晨风有过一两次争执。当然，最后都是表姐赢了。表姐以为说服他了，其实没有。张晨风的坚持在骨子里，他说不过表姐，但并不表示他心里没意见。他表达情绪的最大招数就是别着、倔着，明明申请了去公司总部日本为期半年的学习，却在出发前一个星期不理表姐。表姐表面上装得无所谓，照吃照玩两不误，一股怨气却深埋在心里。

这半年中，张晨风给表姐打过电话，让她提前休年假，去日本看樱花。表姐考虑了一下，也觉得有必要修复一下夫妻关系，就飞过去了。可张晨风太忙，根本没有时间陪她。这还不算什么，更可恶的是他又跟她提怀孕的事。他一五一十告诉她，他是算好了她的排卵期，才给她定的机票……其实他只是想让她知道，他对这件事多么上心、多么认真，可她觉得上了当。当晚，他们大吵了一架。第二天早上，表姐收拾行李去了另一家酒店。她给他留了线索，哪知他以为她回武汉了，根本没有去找。

表姐语言不通，又不甘心就这样回去，只敢在酒店附近逛，却不幸偶遇了那个他。

他们是旧相识。

两个人都有点儿兴奋，一下就聊上了，彼此都有点儿他乡遇故知的意思。

几年前他离了婚，现在一个人定居日本。听说她一个人，他马上丢开工作，充当起免费的导游来。他带她赏了盛放的樱花，吃了地道的寿司，看了传统的相扑，又去北海道品尝了刚从海里捞上来的蟹足有手臂长的螃蟹。为了能让她在日出前看到星野度假村的云海，他连夜开了九个小时的车。当表姐在后座舒展开蜷缩着的四肢，张开惺忪蒙眬的睡眼，看到红日在云层之上喷薄而出的壮观景象时，她的确是有点儿小感动了。

张晨风该做而没有做到的，他都做到了，而且完成得更好，因为他是那么成熟稳重善解人意又幽默体贴。当她穿了绯红的和服站在樱花树下，问他好不好看时，所有人都以为他们是一对结婚多年的夫妻。那晚，他们泡了温泉，水温让人血脉偾张，他们都有点儿恍惚，他又准备了红酒……后来，该发生的都发生了，不该发生的，也发生了。

那时候，距表姐从张晨风那儿搬出来足足有两个星期，他连一个电话都没打来。表姐受不了那冷落，她恨恨地想：你以为结婚了就可以不对我好？你以为你不对我好，就没人对我好？姑奶奶才不在你一棵树上吊死呢！

事后回忆起来，表姐知道"他"有点儿蓄意，但她也说：人生所有的岔路口，看起来都比正道诱人。所幸她很快清醒了，收拾了行李飞了回来。只可惜那时候，张晨风还自以为是地想用冷落来惩罚她，致使那根她努力想掐断的线，还一直藕断丝连。

两个月后，张晨风回来了，他嗅到了蛛丝马迹。他首先是不敢相信，接着是震惊，但他保持了一个工科男生该有的沉着冷静。他一面查找证据，一面想收复失地。可任性的表姐，觉得心里的委屈还没散尽。她万万没有想到张晨风凝神静气，只是像一只猛兽那样，在爆发前聚集能量。

而他后来的举动，也的确表现得像一只猛兽那样：快、准、狠。

十一

庆幸的是，那时候表姐怀孕了，所有的岔路口都在一刹那失去了光泽，彼此的芥蒂也暂时被冰冻。虽然这只是个意外，可她也马上调整好了心态，准备全身心地迎接这个小生命。可对于这件事，张家人的态度却出乎意料地冷淡。

"这是三个月的课程，这是半年的，这是待产的……"表姐从孕妇中心拿回来好多孕期培训的课程表，一一指给张晨风看，可没有得到应有的响应。表姐弄不清楚问题出在哪儿了，她以为他只是在闹别扭。

那是因为那时候的她不知道，有个人在她之前就怀孕了。

表姐断断续续见过张晨风几面。其间，表姐又约见曾女士，不枉她像蜜蜂一样辛苦忙碌，她终于弄清了三年前深藏在生活表面之下的暗涌。

那年春天，从日本回来后，表姐他们科研所在内蒙古组织了一次拉练，也许是水土不服，也许是旅途劳累，回来后，表姐的例假没有来。张晨风高兴坏了，马上打电话告诉了他妈，结果表姐去医院检查，只是生理期紊乱，打了几针黄体酮，就好了。

表姐以为这件事就这样过去了，她把病历往抽屉里一丢，该干吗就干吗去了。她是问心无愧的，因此没觉得要藏着掖着。可婆婆发现了那本病历，她不知从哪里弄来了一张日期相同的打胎手术缴费单，她甚至都懒得把名字改成表姐的。

她按兵不动，等待时机。

终于，等张晨风从日本回来后，她挑了一个表姐回娘家小聚的上午，给他们的小家打扫卫生。她佯装从床底下扫到了那张打胎缴费单，大呼小叫地叫来了张晨风。他看了一下抬头的姓名，没有吭声。老人家也不作声，只匆匆跑到抽屉里将表姐的病历拿出来，对照着日期一看，说："不会吧，虽然日期一致，但名字不一致呀？"

张晨风没有作声，要打电话质问表姐，做妈的死死拉住他，说："名字不一样，她不会承认的呀！再说，她在娘家，别闹到那里去，她爸妈脸上不好看。"说着，她一把夺过缴费单撕了个粉碎，然后扔到马桶里冲了下去。

做儿子的不明白一向与老婆不和的母亲为什么要那么做，他悔恨得热泪盈眶，以为母亲是为了维护他的尊严和婚姻。此时此刻，他甚至觉得，只有母亲才是他的亲人，他真正的亲人！

旧伤未愈，又添新伤。张晨风五内俱焚，他甚至把两件事联想到一起了。他以为表姐是在外面跟那人有了孩子，所以才去偷偷做人流的。

做母亲的带着他回了趟老家，在那个山庄里，她给他介绍了她的远房姨侄女——艾珍。

"她还很小的时候，他妈就见过她，那时戏言要收她做干女儿，其实是把她当儿子的备胎储存的。她觉得找儿媳的底线就在那儿：漂亮、温婉、贤惠。还有一条很重要，那就是听话。"表姐突然笑了，说，"在他妈眼里，我大概只勉强能符合第一个条件吧，其他的，都不行。"

也许是精虫进了脑，也许是母亲的撮合、美人的勾引，也许是报复的快感，就在那个晚上，他们在一起了。

当清风推窗吹进来时，张晨风醒了。他看着一旁笑意盈盈还略带娇羞的艾珍，而她正在示意他看床单时，他的脑袋嗡的一声炸了，跳下了床，提起裤子就跑了。他不知是该感到痛快，还是害怕，他本是一个简单的人，为什么生活总把他推着朝自己不能把握的地方奔涌呢？他欲哭无泪。他恨表姐，但恨意往往是和爱交织在一起的。他恨她、想修理她，但并不表示他准备离开她。

他回了家。但母亲给艾珍的解释是，他害羞，他回去装修房子准备婚礼了。不知艾珍是真信了，还是不得不信，她没有表示出任何异议，而是安静地等待着。

终于，她等来了和张晨风的第二次幽会。

就是那次，他发现了表姐的那条短信：你还记得白云居的事吗？从字面意思上看，张晨风判定是表姐念念不忘旧相识，其实是对方要来找她。表姐所说的白云居的确是一家酒店的名称，可那天他们什么都没做，只是在赏景听泉、喝茶聊天。那天晚上各自回房时，他站在表姐门口，说了句：Deep to the soul。表姐发这条短信给他，是想对他说："不要让灵魂之爱，变成庸常的世俗之爱。"而张晨风恰恰听反了意思。表姐的短信后面还有几句话，可当时恼怒的他能看得进去吗？"白云居"三个字，就让他的脑仁被炸了个粉碎。

看到短信后，张晨风很狂躁。他在家里踱来踱去，有一种想砸东西想打人的冲动，但他克制住了。他甚至去买了一包烟，在卫生间里把烟抽完了。但他仍然没有跟表姐吵闹，在还没想清楚决定之前，他不想轻举妄动。他只是焦灼地感到需要发泄，需要背叛，需要疯狂地发泄和背叛——他要用背叛来惩罚背叛，他找到了艾珍，他们关机度过了七十二个小时。

那天晚上，当他在星幕下打开手机，看到表姐打了无数个电话时，一种恨意带来的快感弥漫了他的全身。这个温和的大动物终于被激怒了，就在那一瞬间，他变成了一个魔鬼。

是的，他变成了一个魔鬼。也就是那次，艾珍怀孕了。

十二

一下突然有了两个孕妇，让张晨风意识到问题的严重性。他母亲也紧张起来，到底是多年在生意场上摸爬滚打的女强人，很快就摆平了这一切。她首先分出轻重，家里的是正宫娘娘，暂时不能动，那么就必须先安抚艾珍了。她带艾珍去了她闲置的另一套房里，把钥匙交给她，马上按照她的喜好装修房子。她还把十万元装修款项打到她的账下。

艾珍也不是没有怀疑过：都三个月了，既不领证也不办酒席，不知是什么意思？可毕竟亲戚连着亲戚，她多少还是相信他们的。再说了，她已经怀孕了，能怎么办呢？所幸兜里还装着钥匙和十万元装修款，也是一颗定心丸。

表姐这边呢，天长日久，她也感到了张家人的冷淡。第一个周末，婆婆和公公送了汤来。第二次、第三次就只有公公来了，在小桃园叫的鸡汤和一包零食。表姐默默接受了。而张晨风，也时冷时热，有时候热情得叫人怀疑他的真诚，倒是冷淡时，反而更像真实的他。

一个晚上，表姐吐得翻天覆地，张晨风却已鼾声四起。她趴在床边，看着他，突然觉得好陌生。他们母子受苦，他却安安稳稳待在他梦的小世界里。对于肚子里的这个孩子，他似乎不知所措，更多的时候似乎魂不守舍。

也许所有的人生都像一篇文章，头开好了，就能顺理成章写下去。而他们的这个头，显然是没有开好的，因此，处处别别扭扭、拧拧巴巴。表姐胡思乱想了一番，肚子倒饿了，她把他踹醒。让他去客厅拿点吃的。她记得公公拿来的两袋零食就放在酒柜下面，里面有她喜欢吃的，也有她不能吃的，比如说桂圆和山楂——她已经从孕产培训班上知道，这些是孕妇忌食的。本来想叮嘱一句的，可不知怎么的，她张了张嘴，没有说出来。

拖鞋声噼噼啪啪响到床头，表姐睁开眼，看见他一手拿着桂圆，一手拿着山楂。她喜食山楂，他一定记得。可为什么另一只手拿的是桂圆呢？她一向不爱吃甜食呀！一股愤怒从心底涌了上来，她想接过罐子砸到他头上，可她没有力气，更多的悲凉感涌上来。表姐一声不吭，把眼泪噙在眼里，默默把桂圆接了过来。看来，这一家人，是有意的了。她想。她抱着桂圆罐子，面对着床的另一边默默流泪，高悬在天空的白月光照进来，照着她脸上淡淡的泪痕。可张晨风很快就睡着了，鼾声又没心没肺地响了起来。表姐的泪快流干时，她打开了罐子，一边捂着小腹，一边把桂圆往嘴里塞。

一个星期后，表姐洗完澡从卫生间出来的时候，在干区的台阶上滑了一下。当晚，她开始肚子疼，接着就见红了。送去医院后，已经有点严重了，医生问"保不保"，张晨风却看着表姐，她的心再次凉了，只说了句"那就算了吧……"。

那句话说出来时，表姐感到心里竟然是如释重负。"也许他也是如释重负？"表姐问，"因为他当时有抗议，但不是那么坚决。——尽管那天，他真的流泪了。"

可惜的是，无论他怎么抗议，表姐的心已经凉了。在她没有想好，在她没有把握给孩子一个稳定和美好的未来时，她不愿把他带到这个世界上来。"而且，当时张晨风的表现，根本不值得我为他怀孩子……"

后来，表姐就从张家搬了出去。

一个星期后，查出了艾珍怀的是女孩。

十三

新房交付没多久后，我和体育老师就开始装修了，成天看材料卖材料，泡在工地。那段时间，我太忙了，没能顾得上表姐，而且我脸上无法掩饰的甜蜜，总会无意间让她觉得失落。鬼使神差，见张晨风一个星期后，表姐在网上接到一个订单，某外企要定制五十幅抽象画用于装饰公司走廊，预付定金百分之五十。表姐查了查，正是张晨风他们公司的下属分公司。可她仍然毫不犹豫地接了单。"该赚的钱为什么不赚？"她说。

表姐送画去时，果然见到了张晨风。当所有的手续交接完时，秘书小姐说："程女士，张先生想见见你。"

表姐甩了甩手中的支票，挑起嘴角笑了笑，无所畏惧地推门进去了。果然，张晨风端坐在里面。他哀求表姐跟她出去谈谈，他说："见最后一面！把一切画一个句号！"

他把表姐带到了他们常去的那家茶楼。

"那晚，你拿桂圆给我，是有意的吗？"

236

这个问题，盘旋在表姐的舌尖上，久久不能散去，问还是不问，结果都一样伤人。如果问了，他说"是"，该如何看待自己浪费掉的五年青春？又该如何面对自己曾经与这样一个人同床共枕的身体？如果他说"不是"，又该如何面对那个被打掉还来不及见到爹娘一面的孩子？所以她用尽全身的力气，把话咬着，死死不要它吐出去。

表姐在脑海里，一直盘桓着这个问题，而张晨风一直看着她。

湖面上起了风，乌云在天边越聚越多，眼看着一场铺天盖地的秋雨就要来了。在逼仄的包间里，表姐清晰地感到来自于张晨风的暗涌。

张晨风说："天好像突然暗了啊！"

表姐说："是啊。"

表姐又说："好像要下雨了啊。"

张晨风说："是啊。"

其实该说的早已说清了，还有什么要说的呢？他们都听到了自己身体里蠢蠢欲动的气息。表姐看到他俩印在墙上的影子，连影子都写着"焦渴"两个字。

噼噼啪啪下雨了，张晨风起身把窗户关了，屋内的潮湿和燥热让空气变得更暧昧了。

从她嘴里呼出的气，钻进了他肺里，从他身旁经过的风，拂上了她手臂。那些他熟悉的器官，嘴巴、脸颊、耳垂、脖颈、锁骨……都在召唤他、鼓舞他、煽动他。两只互相抗拒的小兽不再抗拒，印在墙上的雄兽的影子像吹气球一般，越来越大，一阵铺天盖地雷声里，它站起来，一把搂住了正在墙角瑟瑟发抖的雌兽。

他燃起了熊熊大火，嘴巴里、鼻子里呼进呼出的都是火焰。他拼了命地抱住她，把嘴巴贴上来，那短短的坚硬的胡茬蜇着她那饱满而富有弹性的脸，嘴里的气息扑面而来。那熟悉的味道仿佛开启了一扇时光之门，那些极致的快乐躲在气息后面蛊惑着她……她想要应和，身体却突然像不认识他，轰轰轰……就像冬天在野地里，汽车轰隆隆响半天，就是缺最后点着火的那"砰"的一声。

她推了推，想把他推开，可他抱得更紧。

他的眼睛迷糊了。

她知道，这时候理智开始从脑袋里退场了，马上要退到下半身以下了……她一时惊慌，用力推着，脑袋拼命往后仰，还连连惊叫。可这声音刺激了张晨风，他抱得更紧了。那张她也熟悉的嘴巴凑过来，她一着急，一掌推在他脸上，张晨风蒙了。

就在此时，桌上的电话铃声骤然响起，犹如湖面上的一声炸雷，把两个梦中人惊醒。那位三八红旗手的老太太打来电话，她在电话那头兴奋地大喊："傻儿子，傻儿子，你在哪里？你快回来！你当爸爸了！艾珍给你生了个大胖小子……"隔着十万八千里，表姐都听到了她的兴奋。

这个电话，让两个年轻人彻底清醒了。张晨风终于颓然松了手，他跌坐在沙发里，双眼无神地看着地面。

"我祝你们永结秦晋之好……我祝你们举案齐眉、夫唱妇随……我祝你们百子千孙、儿孙满堂……我祝你们……"表姐哽咽了，她抓了手包，踉跄从房间里逃了出来。

她没有告诉我那一刻她怎样了。我想，她一定是泪如雨下。珍珠项链断了，一粒粒珠子掉下来，颗颗都珠圆玉润，叩地有声，那是表姐的眼泪。

她终于下定决心不再去见张晨风。可她不知道，就在她听到那雷声的同时，小教练正在她家里，脱下了她买给他的衬衣、手表和球鞋，连同大门钥匙，一起放在餐桌上，带上门走了。

健身房组织客户和教练去东湖附近郊游，丁骁看见表姐的车，感到有些蹊跷，就打电话给我，问表姐是不是在我那儿。

我说："是啊，她正在我们家新房当工程师指挥施工呢。"我无法撒别的谎，因为房子里的噪声尖锐得直刺人的耳膜。"你要不要她接电话？"

"嗯，不用了，忙你们的啊。"他挂了电话。其实之前，他给表姐打过电话了，那头安静得能听出演奏的是班得瑞的哪一支钢琴曲。我们穿帮了，可我们还浑然不觉。

那时候，表姐正在茶楼里，感受到来自张晨风的暗涌。

回来后，表姐看到还粘着泥的球鞋放在餐桌上，她猜到了什么，没脸跟他要解释的机会。——叫她如何解释呢？她关了灯，一个人坐在沙发里，她想静静地流一会儿眼泪。她怕开了灯，灯看到。

那真是一个奇特的晚上。那晚，我们五个人都哭了。张晨风回到产房里，看到那个长相酷似他的小家伙正在哇哇大哭。他怯弱地伸过一个指头去逗他，他竟然一把抓住，送到嘴里去了。

小教练丁骁被猜疑和嫉妒绑架了，邀了人在街上喝酒。他掀翻了桌子，啤酒瓶跳着跳着碎了一地。他的心像是扎进了一块碎玻璃，他大声喊着什么，喊着喊着，然后痛哭起来。

我和体育老师是因为他买不起我看中的钻戒，两人吵着吵着，竟抱着头哭了起来。

年轻情侣的眼泪不值一提，流出来的是眼泪，流干后，补进去的是蜜糖。不用说，我跟体育老师，马上又好得如胶似漆了。只有表姐的眼泪，流进流出的都是秋风秋雨的凄冷。

那之后的半个月，丁骁都没有与她联系过，表姐也没有再给他打过电话。

十四

那件事过去三个星期后，丁骁在朋友圈里发了一张照片，额头受伤流血。我想，也许他是在示意，渴望得到表姐的关心。于是，我跟表姐聊了很久，希望她给那个大男孩一个机会，也给自己一个机会。表姐想了想，准备去看看他。

星期天的一大清早，表姐开车去了那家健身会所。他不在那儿，她又去了他租住的江汉路步行街。从街背面绕过去，曲里拐弯的巷子左拐右拐，然后上四楼，是丁骁和几个朋友合租的房子。

表姐敲了门，听到里面应了一声"来了"，然后有穿着拖鞋的脚步声噼噼啪啪走到门口，接着就没声了。

表姐知道丁骁在门后看到了她。他沉默着，不开门，也不叫她走。

她站在门口，手放在门上，而他，背靠着门犹豫不决。

她听到了他的心跳和他心里的犹豫，他像曾经的他一样，也想惩罚她。

表姐站着，等待着。

可渐渐地，她失去了耐心。穿高跟鞋的两脚，胀得生疼。

表姐下楼了。找到一家甜食馆，她要了一笼汤包，还有一碗糊米酒。等她把这一切风卷残云般一扫而空时，她的理智从饿得泛苦水的胃里回到了脑袋里。

表姐走出甜食馆，沿着步行街向江边走，街上人来人往，有甜蜜得冒泡泡的年轻情侣，有互相看不顺眼的中年夫妻，还有蹒跚相依的老年人，她不由得愤愤地想：该死的！尽管离婚率那么高，可毕竟还有那么多对天天卿卿我我啊！为什么我就非得孤孤单单一个人呢？

到底是什么在维系他们之间的关系呢？表姐想。

表姐想到那位曾经的朋友，他放弃了相处了八年的女友，迅速与一位平面模特结婚了。那模特肤浅、庸俗、拜金。撇开了所有责任、爱情和义务等，他们还有稳固的物质关系可以维护。因为他知道，她离不开他的钱。他甚至还说了句"从某种程度上来说，我受够了她（前女友）对我说'不'"。

依靠很重要。一个女人，从物质上依靠男人，一个男人在生活起居上依赖女人。也许这并不是最美妙的婚姻，可他们依附于彼此，却是稳定的。也许今天的社会，在培养女人独立的同时，也培养出更多的单身女人。

　　表姐看着来来往往的行人，心情黯淡。她慢慢往前走着，知道自己离他越来越远了，可她停不下来，也不想停下来。顺其自然吧，她想。

　　就在这时，表姐的细高跟卡到了街面的地砖缝里，她把腿左右崴了崴，想把鞋跟拔出来，可纹丝不动。她只得蹲下来，把脚从鞋里拿出来——就在这个地方，她一抬头，看到不远处丁骁宿舍的窗户下，挂着他的白色纯棉背心和深蓝色运动短裤。表姐想到了他的八块腹肌和人鱼线，也想到了他从始至终的温存和他们由来已久的和谐。

　　表姐把鞋拿在手里左右摇晃了几下，拔了出来。可她没有往前走了，她在身旁的花坛上坐了下来，靠着身后的樟树，想起了他们相处的林林总总。她知道自己不想失去他，她需要的不是男人，而是一个家，她还能再等下去吗？慢慢寻找？表姐突然觉得很焦虑，她不想再这么煎熬下去了。

　　她隐隐约约地觉得，他是可以给她一个家的。

　　所有的芥蒂必须都在今天解决。

　　她在临街的小店买了瓶柠檬水漱了口，然后回去了，假装她一直在门口，从未离开过。

　　她把那只卡过的鞋脱下来，挂在台阶上，再把脚尖微微伸进去，猛地往下一拽，鞋跟断了，她也倒在地上了。

　　她以美人鱼的姿势倒在台阶上，可丁骁还在门后面无知无觉，表姐横了横心，拿起刚买了几天的手机，用力朝门上砸去。砰的一声，手机弹回来，躺在离表姐不远的地上。她探过身去，抓起来，正准备再砸的时候，门开了。

丁骁看见表姐正歪坐在地上，手上拿着砸碎的手机，正失魂落魄地望着自己。他没有理由不心软，连忙抱起表姐，问她怎么了。

表姐伏在他肩上，迟迟不肯起来，开始小声地抽泣。是真哭。——她为自己不得不使这么一个卑劣的小计谋而感到悲哀。

那天晚上，在那个尘埃落定的大床上，表姐失眠了。她看了看躺在一旁的小教练，他趴在床上，已经睡熟了，响着均匀的呼吸声。表姐用涂着五彩指甲油的手指在他头发上划着，那青春的新修剪的头发闪着乌黑的光泽，散发着年轻的好闻的汗味儿。她用手划着他的脊背，然后吻手指划过的地方。她趴到他背上，头枕着手，然后又哭了。这一回，她是轻轻地流泪，没有出声。她怕吵着他了。

她在想，为什么非要我欺骗你，我们才能走得更近呢？我曾想赤诚地对你，我以为，我们会走过一切风雨，可是我错了。我从未想过要欺骗你，而我正这么做了，才因此得到了你。

十五

表姐的那一场"嘤嘤啜泣"，把丁骁心里所有的芥蒂都冲走了，可表姐不想原谅自己。也许，连出轨都敢承认的她，还是接受不了自己对恋人的欺骗吧。

表姐选择了一个月光清亮的晚上，跟丁骁坦白了。

表姐跟我说起这一段时，已经决定去西藏了。她把画廊暂时交给我打理，把楼上该打包的打包，该入柜的入柜，其他的都用白布遮起来了。她还是有不舍。那天，她一个人喝了大半瓶红酒，正脸色绯红地躺在我家的床上，头发披散了一床，她突然无限感伤地问我："七七，你幸福吗？"

我犹豫着，怕刺痛了她，但还是点了点头。

"你觉得幸福是什么？"

"这……"我一时不知怎么回答，因为我从来没思考过这个问题。

"嗯。一般情况下，幸福的人，是不会思考这个问题的。"表姐笑了笑，说，"我现在觉得，幸福就是永恒的平静……"

我没吭声，试着理解表姐所说的永恒的平静是什么样的。她接着说：

"每当一个人快要进入我的生活时，我就会想，他是我想要的吗？他身上附带的生活，是我想要的吗？嫁一个人，就是选择一种生活方式。朝九晚五，挤公交挤地铁，周末聚餐，打牌，偶尔郊游，过一年和十年没什么两样的生活……或者生意场上尔虞我诈，人也随之变得越来越精明、狡诈，一句话里面藏着一千个阴谋……他或许落魄了，借酒浇愁，我设法撑起一整个家；他也许发达了，会有明的暗的女人找上门来，甚至是他招惹的……

"我突然觉得我不想要任何一种生活，任何男人身上所附带的生活都不是我所想要的……我只想、也只能驾着属于我自己一人的小舟向生活的纵深处挺进，因为，我唯一能把握的，只有我自己……

"无论是金钱、荣誉，还是痛苦，我只能，也只愿意跟自己一个人分享……唯有自己分享自己，才更笃定，才更心安理得……

"这种感觉，七七，你明白吗？"

表姐说完的时候，用她那美艳的明亮的眸子看了我一眼，这一眼不再春光涌动、轻暖明媚，而是繁花落尽后的淡淡悲凉。

我的眼睛红了。她的没红，我的倒红了。我和体育老师，他是我生命中的第一个，我也是他生命中的第一个，我们彼此发誓要相携走完一生。而我，也坚信这一点。我的人生路，是一眼望得到头的一马平川，正如表姐所说的，过十年跟过一年没什么区别。而表姐，人面桃花，感情路是山千重水万重。她见过的人，经历的事，是山重水复百转千回，她的心态也早已不是我所能够理解的了。我只有不语，悄悄把眼睛望向窗外，努力睁大，把里面的红血丝晾干。

我们都沉默着。过了好久，为了把气氛变得轻松一些，我只得强打起精神，说："三三姐，你可一点儿不亏，这小半生，多少人爱过你啊！而我呢，也就那么蔫儿吧唧的一个……"

表姐还是不作声，拿靠枕狠狠拍了我一下："你就知足吧！"

当薄霜降临这个城市的时候，表姐去了西藏。我和体育老师，还有丁骁，我们一起送的她。

三个月后，她回来了。在画廊堆积如山的邮件中，我们发现了张晨风的信。

三三：

请允许我最后一次这样喊你。

前前后后的事，想必你已经知道了。那天，我看见你开车送曾进小区，我就知道你会弄个水落石出的。与其让别人说，不如让我来告诉你吧。

出差归来，当我看到的不是窝在沙发里看电视的你，而是满地的狼藉时，我就知道你去意已决。我打开了每一个柜子、每一个抽屉，看到你带走了每一件衣服，甚至那些旧了你已经不怎么穿的衣服，还有那些你喜欢的但早已干涸的装指甲油的瓶瓶罐罐，我就知道，你再也不会给我机会了。我一下跌坐在沙发里，原谅我省略了愤怒、悲伤、痛苦等，我只是冷静地思考，怎么把自己的损失减少到最小。——请原谅一个投资人的冷酷和现实吧。冷静过后，我开始假意挽留你，我知道，这样只会让你更加斩钉截铁地离开我。果然，你为了争取自由，净身出户了……

关于这件事，是我不对。我很诧异当时自己表现得像一个阴谋家。但同时我也很骄傲。没能在你身体上留下什么痕迹，能在你心上留下一道，我是有几分骄傲的。那说明，我曾到过那里，并在那里驻足。请原谅我的猥琐、自私和狭隘。对于我来说，那是很痛快的。

但我还是想跟你道个歉，因为我曾那样深深地爱过你。当恨意消退后，那些深爱像潮汐一样卷土重来，我知道，你也同样深地爱过我。你和我妈，都在从你们的角度爱我，我不敢怪你，也不能怪我妈，只能怪自己。我站在这样一个角度，不知道审时度势，不知道巧妙周旋，是我，把我们的船在风浪中驾丢了，又亲手掀起巨浪将它拍散在沙滩上。

我知道你总是在心里嘲笑我妈是个传统的女人，可你也常说

246

"女人何苦为难女人"。你有没有想过，我妈也是一个女人？她只是一个老去的女人，她也是从美丽、羞涩的少女走到今天的。她走过人世的艰难，是人生的磨难让她变成现在这样。我读小学三年级时，她挑了一担茶叶出去，从此以后，我差不多有三年时间没有见过她。后来，她回来了，开始办酒厂、办绣花鞋垫厂……再后来，我们家才有了现在的样子……你知道一个女人创业有多难吗？她不过想把自己辛苦创下的家业守住，而你呢，你总想引领我走上船头，去那些激流险滩，去体会那些极致的快感。而她，不过想驾驶着儿子的大船走向风平浪静的彼岸……我几次想跟你好好谈谈，可我一直想等待哪天你们的关系稍微缓和时再说。我总想着，那样效果会更好，可我一直没能等到这样一个契机，跟你在一起时，我总有太多话要说、太多事要做。在幸福时，我们总忘了去提防那些生活的暗涌。

前几天，我去过你居住的小区。我站在楼下往上看了很久，幸好你住得不高，四楼，所有的窗户都没关。你还是像从前一样喜欢阳光和通透。我多希望能看到你的身影：在窗户边换衣服，在阳台上浇花……阳台上晾着你的衣服，你还是像以前一样，偏爱黑白灰的色彩。可我找了找，却没有看见一件我给你买的，你把它们都扔了吗？你忘得可真彻底，我不得不再次说，你这个狠心的女人！

可我还是做不到，我去了物业，又去了银行，我给你交了三年的物业管理费，我想去银行给你把贷款还了，可银行需要出示你的身份证原件。我想到你那张和我关联的银行卡，幸亏我还记得卡号，不要惊讶，我是学金融的，你忘了吗？我试了试，你取消了所有和我关联的数字，竟然还留着这张卡，看到户名还是程三三时，我差一点激动得热泪盈眶。——瞧，跟你相比，我是多么没出息。我给你存了一点儿钱，不多，我知道将来会有人照顾你的，他肯定会拒绝我来插手你的生活。这些钱，是你应得的，谢谢你给过我的那些快乐，它们必将会作为独一无二的记忆被珍藏一生。

我们可能真的要结束了。我知道你在躲我，也知道再不放手，又将伤害另一个无辜的女人和孩子。关于你的那一段，我错了，是真的错了。我们为什么要对自己爱的人，比赛着凶狠呢？当你犹豫的时候，我没有试着去挽回，而是想着要如何教训你。如果有机会再重来一次，我一定不会这么做，我一定会处理得更成熟。如果那样，我们会抵达那个我曾向你许诺的地老天荒吗？

可是这一切也只能想想了，我们都太急切了，我们都想向自己爱的人证明自己离了他能活得更好。我们为什么要这么做呢？我们都失去了再重来一次的机会了。这一切，就让它放到过去吧。就像地下室那经年久置的物件，见证着我们灿烂的青春，可再翻出来，必将掀起满屋的灰尘。因此现在，这一切只能如此，也只能如此了！

关于我现在的妻子，你已经见过，我并不像爱你那样爱她，可我也不能否认她是位贤妻良母。我们刚开始时，每当我半夜迷迷糊糊翻身侧向大床的那一侧，摸到的不是你时，我就会蓦然惊醒，悔恨像麻药过后的锐痛揪紧了我的心。可我还是能和她做那件事，并且一个程序都不漏。开始我很惊讶，怀疑自己是不是你所说的"禽兽"，可慢慢地，我觉得不是。也许对于你来说，爱是生活中最重要的部分，你会围绕它来做任何事，工作、房子、投资，这些大事你都能根据爱来选择。可对于男人，或者对于我来说，并不是这样。我需要一个稳固的后方，以便心无旁骛地去打拼、去实现自己的理想抱负。因为人生于男人，爱情只是一间小站，还有事业、自我价值、社会认同等更多的内容吸引着我们。我妈给我选择了艾珍，我恨过她，可又不得不接受这个现实。因为，于我，她是合适的。这种矛盾，你明白吗？

像我伤害过你一样，你也曾经深深地伤害过我。我说的是那件事，你明白的。我曾经颤抖着调查你的一举一动，我只是想以此来证明并劝慰自己你懂得刹住自己的脚步，可事实证明……事与愿违。我多想欺骗自己，可事实在眼前，我多想包容你，像事情没发生一样，闷着头，让生活继续，可我终究没能做到。如果再有一次婚姻，三三，你知道该怎么做吗？你知道该怎样不一箭把一个男人的心和自尊射穿吗？

好吧，关于我，以及和我的那段故事，都要被你封存在记忆里了。唯愿你忘得彻底，唯愿你过得好，唯愿你寻觅一个爱你又懂你的人，什么举案齐眉、永结同心之类的话，我就不说了，但我多希望看到一个能征服你的人征服你，我多希望看到在那个更强的人面前，你会变得小鸟依人，我期待那个人让你爆发你所有的热情和美丽，到那时，我相信你会是个好妻子、好妈妈。唯愿你们抵达我曾许诺给你而又没抵达的那个地老天荒……

曾经又永远的CF·Z

表姐拿着那封信，驱车去了郊外的那个草原。她坐在那个长椅上，看着那个让她产生地老天荒之感的地方，山那样高，草那样黄，树那样小。几棵苦楝树正长在长椅对面的慢坡上，在深秋的浅草中，行人踩出一条瘦瘦的弯曲的小路来，风从右边来，吹低了树梢。是和《读碑窠石图》一样的孤寂和寒凉，那种古老和苍凉也是铺天盖地的。我突然明白，表姐所理解地老天荒，就是停在时间里。

表姐明白了，那就是一段平常的路，一段十几年前郊外平常的路，是那种苍茫地在眼前铺陈开来的古意感染了她。

表姐突然就流泪了。三年来，她第一次为这事流泪。她平静地哭着，心里也不觉得苦楚，也不觉得难受，只是好像有一股泉眼，要汩汩地流出来，又像身体里有多余的水，要开闸把它们放出来一样。她就那么平静地哭着。没一会儿，眼泪就干了，她突然就明白了，她再也不会遇到他了，他们真的结束了，彻底画上句号了。

为什么我们偏要对自己爱的人，比赛着凶狠呢？那个我曾经爱着，也曾经爱着我的人啊，再也回不来了。

就在这时，丁骁的电话打来了。他低沉着嗓子，对表姐说："我们和好吧。我离不开你。"

表姐想了想，这回她没有耍心眼，说："好。"

他又说："我们结婚吧。我爱你。我不仅喜欢跟你亲热，还喜欢跟你生孩子、买菜、洗衣、做饭；我喜欢你在床上千娇百媚的样子，也喜欢你画画时戴着黑框眼镜、邋遢而专注的样子；我喜欢你妩媚的眼神、尖尖的下巴、纤长的手臂，也喜欢你因为穿高跟鞋过多而枯瘦的双脚……"

表姐说:"好。"

他又说:"我知道,我不够好,但请你相信,我会……"

表姐打断他,说:"好,我愿意。"

那一刻,有风涌动起来,大朵大朵的云向南飘,流线型的草场和山坡似乎也在风的吹动下涌动起来,那几棵苦楝树上有黄叶纷纷扬扬洒下来,那种天地永恒时间停止的孤寂感再次袭来。

表姐想,那么好吧,那就来吧,这又一场的地老天荒。

没有蔷薇的原野

一

　　酷热的三伏天，是农民最忙碌最辛苦的时节。天气预报气温已经到了39℃，树木、草地、田野、山林都像被点燃了一样，热得发烫，到处是明晃晃让人睁不开眼睛的阳光。

　　苏璞扑在水田里插秧，水田里的水也一样发烫，灼着她的小腿。腿肚子那里已经是一片暗红，晒伤了，像猪皮一样粗糙。只有水下的淤泥还有点点凉意。苏璞把脚提起来，水下的部分已经泡白，上面巴着两条蚂蟥，吸饱了血，圆鼓鼓得像要掉下来。她一伸手，把它们拉了下来，扔到下面已经插好秧苗的田里，被它们吸过的小腿还在嘶嘶冒着血丝，暗红色的液体顺着小腿肚弯弯曲曲向下流着。苏璞将右手的秧苗归到左手，弯腰用食指在腿肚子上一刮，血液刮到食指上，顺手甩了甩。腿肚子上一片白，可随着血液涌回来，小伤口里的血又丝丝冒出来。

唉，懒得管它！太热了！苏璞把腿继续插到淤泥里，抬起右手，用袖子擦了擦眼角，眼角被汗水蜇得刺痛。脸上呼呼地冒出汗，汗珠不停地从额头上往下滴。她弯下腰，继续插秧，左手捏一把秧苗，大拇指迅速地将它们一指指地顶出去，右手飞快地接过去插在水田里。只见她晃动着右臂，扑通扑通，轻轻敲击着水面，一排排整齐的秧苗就竖颠颠地摆在了她面前。她无心去欣赏，继续挪动着双腿和双脚，向后插去。

太热了！身上的衣服已经全部都汗湿透了，太阳把它们烤干，汗水又沁湿了，半干不湿，又厚又重地盖在身上。没有风，完全没有风。帽子戴在头顶也不管用，头上全汗湿了，头发贴着脸，慢慢流下汗水来，用袖子揩了一遍又一遍。脸上的皮肤渍得通红，汗水流过的地方，总有钻心的痛袭来。苏璞不敢去擦它，也懒得擦它了——来得太快，刚擦干，一分钟不到，又冒出来了。她看看身后，妈已经将她甩出好远。这么大的一块田——三斗丘，她的一箱秧只插了一小半，何时才能到头啊？

帽子里头似乎正在蒸馒头。苏璞一甩手，将草帽摘了下来，扔到了田埂上，顿时感到一阵凉快，但很快头皮又被太阳灼得生疼。唉，不管了，快点把这秧插完要紧。

噗，噗，噗。秧头打在水田里，把一些泥水溅到苏璞身上，带来一丝丝的凉意，是爷爷挑了秧来。

"这鬼日头！这水里都可以煮鸡蛋了！路上的石头也烫脚！"爷爷一边往水田里打秧头，一边恨恨地说。

"哎呀，爹，你干什么呢？都溅到我身上了！"这是弟弟在埋怨。秧头是依着人打的，不然，扔在一旁的秧不能及时插下去就会被晒死，而插秧人身后没秧苗更耽误工夫。"你看你！搞得我一身泥水，我穿得这么整齐，你却打得我一身水！我若要找媳妇……要是被我们班女同学看见了……我的损失可就大了！"

弟弟喜欢乱调侃，他还只上初中呢。天太热了，一上午也只听他说了这么一句。

"好好地栽你的秧！就知道白话子！"爷爷没理他。白话子就是油嘴滑舌耍嘴皮的意思，爷爷不喜欢弟弟的幽默，他奋力把一个个秧头扔到苏璞和妈妈身后。

"把帽子戴着，小心把脸晒蜕了皮！"爷爷弯到上田埂离苏璞近一点的地方，把草帽递给她。苏璞只好接过草帽，戴在头上。还是有那么一点阴凉的。

咚咚咚。爷爷在砍田埂上的一株野蔷薇。

"哎！爹，别砍死了！我喜欢刺花呢！"苏璞一边直起腰来，左手抓起身后的一个秧头，右手麻利地解着捆扎在上面的稻草，双手把秧苗摆弄着，以便左手能一把抓完，一边紧张地说，"哎！爹！让你别砍了呢！"

"留着干啥？留着不好走路！"爷爷并没因为苏璞的极力反对而停手，他当了一辈子农民，侍弄庄稼，他有自己的主意。

"唉……我喜欢刺花哩……"苏璞并没有放弃自己的恳求，她一边捶着腰一边央求。这弯腰弓背地插了几天秧，腰疼得像要断了，大腿和屁股也酸得不行了。

"还喜欢刺花哩！还不快栽！"妈妈的一厢秧插完了，她从后面走过来，训斥着苏璞和弟弟，"你们俩今天不把这厢秧插完，别想回家吃饭！"

苏璞噘了一下嘴，就弯下了腰。可弟弟不服气了，他大声抗议："为什么不准我吃饭？我可是未成年人，受《未成年人保护法》的保护！"

妈妈懒得理他，径直到前面又起了一厢秧苗，可弟弟还喋喋不休："再说了，我姐可是拿国家工资的人民教师，又不是靠你养活的！——是不，姐？"说着，弟弟从胯下冲苏璞挤了个鬼脸。

苏璞笑了。唉，这天热的！一滴汗流到眼睛里了，蜇得眼球好疼，她连忙立起身来用力闭着眼睛。

爷爷以为苏璞还在惜疼刺花，就说："刺花，哪那么娇贵！明年开春自然会长出来的。"说着，爷爷把砍下来的蔷薇藤蔓绾一绾，绾了个草把，扔在一旁。

二

日上中天，天气更热了，连知了都懒得叫了，有一声没一声的，显然是渴极了、热极了。田野里做农活的乡亲们互相招呼着回家了，妈妈也回家了。临走时她却发下话来：

"你们两个，尽在田里扭筋！这一厢秧不栽完就别想回家！"说着，她就走了。

弟弟的确是在田里偷懒，一会儿喝水，一会儿上厕所，一会儿说身边没秧头。实在没理由了，他就拿着秧苗站在田里，看看飞鸟、看看白云，然后逗弄一下田里的水蜘蛛，一上午也没插多少。他这会儿是真不敢上岸回家。可苏璞不是啊，她读了几年书，农活做得少了，手脚自然慢些，但她丝毫没偷懒啊。这是妈对她有意见呢，妈的最后一句话泄露了她的真实意见：

"还回到这鬼地方来！是没做够，没累够！我就让你累个够，做个够！"

她嘟嘟嚷嚷地，苏璞听见了，却不敢作声。

妈的更年期是不是提前了？说话老是不讲道理，又不是她非要分配到这里的，还不是爸没找到路子，开后门没摸着门儿。爸爸给人家提了两只老母鸡、两只羊胯，人家嫌这东西腥臊没让进门，这怎么能怪她呢？

苏璞不能回家，陪着弟弟继续在水田里挣扎。气温更高了，水面折射的光线更厉害，头低垂了一上午，苏璞感到自己的脸和眼睛都肿了。风都到哪里去了？一丝也没有，连苦楝树的树杪都没动一下，所有的植物全都在太阳里耷拉着脑袋。这一厢秧快到头了，可田的后面就是山，这个死角里热得更厉害，没有一丝风，太阳烤不干衣服，湿漉漉地贴在身上。热，好热！汗水从额头上、脸上、脖子上直往下淌，连脖子上的皮肤都腌得疼。在这热里似乎连空气都停止了流动，令人窒息的热浪，让苏璞觉得胸闷气短。

好热，好热！越是热，越是要加紧动作，快点插，快点插完，就可以回家了。苏璞一边给自己鼓劲，一边加快动作。

噗！水面发出一声脆响，苏璞抬起头，原来是弟弟。他终于愤怒了，把手里的秧头扔下，仿佛已下了天大的决心，快步走上田埂——他要回家了。

可苏璞还不敢，唉，谁让自己是个女孩子呢！胆子小，脸皮薄，比不得弟弟。她继续加快动作。

扑通！一声巨响从她身后的小水库传来，是弟弟跳了下去。一分钟后，一节光滑细嫩的莲藕扔到她身边！又是一节！吓了她一跳。

"姐，别栽了！我踩些藕回去，妈就不会说了！"原来弟弟下到水库里挖藕了。挖藕时顺着荷叶茎用脚探下去，就能顺利地找到藕节，因此有踩藕一说。他挖了许多藕，纷纷朝田里抛来，打在苏璞周围，溅了她一身泥水不说，还把她刚插好的秧苗给打坏了。

"你别乱扔了啊！你自己回去吧，别捣乱，我还有一点就插完了！"苏璞一边解一个秧头，一边朝小水库里喊。

弟弟还是不听。她不得不冲他发火："别乱扔了！你把我刚插的秧苗都打坏了！"

弟弟这才住了手，光着膀子穿一条裤衩，用上衣包了一包莲藕从池塘里爬起来，对她说："你呀！总是狗咬吕洞宾！不管你，我回家了！"说着，他下到田里把刚扔下来的莲藕一个个摸起来，在水里洗了洗，放在草帽里，把衣服穿起来，又踅身去水库里摘了个荷叶当帽子，大摇大摆地回家了。

热，更热了！全身每一个地方都在提醒她好热，鼻子里呼进呼出的都是热气，嘴巴不由自主地张开，好像氧气不足，胸口似乎也闷得发慌。田野里没人了，只有隔壁三老爹家的牛系在苦楝树下歇阴。三老爹还给它丢了一捆草，它正一边漫不经心地叼着几根稻草，一边哞哞叫着，似在抱怨主人没来把它牵回家，让它在这里晒太阳。连蚂蟥都热得受不了，竟然顺着腿往裤腿里爬！苏璞大叫一声，把它撕了下来！再也不想插了，再也受不了了！苏璞把手里的秧苗扔了，爬到堤上坐着。

堤上有几棵油籽树和苦楝树。油籽树下有荫，可上面爱长毛毛虫，爬到身上又辣又痒，苏璞只得挑了棵没什么树荫的苦楝树坐下来。

这片梯田在两座山梁之间，山坳里修了个小水库，梯田就罗列在下面。苏璞家的水田紧挨着水库，在梯田的最顶端。从上往下看，有的披上了新绿，有的还是一片片汪着水。春不栽五一秧，秋不栽八一秧。"双抢"，农民们就是要抢时间、抢天气，趁天热好把秧苗插下去分蘖。苏璞看着自己家的水田，妈妈插了一厢多，弟弟插了半厢，自己的一厢快到头了。这几年自己的手脚的确慢多了。

苏璞面对小水库坐着，不想回家，回家妈妈也不会给她好脸色，反正也热得吃不进饭，不如就在这里凉快一下。水面上刮过来一丝丝的凉风。对岸水浅的地方野生着一些莲藕、菱角和芦苇，这会儿在微风的轻拂下，荷叶和荷花轻柔地摆动起来。芦苇丛也沙沙地响着。背后树下的水牛不时打着响鼻，偶尔哼哼唧唧两声，母牛用尾巴有一下没一下地赶着苍蝇，小牛靠在妈妈的背后，懒洋洋地一动也不肯动。

没一会儿，小腿上的泥水都被烤干了，没洗干净的泥绷在腿上，皮肤如皲裂般疼。苏璞只得下到水边洗洗。

一下到水里，一股凉丝丝的感觉立即包围了她，水波浪向她扑来，一波一波地撩拨着她。她把胳膊肘和脸都浸到水里，被晒伤后的疼痛和炙热立即都消失了。她把头埋在水里，憋一口气，再抬起来，水珠儿哗啦哗啦如水帘子一样滴下去，待滴完了，她看见了一个皮浮眼肿的自己：昔日白皙的皮肤不见了，毛孔粗大地张着，脸红肿着，上面还密布着一片又一片的晒斑……惨不忍睹，苏璞赶紧闭上眼睛，又把脸埋在了水里。善解人意的水一波一波轻轻地吻着她的脸，让她的疼痛和疲惫都消失了。

下水洗个澡吧！这念头不知怎么跳到苏璞的脑海里了，可跳进来后就再也挥不去了。苏璞会水，可十岁后就没有再下过水了。算起来有十多年没有游泳了。那种在水中自由自在嬉戏的快乐再次撩拨着她。她向四周看了看，乡亲们都在家里休息，这片田野只有她，只有三老爹的牛，牛又看不见。

苏璞脱了长袖长裤，悄无声息地潜到了水里，双臂娴熟地拨开水波，微仰着头，摆动着双腿，已从岸边滑出了数十米远。她解开头发，在水面躺一会儿，水是温柔的，是真正温柔的，一波一波抚弄着她，让她忘记了一切烦恼：学校、讨厌的校长、调皮的孩子们……

芦苇丛里突然传出一阵窸窸窣窣的响声，竟然从里面走出一个头戴荷叶的男人！苏璞心里一惊，连忙把身子沉到水里，抱在胸前，盯着他。

那个男人不慌不忙从芦苇丛里走出来，提着钓鱼竿和小桶。——这时候怎么还有人在这里钓鱼？

苏璞盯着他，他穿一件淡绿色的T恤衫，一条沙滩裤，不像是本地人。只见他提着渔具从她的衣服旁经过，站了一下，然后吹着口哨，大摇大摆地离开了。

还好，虚惊一场。苏璞连忙从水里爬上岸，抓起衣服就往身上套。刚扣好扣子，三老爹就从梯田那边爬上了堤岸。

"哎哟，还有人陪着我家的牛呢！"他一边去解树上的牛绳，一边把牛赶起来，说，"还不快回家，你妈叫我喊你回家吃饭呢！"

苏璞顺着小路，手脚并用地跑回了家。家里人已经吃过饭在午睡。爷爷躺在后门口的藤椅上摇着蒲扇，他的蒲扇是自己缝了布条包了边的，扇起来没声音。苏璞侧着身子从爷爷身旁进了屋。饭桌上有给她留的饭，葫芦汤、炒辣椒。妈妈在旁边折衣服，看见她回来了，就开始唠叨："这还真是人大性大了！还说不得了？"

苏璞低头扒饭不理她。还是爷爷睁开眼睛，替她说了句："大家都睡了！"

妈妈才闭了嘴。

三

苏璞家在太平岭上。

山叫太平山，半山腰的是太平寨，山顶的叫太平岭。

太平山不算很险要，但在三山十八寨一带还是很有名的。半山腰一溜寨墙，完全是石头垒起来的，巴掌大的石块完全干砌，经历几个朝代的风吹雨打依然屹立不倒，不能不说是个奇迹。

山腰中间镶着寨墙。山上山下，一条细如银蛇的小路贯穿，完全隐匿在山林间。从寨门穿过去，往上走不了两里地，到了一块向阳的坡地，那里零零散散住着十几户人家，这就是太平岭了。

站在岭上往下看，一处开阔平坦的山窝窝，一间小院子围两层楼房，长年累月飘一杆红旗，就是苏璞上班的地方——太平小学。

爷爷是三山十八寨最有名的说书艺人。苏璞的大名就是他拿着生辰八字翻古书给取的。还很小的时候，爷爷给她和弟弟说过《三国演义》《水浒传》与《隋唐演义》。可惜苏璞长大后，那个盛行说书的年代就过去了。

也许是受爷爷的熏陶吧，苏璞是太平岭上第一个念书的女孩儿。她给爷爷争了气，认真读书，竟然史无前例地考上了大学。可有点遗憾的是，她并没有真正地跳出龙门，只过了三年的城市生活，又回到了太平山。

回乡那天，爷爷正在太平寨修路。村里要修一条通往小学的公路，家里须派一个义务工，爸爸打工去了，爷爷就扛着锄头去了。巴士开到小学，她提着行李从上面跳下来，爷爷看见了，笑眯眯地把锄头捐上肩，点了一根烟，就去迎她。

没过几天，爸爸闻讯赶回来，却也无可奈何。他想走后门，可人家嫌他送的东西腥臊，没让他进门。爸爸想反对，反对也没有用，他一个病恹恹的农民，能把女儿弄到哪里去？爸爸的威望是爷爷打下来的，外公是仰慕爷爷的才气，才把妈妈嫁到山上来的。

可是分回来，苏璞心里是高兴的，正好遂了她的愿。

秧苗刚插下去，弟弟就回镇中学上课了，他马上初三了，学校暑假就开始补课。

整个假期很快就在妈妈的牢骚中结束。立了秋，爸爸外出打工，苏璞把他送到山下的太平寨。没过几天，就开始扯花生了，家里就爷爷、奶奶、妈妈和苏璞。妈妈和奶奶都是爱唠叨的人，累了就开始唠叨，她们好像总有埋怨不完的人和事。奶奶埋怨爷爷，妈妈埋怨爸爸，说个没完，有时候还要争执几句。苏璞不想陷入她们的战争，而爷爷好像前半辈子把要说的话都说完了，所以她总是陪爷爷一起沉默着。

花生还没扯完，就开学了。

开学大会就是校长分配布置工作。

"大家欢迎施校长！"校长说完，带领大家鼓起掌来。太平小学很小，全体教师大会也就十几位，在大家稀稀落落的掌声中，一个四十岁左右的男人站起来向大家点了点头。这是学校新来的副校长，听说是从县城调下来镀金的，过不了多久就要回教育局任人事科科长。

"施校长是骨干教师、教学能手，他教我们四年级的思品……"新来的副校长姓施，可他不叫施恩，叫施印。

下面有老师在轻声说："听说到下面几年了，他还不想回去呢。这几个乡镇他都待过，这回到我们学校了。"她们喜欢嚼舌根。这个和苏璞没多大的关系，有关系的是后面的，校长接着说：

"苏璞还是带四年级的班主任兼语文老师……"

四年级不是毕业班，在这个小学却是最难带的。太平山旁的伯家垭没有完小，学生上到四年级就要转过来，而那个小学转过来的学生成绩普遍比较差一些。成绩差不说，学习习惯还不好。苏璞前两年接的都是四年级，好不容易把班上的风气扭转过来了，这下，又要从零开始——不是从零开始，是从负数开始。

刚回乡的两年，苏璞用尽所有的课余时间来教他们如何按正确的格式书写。所有的课间，她都用来把他们的作业本擦干净、捋平整，因为他们的家庭作业永远都像是在鸡笼上做的，每一页都沾满了污垢，还皱皱巴巴的。她反反复复教他们笔画、笔顺，连最基本的字词都需要反复训练。这样，不得不占用了美术、音乐、体育、劳动等苏璞最想给孩子们上的课。

这些知识，苏璞的童年是一片空白的，她连水彩和五线谱都是上师专后才见到的。回乡后，她多想给孩子们恶补一下这些知识，然而现在，她亲手谋杀了学生们可以获得这些素质教育的机会。

"校长……"散会后，苏璞找到校长，她想跟着孩子们升五年级，这样，她才能教他们更多更有意思的知识。

还没开口，校长就沉着脸说："小苏，你年轻，要准备吃苦！不应该给我提要求啊！不然，你回家乡来干什么的啊？"

苏璞的嘴被堵住了。更可气的是旁边一些靠校长发工资的代课老师还帮着腔说："你年纪轻轻的，你不吃亏，谁吃亏？我们年轻时……"

苏璞生气地想：马屁精！可她也不好再说什么了，只得低下头清点着新发的教材。

"小苏老师……"办公室进来一个花枝招展的女孩，原来是岑晓荷。

岑晓荷的爸爸是寨子下榨油作坊的老板，他连着给教育站长送了一年的小磨麻油，晓荷就被调到镇上的小学了。

"晓荷回来了？"同事们纷纷打招呼，"我们才听说你调到镇小去了，这会儿回来干吗啊？"

"来看看你们啊！"岑晓荷笑吟吟地说。

苏璞也跟她打了声招呼，可她知道，她是来办调动手续的。

"小苏老师，到镇上时去我那里玩儿啊。"临走时，岑晓荷又跟苏璞打招呼，还眨了眨眼睛。

苏璞应了声，但不知道她为什么要眨眼睛。学校里年轻人就她俩，岑晓荷总喜欢跟她一起，可苏璞觉得她太现实，有事没事地总躲着她。

岑晓荷这一来不要紧，把几位老师的心都搅动了，好像谁也不想留在这里，谁也不想在这个山旯旮里工作，都在唉声叹气。镇小虽然离这里只有十几里，可到了镇上就有津贴，一个月加起来工资就要多几百。而且能住楼房，拿了钱出门就可以买东西，吃的穿的都方便，已经不能说是真正的农村了。

太平小学小，所有的老师，包括校长，都在一个办公室办公。校长把这一切看在眼里，他大声咳了两声，说："都好好工作！好好工作！开学了，收收心！"

于是，所有人都不再讲话了。苏璞悄悄地在抽屉里拆开了刚收到的一封信，是初中同学叔采茵寄给她的。叔采茵读的是中文本科，毕业后，和男朋友一起去西部支教了两年。这两年里，她和男友领证了，现在男友想一起在市区找个工作，而叔采茵想回到自己的家乡工作。她和苏璞一样，有一个快乐幸福但啥也不知道的童年。

她在信里问苏璞，她该如何抉择。苏璞看看窗外的天，那么蓝，那么高，那么远，窗外是满目的苍翠，所有的植物都在笑着嚷着拼命生长，没心没肺的风呼啸而过。

她该如何回答她？回家的路上，苏璞一直在思考这个问题。

"唉，看人家的姑娘多灵光啊！穿得漂亮，说话也漂亮！"苏璞回到家，跟妈妈一起收晒在场院里的花生，妈妈突然说。

原来，她说的是岑晓荷。妈妈今天到山下去加工稻米的时候看到晓荷了，她还跟妈妈打了招呼、说了几句话。妈妈一边拆开一捆刚从地里扯回来的花生，一边不无羡慕地说："就是我养的姑娘，也不知是倒了几辈子的霉，说是考出去了，竟还分回到这鬼地方了！"

妈妈不知是在怨自己的命还是在埋怨她。苏璞不吭声，搬了把椅子，坐到旁边开始摘花生。

四

正式开学了，苏璞还是带四年级。尽管忙碌，可苏璞心里还是喜欢的。可以跟那些可爱的学生说说话，可以在学校看看报纸、看看书，尽管这报纸送达学校的时候新闻已成了旧闻。报纸杂志和信件一般都是晚五天左右到，遇上阴雨天，可能就要隔一周多。可是苏璞还是爱看，这些，是她用以眺望外面世界的眼睛。

"秋天的天，是什么样的？"苏璞在教室里捧着书本给学生上课，"天，很蓝很蓝……大雁，一会儿排成个人字，一会儿又排成个一字……"

太平山的时光是静止的，像波澜不惊的水面。日复一日地上学、放学、做农活，苏璞的世界简单而乏味。

太平寨到县城的巴士一天一趟，是这个原始的村寨跟外界联系的唯一纽带。每天上午十一点巴士会从教室的窗前经过，苏璞会趁学生做作业的工夫偷偷看看，看看车里坐了些什么人，那是唯一新鲜的人或事。

这天，车子破例在小学门口停了下来，车上下来了一个男人，提着一些水果和零食，他找到了校长。

一番寒暄，校长眉开眼笑地带着男人走到教室门口，敲着门示意苏璞停下来，还对苏璞挤出一丝珍贵的笑容，说：

"苏璞，下了课叫伯佩出来一下——这是伯佩的爸爸。还有，伯佩的那个眼睛近视了，"他在教室里扫视了一圈，顺着伯佩爸爸的手指找到坐在倒数第二排的伯佩说，"坐在那个位置不行，看不见……"

伯佩长得很高，苏璞把她安排在那个位置是合适的。

"你给她调一下，高也要调一下，她的眼睛近视了，看不见……"校长像了解亲生女儿一样了解这个他刚认识的女孩儿。

校长鼻梁中有一颗大肉痣，照说只有伟人才在那儿长痣，可他偏偏不依不饶地长了一颗。尽管他长了一颗特殊的痣，大家也并没有高看他，附近的村民都偷偷地叫他"三鼻子"。"三鼻子"独裁，是真正的一言堂堂主。

苏璞犹豫地看着他，慢吞吞地答道："好吧。"

校长仿佛预感到了苏璞隐隐埋在骨子里的不配合，又探着身子在教室里扫视了一圈，指着第二排的一个矮个女生说："子薇，你跟她换一下！"

伯子薇是苏璞班上的学习委员，很乖巧、很懂事的一个女孩，成绩好，所以校长也认识她。倒数第二排，伯子薇到后面肯定看不见了，苏璞看着校长，想阻止他的这一命令。哪知校长马上又接着说："现在就换！现在就换了吧！"

苏璞心里不由得窝了一团火，她走到伯子薇旁边，故意问："子薇，你到后面去看得见吗？"

可那可怜的学生一边把书包从抽屉里抽出来——里面为搁书包而支着的小棍嚼里啪啦掉了一地，一边点点头，小声回答："看得见，老师。"

苏璞只得把到嘴边的话咽了回去。校长连忙说："好好好！那就马上换了！"说着，看着两个小孩把位置互换了，他才和男人笑眯眯地走了。

汽车上下来的还有一个女孩，正是苏璞的好朋友叔采茵。她站在教室门口，等苏璞一下课，她就大喊着给了她一个惊喜。

"啊！"看到久别重逢的朋友，苏璞也顾不得孩子们在场，高兴地抱住采茵的胳膊，说，"怎么不说一下就来了啊？"

"想你啊！"采茵调皮地回答，看见苏璞不相信的眼神，又补充道，"今天到县城来考试了，刚考完，在城里瞎转，竟然看见了你们寨的车在拉客，就跳上来了哦，所以，啥也没给你买！"说着，她摊开空空如也的双手。

苏璞没看她的双手，反而问她："考什么？"

听到这句话，叔采茵严肃下来，郑重地说："县里招聘教师，我报名了。"

"啊？"苏璞睁大了眼睛，"我还没给你回信呢，你怎么就决定了？那你……那位怎么办？"苏璞指的是她已经领了证的老公。

"他在市内找到工作了，还不错。"

苏璞想说的是"你们俩这样分开不行啊"，但看看采茵三缄其口的样子，就不再问了。

"我看见县教育局在搞一个全县教师五项全能的比赛，你有兴趣的话，可以报名试一下啊。"

说着说着，到了办公室，施印听到了，插嘴道："是啊，一个全县性的比赛，还有不少奖金呢！小苏老师想试试吗？"

"那当然！"苏璞还没作声，采茵就抢着回答，"我们苏璞在学校里可是风云人物呢！"

"三鼻子"校长一边吱溜溜大声吸了一口茶，一边微微撇了撇嘴。苏璞看在眼里，忙向采茵皱了皱眉头，示意她别乱讲话。可叔采茵不听，她把手放在苏璞的胳膊上轻轻拍了拍，挑了一下下巴，意思是：没事，替你宣传宣传。

"哟，我们都还不知道呢，苏老师在我们这里可低调了。"施印顺着采茵的话说。

一位老教师听见施印说话，想捧一下施校长的场，插嘴道："年轻人，是该争取一下，哪像我们，老了！百尺竿头——到了顶了！"

这下好了，叔采茵肯定要捅娄子的，苏璞想。她连忙看了看采茵，想阻止她，可是来不及了，只听她大声说道：

"百尺竿头的歇后语应该是——更进一步，怎么是到了顶呢？"

一时间，办公室里的所有人都噤若寒蝉，苏璞连忙拉着采茵往外走。

"我说错了吗？"她问苏璞。

"当然没有。"

"那……"

"关键就是你对了。""百尺竿头到了顶"是那位老师的口头禅，每听他说一次，苏璞就难受一次。好几次她都想鼓起勇气纠正他，可据她平日观察，他非但不是虚心好学的人，而是个睚眦必报的小心眼男人。她只得安慰自己：没事儿，没事儿，他教的学生们现在不会考这个；到考这个时，他们的老师会教给他们正确答案的。

"没有，你纠正得很对！你不知道，这句话他几乎每天都要说一次，每说一次，都折磨我一次！"苏璞笑着说。

"对了就行！让他这样一味说下去，那不是误人子弟啊！——那你干吗把我拉出来？"

去西部支教的几年，采茵还是一点儿没变，没变化是幸福的，那说明生活没有过分地打磨她。如果能一辈子不变，那她就是最幸运的人了，苏璞想。

五

小山村里难得有朋友来，来一次也太辛苦，更何况当天已经没有返城的车了，苏璞强烈挽留，叔采茵在她家住了一晚。

第二天，苏璞带着采茵一起去上班。课间的时候，她牵着采茵在操场上散步。

"多好啊！每天呼吸在大自然的怀抱里！我已经习惯了这种生活，我再也不想回到城市里去了！"采茵摊开双臂闭着双眼享受着轻轻拂过的山风。

"你多幸福！"她睁开眼睛，看着苏璞笑了。

苏璞不由得哑然失笑，沉默半晌，才说："所有的苦难，如果有一个期限，或长或短，它就会减半。"

正说到这里，值日的老师拿铁锤敲了几下挂在屋檐下的钟，"当当当"连续三声，下课了。学生们从教室里欢呼着涌出来，看见自己的老师跟一个陌生人在一起，纷纷围在旁边看热闹。一年到头，他们也难得见到一个新鲜人、新鲜物。

"下课了，去玩儿吧。"苏璞摸着他们的头说。

"我们想跟老师玩儿！"几个男孩抢着回答。

说玩儿就玩，叔采茵兴致高，她要跟孩子们一起玩老鹰捉小鸡。玩就玩吧，苏璞以前也和上一届的孩子们玩过，孩子们都看见过。

同孩子们疯玩的时候，是苏璞这两三年来最快乐的时刻。

苏璞把孩子们分了两组，十五个一组轮流当小鸡仔。采茵当母鸡，班长是老鹰。苏璞观战。

孩子们欢呼着上场了。班长咧嘴一笑，提了提裤子，就冲了上去。孩子们纷纷尖叫着闪躲，采茵张开双臂，奋力地护着她的小鸡娃。读初中时她就是一名运动健将，现在仍然跑得很快。只见她左挪右闪，把小班长挡得死死的，让他丝毫没有接近小鸡的机会。

突围了半天，小班长依然没有抓到一个小鸡仔。旁边观战的小孩看到自己上场的机会渺茫，觉得扫兴极了，他们纷纷讥讽道：

"半天也没抓到一个！真笨！"

"是的！跑得又慢！你快点儿啊！"

"跑那么慢！还当班长呢！真是的！还不如让我当！"

风凉话各种各样的都有，传到小班长耳朵里，把他的小脸都气白了。他一咬牙，一撇嘴，猛地瞪了瞪眼，再次提了提裤子，猛地往鸡群尾巴上扎去。

叔采茵见这阵势，连忙向尾巴上飞跑去。也不知是她护崽心切，跑得太快，还是地上有石子，就在她猛地转身的一刹那，跟在她身后，抓着她衣服的小孩马上摔倒了。这一倒不要紧，后面的躲闪不及也纷纷扑上来，转眼间就绊倒了一大片。

苏璞连忙站起来跑过去，把孩子们一个个扶起来。采茵和班长也吓坏了，都停下来扶跌倒的孩子们。其他的都还好，只伤了点皮，但第一个小孩跌破了嘴巴，嘴唇肿了，往外冒着血。孩子嘴一张，吐出一口血沫儿，还和着半颗门牙。

"三鼻子"校长怨声载道，恨不得用一双鼓眼睛把苏璞杀了。苏璞也急得没了辙，还是施印叫来辆车，带上两个女孩和学生去的县人民医院。

嘴唇上的伤口还好，血迹清理干净后，发现只是向里挨着牙龈的地方擦开了一小处。可是，牙齿，牙齿怎么办？随后赶来的家长，强烈要求把牙齿补上。

小孩拉着父母，豁着缺了半颗门牙的嘴说："妈妈！妈妈！我不疼！"又看着苏璞说，"真的！苏老师！我真的不疼！"

可父母说："这不是破相了吗？我们家是个女孩儿，将来长大了要嫁人的啊！"

半颗门牙，一千二百元。

叔采茵要把自己的卡拿出来支付医药费，苏璞没让。她找施印借了一千元，给小女孩把牙齿补上了。

六

苏璞的日子又恢复了死水般的平静，采茵走了，带着一丝愧疚。

"三鼻子"独裁，可苏璞有自己的想法。过了两个星期，苏璞在班会上调了学生的座位，把伯佩调到第四组第二排，伯子薇还是回到自己的位置，不偏不倚，正是原来的那个。

因为班上出了这样的事故，校长驳回了苏璞想参加教育局五项全能比赛的申请。施印私下里问苏璞："你想去试一下吗？如果想，我可以想办法在教育局直接报个名！"

苏璞想，校长不同意，即使勉强报了名，他也会百般阻挠。到时候没时间训练不说，比赛时，他也会以各种理由搪塞阻拦，不批假。如果得不到好的名次，反而还要被他奚落一番。她咬了咬牙，婉言谢绝了施校长的好意。

日子似悄无声息的流水，一天一天过去了。太阳每天早上从太平岭东边升起来，傍晚从太平岭西边落下去。苏璞每天早上6点起床，洗漱，然后洗一家人的衣服，吃早饭，去学校上课。

交了秋，白天就一日短似一日。花生都扯完了，摘好了，晒干了，归仓了。连花生蔓也晒干捆好，放在柴房里。天就迅速凉下来了，穿上外套，还感觉身上凉飕飕的。屋后的油籽树叶被山风吹得哗啦哗啦响，三角形的小叶子在风中不停地摆动。

夕阳从太平岭的右边落下去，照得半边天都是红彤彤的。苏璞穿一件褐色的外套，站在如血的夕阳里突然有一种想哭的冲动。她突然发现，自己除了上课和辅导学生之外，再没讲过一句多余的话了。

这个村子，这个寨子，太安静了，除了老弱妇孺和畜生，再没有别的活物，年轻力壮的都到汉口打工去了。连刚刚大一点的孩子，也都到山下镇子里去上初中了。这日子这样闲，这样静，让苏璞空有满腔力气，不知如何使出来。每天放学后的晚办公时间，她想给孩子们办个音乐兴趣小组，可校长不让。他问："把孩子们留一下，万一在路上出了事，你负责？"

校长这回也不全是刁难她，苏璞知道，按正常的时间放学肯定好一些，这山路难行，万一孩子们在路上有什么闪失，她真不好交代。

新来的校长出了个点子，要求每位老师到村里去家访。家访？这是几十年前的老古董了，从苏璞读书起，就没有老师家访过。不过，"三鼻子"校长同意了施校长的提议。苏璞和他一起分到了伯家垭。

下午放学后按惯例是两小时的改作业和备课时间，但这天取消了。太阳还在山梁上，一行人就出发了。施校长很健谈，还有点儿小幽默，逗得两个没出过远门的代课老师呱呱乱笑。

"苏老师，听说你们班有好多从伯家垭转过来的学生啊？"施印见苏璞跟在后面一直不吭声，就扭过头来问。

"是的。"苏璞点点头。这个校长可真是善于为人，一个也不冷落，苏璞想。

"听说班上学生的学习习惯不怎么好，都是那边带过来的？"施校长好像很关心下属，又问。

回答"是"还是"不是"？如果照实说"是"，会不会让人觉得她在推卸责任？如果说"不是"……但的确"是"啊……苏璞正在犹豫，旁边的一个中年女老师帮忙回答：

"是的。唉，那边的习惯一点也不好……那个村子啊，基本上没有人读书，出的也都是一些打打杀杀的小流氓……"女教师絮絮叨叨说了一堆，施校长以为苏璞不喜欢讲话，就没有再扭过头来问话。

那边转过来的学生也不是所有的习惯都不好，伯子薇也是从那边转过来的，习惯就很好，字迹工工整整，作业干干净净，而且成绩也很棒。苏璞很喜欢这个孩子。

刚到垭口，就看到一个小女孩正在收一片花生藤，书包丢在一边，蓬着头，赤着脚，正吃力地把一排排花生藤往一块儿卷。好不容易卷到一起了，又拿草绳来捆，可她两条瘦弱的细胳膊怎么也捆不好那一大堆藤蔓。苏璞看着眼熟，走上前去问路，哪里知道竟是伯子薇。

小孩抬起头，也看着苏璞，两个小辫散了，发丝在微凉的风中飘着，还是她打破了沉默："苏老师……"

苏璞没想到这个作业整洁正确的孩子在家里是这副模样，惊讶得一时不知道说什么。

"小孩儿，苏老师来家访。你家在哪儿？快带苏老师去你家……"施校长说。

"哦……"伯子薇扔下花生藤，抓起书包，就朝村子里跑去。

孩子快步在前面走，苏璞这才发现孩子没穿鞋。

"子薇，你的……鞋呢？"

"哦。"孩子停下来，一屁股坐在地上，从书包里抽出鞋子，飞快地穿在脚上，又在前面大步跑开了。

"喂，慢点儿……"苏璞连忙跟上去。

"老师，你来家访啊？"

"嗯。"

"老师，放学时你怎么不跟我们一起走呢？"

"老师要等其他老师啊。"

……在寂静的山林里穿行，孩子有一句没一句地问苏璞。

两人进入一大片银杏林，生长了数百年的银杏枝繁叶茂，完全把天空遮盖住了。这像是一个被人遗忘了的世界，一切都静悄悄的，没有鸡鸣犬吠，也没有人家，有的只是几十年前残存下来的半截半截的土砖墙倒塌在地上。

"这儿怎么都没有人呢？"苏璞问。

"这儿是近路。近路没人走。"孩子回答。

金黄的树叶把天空完全遮盖住了，地上也铺满了。地上看不见石子，也看不见土块，只见一层又厚又软的金色地毯。因为没有阳光，树下连一根杂草也没有。

孩子下了一个土坎，回过身来看着苏璞。

苏璞试探着踩在树叶上，树叶是松软的，带点儿弹性，还轻轻发出悦耳的沙沙声。

林子越走越深，天越来越暗。苏璞不禁害怕起来："子薇，你要带我去哪里啊？"

"我家啊……"

苏璞迟疑地迈着步子，突然一阵异香飘到跟前。"嗯，好香，是什么？"

孩子没有作声，也许在扇动鼻翼努力地嗅着。

好像是桂花的香味，原来在这深林里藏着一株金桂。苏璞向四周探寻着，发现林子的深处好像有一座较为完好的土砖房子，难道在院子里还有一株金桂吗？

林子里很静，有一两只鸟在深处轻轻地歌唱，它们还偶尔扑棱扑棱扇动翅膀。银杏的小扇子飘落下来，无风，而划着"之"字形的舞蹈。它们轻轻跌落在地上，与别的树叶重合在一起，发出极细微的沙沙声。

"来吧，老师。"孩子转身走了几步，伸出脏兮兮的小手来拉着苏璞，"别怕，老师，快到了。"

苏璞刚回头张望，孩子却小跑几步，带着她穿过了几棵大树，眼前一片明亮，就回到了村子里。

苏璞是要家访，不是要找孩子的家。孩子领她到了家里，可家里没人。她取钥匙开了门，偌大的一个院子，只有几只鹅在悠闲地踱步。

"他们可能'看九点'去了。"孩子猜测道。

"那你回家做作业吧，老师走了。别再去做事了，记住老师说的，先做作业，做完作业再做事。明白了吗？"

苏璞顺着村子里的大路，找到了还在村头家访的施校长和同事。几位代课老师正和一个全校有名的差生家长沟通，只听那位家长说：

"我们家孩子，那个，我知道，那是没话说的，一回家就做作业，总是作业做完了才去玩的。他的成绩我是知道的，及格是没问题的。还没有哪个老师说过他的成绩不好……"

有些家长就是这样，掩耳盗铃。她说话像放连珠炮，气势咄咄逼人，老师连嘴都插不上。苏璞带着满眼睛的问号奇怪地看着她，看着她的两片嘴唇上下翻飞。

家访快结束时，突然下雨了。幸亏大家都带了伞。一场雨一场寒，这刚降温的寒冷更让人吃不消。施校长不作声了——即使讲话，一开口声音就要被吹散在风里。身上的温度也要被风吹散了，每个人都哆哆嗦嗦地伸出快要冻僵的手顶着雨伞，可一把雨伞顶不住肆虐的山风。苏璞的上衣和裤子已经湿了大半，鞋子上沾满了黄泥，双脚更为沉重。山路难行啊！

七

太平岭的日子总是比外界慢半拍。看天，秋天的天是蓝澄澄的，高远着呢，白云也像是静止的。看地，收割后的大地一片安详，一层一层的梯田裸露着一排一排整齐的谷桩子，三两个老人牵着牛在田埂上放，拄着拐杖，也不说话。麻雀、喜鹊、杨雀在收割后的田里跳来跳去，寻觅遗漏下来的谷粒子。一切静静的，只等待着霜和雪的降临。

苏璞以为日子会永远这样静静流淌。可不是这样，孩子突然死了——伯佩和伯子薇都死了。

那个周末，下了点儿小雨。农活闲下来了，伯佩的爸爸带孩子去汉口玩儿，伯子薇想去看他在建筑工地上当小工的爸爸，就把她也捎上了。

只下了点小雨，可是路基松了，司机一不留神将车开到松了的路基上，车子侧翻，坐在油箱上的两个孩子从挡风玻璃那儿甩了出去……

苏璞听得这个消息后，就病倒了。她耳边不停地回响着孩子的话："老师，别怕。……来吧，老师……"

"来吧，老师……"

"来吧，老师……"

苏璞病得蹊跷，一直呕吐，觉得天旋地转，眩晕得完全站不起来，吐出的也净是些黑水。

妈妈去学校给她请了两天假。校长批了，背地里却说："也是怪了，这学校里多少年没死过孩子啊，独独她班上死了两个，还都是在她班上……"

谁也没发现校长总结出来的这个巧合。大家都不言语，施校长笑了笑，说："这是什么巧合。连我都听说了，这学校前几年就有学生游泳淹死了啊，就在旁边的水库里呢。"

校长这才不作声了。

奶奶给苏璞冲了鸡蛋花，端到床前。她勉强喝了，可不到十分钟，又马上吐了出来。奶奶心疼，皱着眉心，说：

"小玉儿啊，这是怎么了呢？要不，叫半仙给你掐掐？"

"您说什么呢？"妈妈不信这个，信科学，"请个大夫还差不多！您怎么尽说些胡话啊！"

可没多久，苏璞就说胡话了。她脑海里不由自主地浮现孩子的那张小脸、那双脏兮兮又冰凉的小手，她听到孩子不停地说：

"老师，别怕……来吧，老师……"

她嘴里喃喃自语，念叨着那两个孩子的名字。

学校里有几个老师来看她了，孩子们也来了，挨挨挤挤地站了一屋子。他们爬了几里山路，一个个气喘吁吁，小脸红扑扑的，还渗出了汗珠。小班长领着几个男生站在床边，看着苏老师病在床上，蹙着小眉头发愁，但看见老师看着自己脏兮兮的小手和小脸，又不好意思地笑着。

"坐吧！"苏璞从被子里伸出手来，拍拍床沿，要他们坐。

可他们互相拉着扯着，向后退，不肯坐。让着让着，伸出脏兮兮的小手，摊开手掌，变戏法似的拿出一个鸡蛋，放在床头，嘻嘻笑着扭转身就跑了。

孩子们这样闹了闹，苏璞肚子饿了，奶奶再冲个鸡蛋花，她喝下去，就没事了。

闷了三天，苏璞披上衣服，想下床走走。屋子里到处堆的是红薯。挖红薯了。妈在堂屋里摇那些鸡蛋，看见她起床了，就说：

"我看看是生的还是熟的——熟的要赶紧吃了，你吃得不多，吃不动。弟弟过两天回来了，让他赶紧帮你吃了。"

是的，免得浪费了孩子们的一片心。苏璞想。

苏璞坐到门口，看到对面山梁上挖红薯的人挥动着钉耙，一声脆响，钉耙翻动着，后面跟着的女人赶紧弯下腰去，将土坷垃打碎，从里面拣出红薯来。

爸爸好久没回来了，不知道他在外面过得好不好。他的肺不是太好，老咳嗽，可他还是要抽烟。

正想着，爷爷挑了一担红薯回来，苏璞连忙起身去接，她心疼爷爷，帮爷爷把红薯挑进屋来。爸爸不在家，家里的重活全落在爷爷身上了。他的身体已经大不如前，这一担红薯就让他呼哧呼哧直喘粗气，吸了几口冷空气又引起了剧烈的咳嗽。

苏璞把红薯倒在堆子上，一个小红心红薯从堆子上滚下来，贴在苏璞的脚边。

她把小红薯捡起来，捏在手心里，眼泪又下来了。

八

苏璞好利索了，只上了一天课，就双休了。爷爷不要她下地干活，她就在家里打扫卫生。红薯堆了满屋子，下脚的地方都没有，她就帮着奶奶把红薯往仓库里堆。

"红薯是个好东西啊！救人命的东西，可如今就是不值钱了。"奶奶一边摸着红薯把上面的根须弄断，一边感叹。

不是不值钱了，是在这深山老林里不值钱，苏璞记得在武汉的大超市里，红薯要一两块一斤，而那红薯还远远没有家里的这种甜。

雨又下来了，滴滴答答，带着山野植物的腥气扑面而来，苏璞不喜欢这种腥气。百无聊赖，幸亏有采茵的信来安慰。在病中，能收到采茵的来信，这是莫大的幸福。

采茵在信封上画了个戴围巾的女孩，旁边一位擦肩而过的男子在对她回眸，旁白是用钢笔写的：路上捡到……苏璞莞尔一笑，这封信是刚从学校带回来的，她还没有读。她要在最孤单、最寂寞的时候读她的信，就像是生命皮囊里的最后一滴水，不能随便拿出来。

采茵以高出录取分数线35分的高分通过了县教育局的招聘笔试，正等待着两周之后的面试。采茵一向品学兼优，她通过考试和面试应该都是毫无悬念的。苏璞知道，如果叔采茵想做什么，那就一定能做成。

这是一件多么值得高兴的事！她坐在门口，望着对面山梁笑了。她按原样折好信纸，放回信封，又看到上面采茵画的简笔画，那是采茵对她的祝福。每次来信，她都要信手画上几笔，旁边还要配上几行字。

有的写道"种桃树，收桃花……"有的写道"桂花开了，月下品茗……"有的写着"秋风起，拿本闲书风中独步"……她的画寥寥几笔，一笔不多，一笔不少，非常有神韵，那风中独步的衣袂令满纸生风。

但最多的还是祝福系列：

饮茶饮到……

帮忙帮到……

看书看到……

放牛捡到……

全部是美男子，采茵知道她的孤独，她在自己甜蜜的时候，并没有忘记她。苏璞想。可采茵忘了，这穷乡僻壤里，哪里来的美男子呢！长年累月，连个模样周正的年轻人都难得看到一个啊！

苏璞想起大学里的那个他来。大学四年，他们彼此投射过美好的目光。可惜他早已有了青梅竹马的女朋友，她无心去拆散，他也没有追求。只在毕业典礼的晚上，他试探着问她："你愿意留在城里吗？"她想了一晚上，给他回了封信，只有一行字：城里不缺乏玫瑰，我是开在原野上的蔷薇……

苏璞想告诉他的是：那里需要我，如果没有野蔷薇的点缀，山野该会多寂寞。

回首这段往事，苏璞心里的甜蜜多过惋惜。那段青涩的美好，谁也没有办法去破坏和玷污它，她藏在心底最深和最美的地方。

发了一会儿呆，苏璞站起来，把信封拿到房间里，准备夹在日记本里，那里有许多采茵的信件。两年半，累计起来，有二十多封，苏璞又一一翻看，不由得感慨：两年半的岁月就这样在指缝中溜走了，悄无声息。除了年岁空长，心上添了些许沉重，什么也没收获。

轻轻翻开这本日记，因为受潮，纸质已经有点发黄发硬了，纸张发出僵硬的哗哗声，夹着"风中独步"的那一张写道：

10月17日　晴

今天镇里搞教研活动，我去了，碰上了初中教我物理的岑老师。这么多年没见，岑老师还是老样子，一脸笑容开在他那满是皱纹的脸上，像一朵怒放的秋菊。看见我这个当年的得意门生，他还是很高兴，拉着我说了半天话。末了，他竟奇怪地问了我一句："还适应吗？"

我觉得很奇怪，有什么适应不适应的啊？我又不是从天上掉下来的，难道他忘了我是从这里土生土长的吗？嘻嘻，我是从土里冒出来的，从山林子里钻出来的……哈哈哈……我反问了他一句：

"有什么不适应呢？"老师竟然还意味深长不无担心地看了我一眼，看得我心里发凉……

乍一看，在农村生长了十几年，就因为出去读了几年书就不适应，也许人们会觉得这人太容易忘本了。可事实证明，真的是不适应，不是从一开始就觉得不适应，是那种努力去适应之后的不适应。——这才是真正的不适应。

她已经习惯不了打赤脚爬山，习惯不了下雨天一身泥水，习惯不了露天的公共厕所，习惯不了夏天厕所里群蝇乱舞……她习惯干净的人行道，习惯快捷的公交车，习惯谈笑有鸿儒、往来无白丁，习惯各种橱窗琳琅满目，习惯夜晚有霓虹灯闪烁……尽管她在城市里也是个边缘人。

可这是她的家乡，她一辈子的底蕴，这一切是她自己选择的。她希望通过自己的努力，能让家乡有一丝改变，可她做到了吗？

那个关心苏璞的物理老师岑老师突发脑出血前不久走了，那个成天乐呵呵满脸笑容的老师就这样走了。

苏璞的脑海里浮现出岑老师给他们上音乐课时的情形。物理老师捏着粉笔，微翘着手指，引吭高歌。他爱唱：一条大河，波浪宽……苏璞随着他的电子琴伴奏唱了一段，他非常满意，一笑，嘴角上扬，脸上的肌肉都挤到脸颊上。他拿起粉笔，在黑板上写下苏璞的名字，非常满意地在旁边画一个五角星，带几分骄傲地对着同学们一笑，又转过身去，摇头晃脑地在苏璞的名字后面打了个钩……

伯子薇也走了，这个乖巧懂事的孩子就这样走了。听说她的父母去找司机扯皮，司机赔了她家四万元，她父母谢天谢地。对于这样一个地方，一条生命换四万元，他们认为是值得的。有的人一生都挣不到这么多，一个小孩一下就给家里带来了四万，甚至有不少人家都暗地里羡慕他们家。尽管这是用一条生命换来的。

夜深了，死寂的山林更寂静了。

九

红薯收了，霜就下来了，浓烈的霜让田野、村庄、山林，都白了头。

一本教科书已经翻过了一大半，一学期又要过去了，苏璞想上快点，免得到三九寒冬时，学生还要拿出手来赶作业，太辛苦。

这周弟弟应该回来了。她很想弟弟，放学后就没回家，去寨子下候着弟弟。这个家，没有弟弟就没有生气，她还真想他，想跟他聊聊天，说说自己的烦心事。因为这个地方，除了他可以说话，就没有别人了。

寨门往北走，有一处突出来的大岩石，站在上面可以看见进山的人。六点了，山林里已经起了一层雾霭，虽然薄薄的，但也有些许凉意。苏璞抱着胳膊，坐在石块上，盯着进山的小路。小路上终于响起叮叮当当的声音，那不是铃声，那是破旧的自行车全身在颤抖。

第一辆自行车出现了，冲得很快，紧接着又是一辆，然后车队就像鱼儿一样，成群结队地出现了。可是等了好久都没有看见弟弟，弟弟长得有点儿横式，高、胖，他骑自行车那架势，真像猛虎下山。虽然隔了好几百米，但也一定能分辨得出来。

天已经完全黑下来了，还是没有看见弟弟，苏璞只好回家，却在家门口碰见来给她弟弟捎信的黑虎。他说弟弟这周不回来了，老师挑了二十个学生在突击补课，弟弟让他把生活费带去。

"考一中的梯队吧？"妈一高兴，连"梯队"这个时髦的词都会说。她连忙从裤兜里掏出三十块递给黑虎，黑虎正准备接，她又掏了十块加上去，说："哎，这最后半年要冲刺，要加强营养！再多加十块，让他别省着舍不得吃啊！"

苏璞没有讲话，只是怅然若失，这周又不回来了，又看不见那个爱说爱笑、能为她排遣寂寞的弟弟了。

草草吃过晚饭，整个山村就都沉到深深的梦乡之中了。下雨了，听雨点滴滴答答打在屋瓦上，苏璞也慢慢地进入了梦乡。

突然，寂静的山村被一阵凶猛的狗叫声惊醒了，狗吠声里夹杂着匆匆忙忙的脚步声。脚步来到苏璞家门口，猛烈地拍着她家的门。苏璞拉亮电灯，竖着耳朵听着，爷爷披衣起床，趿着拖鞋，拉开门闩，开了门。

"我们找苏老师……"来人是几个妇女，为首的那个说，"我们是伯家垭的……"

"苏老师睡了，你们有什么事？"爷爷问。

"子薇'僵着人'了！我们要请苏老师去一趟……"

苏璞心里一惊。"僵着人"是一种迷信的说法，小时候听奶奶说过，指的是鬼魂用一种极端的方法附着在活着的人身上，僵人的都是一些非正常死亡的亡魂，要么是短寿的夭折的，要么是有仇有怨，有话要说。

爷爷把来人让进屋，都是伯家垭的，爷爷跟他们也算是熟人。来人说被僵着的人连连喊着"苏老师"，她们还反复跟爷爷保证，请苏老师去去就回，爷爷只好答应了。

四五个女人等在门外，还有几个男人举着火把等在寨子口。风凄厉地嘶鸣着，夜色浓得化不开，山坳里只有看林人亮着点点灯火。一路上大家都沉默着，他们把苏璞夹在中间。男人们在前面走得很快，不到平时的一半时间，就到了伯家垭。

伯家垭全部村民都姓伯，都有着或远或近的血缘关系。村主任老婆出事了，几乎全村人都聚集到村主任家。

"苏老师！苏老师来了！快，快，快让子薇走吧！玉米娘难受得不行了！"村民们看到苏璞来了，纷纷嚷道，并自觉地让出一条道。大概"玉米"就是村主任老婆的名字吧，"娘"是辈分。

还在门口，苏璞就看见一个肥胖的女人跪在地上，一屋子人都围着她一筹莫展。

苏璞赶忙往前走了两步，发现那个女人正扶着一张靠背椅跪坐在地上，披头散发，正在痛苦地呻吟。她背朝着苏璞，一只胳膊搭在椅子上，一只胳膊无力地垂在腿旁，这寒天冷冻的，她竟然只穿了一件小圆领汗衫，还热得头顶呼呼地冒气。苏璞转到她前面，想看个究竟，哪知她突然一跃而起，抓住苏璞的肩膀，一使劲，就把她掀翻在地上。

围观的人群惊叫了一声，往后退了几步。

苏璞被摔在地上，屁股生疼生疼的。她没经历过这种事，还不知道怕。她呆呆地看着玉米娘，这才看见，这个女人大概已经神志不清了，她的眼睛向上翻着，白多黑少，脸也歪了，嘴角滋滋地吐着白泡。这是子薇吗？她还呆坐在地上不知道起来。

"苏老师……"突然，那个从未谋面的女人，捏着嗓子向她喊起来，声音竟然和伯子薇一模一样！能一模一样吗？一个四五十岁的女人和九岁小孩的声音一样？苏璞怀疑是自己的耳朵出了毛病，她惊恐地向四周望去，希望寻找到一双眼睛，帮她解答。可周围的村民们战战兢兢地围在旁边，想看热闹，又害怕，都缩着脖子呆滞地看着苏璞。她被他们的紧张和恐惧感染了。

"苏老师……"那个女人又喊了一声，声音和伯子薇一模一样，苏璞感到自己头皮一紧，手背上的汗毛就竖了起来。突然间，那个女人媚笑着迅速向她扑来。

"啊！"苏璞大叫一声，跳了起来，左腾右挪地躲闪着。可躲到哪，村民就往后退，让她无处藏身,那个女人一眼就找到了她。

"啊！"苏璞又惊叫一声，那个女人抓住了她，照着她的手背就是一口，正好咬在是伯子薇牵过的那个地方。"哇……"她大叫起来，用尽全身的力气去扒她的嘴，可哪里扒得动！

村里没一个人上来制止，一些年长的男人纷纷摇头，说："唉，就是年轻，没经过事！你要快叫她走啊！快叫她走啊！"

那个女人死死咬着不松口，疼得苏璞眼冒金星，似要昏厥过去。一村子人全看着苏璞这个外姓人遭罪，就是没人上来帮她一下。几个苏璞认识的家长，也躲在人堆里不愿伸出手来帮她一把。

苏璞是没经过事的，但爷爷见多识广。爷爷躺在床上还是不放心，把奶奶和妈妈喊起来了，在门口的地上对着伯家垭的方向画十字，焚香祷告。那个女人一翻白眼，仰面向后倒去。惊魂未定的苏璞按老人们教的喊道：

"子薇，子薇，你走吧！回去吧！这里不是你待的地方……"

"儿啊，回去吧，回去吧……"子薇的父母也齐齐跪倒在地上哭喊。

老村长把女人接在怀里，女人的眼珠子转了转，脸上的潮红褪了些，似有些活气转过来。

"男人们都进来，女人都出去！"老村长一声令下，女人们纷纷往外撤，苏璞站着不知自己是不是也要退出去。可这时候那个女人呆滞着眼神，朝她看了一眼，又细声细气地说：

"苏老师，我不想走……我不想走……那天我根本就不该走的……那天，老天爷本不是要收我的……那是我第一次坐汽车啊……"

苏璞脊背一阵发凉，彻骨的寒气迅速贯穿到了头顶，她一阵哆嗦，晕了过去……

十

眼看着两个小时过去了，苏璞还没有回来，爷爷不放心，叫上了隔壁的三老爹，找到柏家垭。那时候苏璞已经醒了，几个家长把她扶到椅子上，给她灌了点姜汤，她就醒过来了。

爷爷知道苏璞受了一遭罪，很生气！柏家垭的村主任知道爷爷不高兴，连忙赔礼道歉，又是端茶又是递烟，爷爷一律推开了。

"伯老弟，我听说是你老婆被僵了，才让小玉儿过来的，可你是怎么款待她的啊？"爷爷沉着脸说。真不愧是当年有名的说书艺人，字字铿锵。

"老哥啊，对不住，对不住了！也是我这个没用的，没阳气降不住鬼神啊！这你弟媳她折腾了一晚上，硬是跳啊、骂啊、说啊，一晚上不消停！我也是没办法才出此下策的啊！还忘老哥你宽容宽容啊！"村主任说得恳切，亲自拿着打火机给爷爷敬烟。爷爷也不好再说什么，接了烟让村主任点上火。

村主任老婆好像有意要配合村主任的说辞似的，休息了片刻又卷土重来。她先是一使劲，把手边的东西摔在地上，然后头一仰，眼睛一翻，嘴里就哼哼唧唧起来。

村主任连忙跑过去抱住她，又掐她的人中，又拿大巴掌抽她，她还是醒不过来，嘤嘤地哭着。

还是爷爷见多识广，他从神龛上拿来没有用完的香烛纸钱，在地上画了七个圈，焚烧起来。年岁稍长的村民见此情形，就三三两两地在爷爷身后跪了下来。

焚烧片刻后，爷爷高声朗朗：

"一年四季地门开，牛头马面站两排。阎王拿着生死簿，黑白无常勾魂来。鬼魂不论老与少，黄泉路上无黑白……"

人群安静下来，玉米娘也安静下来。只听爷爷又用一种古老的腔调朗声唱道：

会唱歌的小妹哟，

会说话的老哥哟，

人生为什么要衰老？

人世为什么有死亡？

为什么死亡面前不分老幼哟？

我在青天还没有活够！

娇滴滴的妹妹哟，

强壮壮的哥哥哟，

不死没有地方住呀，

不老没有地方活。

一代死了一代生呀，

一辈走了一辈青呀，

这才是人世，这才是轮回啊！

该走的走吧，该来的来！

该走的莫不舍呀！该回的莫留恋呀！

这才是人世呀，这才是轮回！

爷爷唱了两遍，玉米娘脸上的气色红润过来，渐渐不闹了，也知道喊冷喊饿了。

村主任高兴极了："还是你老哥有办法！"又是恭维，又是敬酒敬烟，爷爷一律不受，辞了众人，带着苏璞回家了。可那支古老的歌曲一直在苏璞的耳朵边回响：一辈走了一辈青，这才是轮回……

十一

回到家，爷爷也不作声，他是怪自己，怪自己生的儿子不多，人家敢欺负他的孙女儿。他气呼呼地要打电话给爸爸，让爸爸找人回来修理村主任，妈妈拦住了，说："那个病秧子能打架啊？您是不是要他去送命啊？他那条瘦命，人家还不想要呢！"

爷爷一口气憋在心里，极不舒服，就埋头作声，不说话。

红薯收了，田野静下来了。霜降了，就染红了整座整座的山头，红的、黄的、橙的……那颜色五彩斑斓，一蓬一蓬，一丛一丛，热烈绚烂，那深山峡谷，更是美得醉人。那是大地积聚了所有的力量，所有的色彩，要在这个季节喷薄而出。

可爷爷不愿意休息，先是犁地、耕田，把收过庄稼的田地犁一遍，让土壤翻过来晒着，又给每一块田地挑足土肥，把肥料晒干，撒在地里，又细细地耙一遍。霜降过后，就要种油菜和麦子，他要把底肥施得足足的。

爷爷在山下劳作时，遇到了回家过双休的晓荷，他喊她上来陪苏璞。

"听你爷爷讲了你的遭遇，你可够倒霉的！"寒暄一阵后，晓荷问，"你就没想调个地方？这地方根本就不是年轻人待的……不过，镇上也不行，同样的工作，镇上比县城一个月少好几百块的工资呢！"

苏璞还没来得及回答。突然山下一串急躁地喊声："快来人啊！快来人啊！苏老爹吐血了！"

苏璞跑下山去，爷爷趴在地上，不知还有没有气，围观的人都不敢动。苏璞跑过去把爷爷扶起来，爷爷的血流满面，紫红的鲜血已经在脸上结了痂，可伤口暴着，还在丝丝往外渗着血。这么冷的天，爷爷栽倒在地上，他的身体已经发凉了。苏璞握着他的手指，冰冷得像一块生铁，连弯曲都不能。

可爷爷还没死，他睁开了眼睛，微弱地动了一下嘴唇，嘴里很干，两只嘴唇像被粘住了一样，无力地张开，又缓缓地闭上。——没死也丢了半条命。

"快拿水来！快拿水来！"晓荷急得大叫。

水来了，苏璞送到爷爷嘴边，可他不知道张嘴。他浑浊的老眼里已经看不见任何东西了，只是茫然地张着。苏璞从来没见过硬朗的爷爷这副无助的样子。

爷爷在半山坡耙地，准备把地耙最后一遍，然后撒菜籽。可耕牛不听话，爷爷气不过，拿鞭子抽了它几下。那牛也不服，暴跳起来，拖着耙就往前奔。爷爷气喘吁吁地追上去，又用拐杖抽了它几下，气接不上来，人一用力，喷了一口血，就栽倒在地上了。

爷爷老了！尽管爷爷不同意、不愿意，可他还是老了！苏璞心酸地想。

"快去卫生院吧！"三老爹来了，他把爷爷常坐的躺椅扛下来了。他想把爷爷扶上躺椅，好抬，可爷爷已经不知道迈步子了，两条腿无力地在地上拖。苏璞心里生出巨大的恐惧来，从来没有过的绝望完全占据了她的心。

爷爷被抬上了躺椅，高大的他窝在躺椅里，只那么一点点，像一个瘦小的孩子。他的一双脚，穿着弟弟的旧球鞋，掉在下面甩啊甩。

走了十五里山路，爷爷被抬到镇上的卫生院。嘴唇上磕破的伤口很小，已经没有流血了。医生吊了两瓶盐水，他缓过劲来。他醒了，就要抽烟，要回家了。医生不让，说吐血的原因还没查出来。

拍了两个片子，又做了进一步的检查，果然，爷爷的肺也有问题：肺癌晚期。

爸爸回了，亲戚朋友都来了，弟弟也来了。弟弟在医院里大发雷霆，埋怨妈妈没把爷爷看好，为什么那么冷的天不在家休息，还非要不停地做事！如果不是不停地做事，爷爷怎么会累？如果不是太累，硬朗的爷爷怎么会突然得上肺癌？如果不是怄气，怎么会吐血倒在地上过了好久才被人发现？

爷爷不管他，他要回家。他说："伢呢，人活一百岁也是要走那条路的啊！"

苏璞不让，她哭起来，说："是我没照顾好爷爷！怪我！怪我！都怪我！"

苏璞筹了钱，把爷爷在医院里安顿下来。临近考试了，她也得回学校上课。白天上课，放学后她就踩自行车走十几里路来镇上照顾爷爷。医院没陪床，她和妈妈就轮流住在晓荷的寝室里。

在爷爷的病床边，苏璞收到了采茵的来信，她竟然没有通过县教育局的面试！这一切，只让她觉得荒谬和可笑。不过也好，她正好可以回到男友身边。随后的几天，她又收到了采茵寄来的汇款单，整整一千二百元，苏璞想了想，收下了。

岑晓荷借了五百元给她，她也接了。"我们这边，工资还是要高一点的。"晓荷说。

"三鼻子"和施校长都来医院看爷爷，临走时施印还给了苏璞三百元，苏璞犹豫了一下，还是接了。

爷爷看病要钱，没什么尊严比人的生命还重要。

苏璞和爸爸开着三轮车，把爷爷种的土豆和红薯拖到县城里去卖。苏璞抚摸着滚圆的土豆，多好的土豆啊，可这么好的土豆也不过卖了一千多块钱。

苏璞的眼前浮现出爷爷愁苦的双眼……我们为什么要生活得这么穷苦？为什么？为什么？她问自己，没有人回答。

妈妈接替苏璞的时候，她到弟弟的学校转了转，发现弟弟正沉着一张脸挨老师的批评。一向聪明好学的弟弟怎会挨老师的批评？

爷爷还是回家了，弟弟也不补课了，他整个寒假都在家陪着爷爷。

这个春节，她和弟弟整天陪着爷爷。天气晴朗的时候，姐弟俩陪着爷爷在田地里转悠，爷爷还坚持自己扛着锄头。油菜和小麦都种下去了，妈妈抽空种的，弟弟拿着弹弓打偷吃的鸟儿。爷爷看见麦苗从松软而温暖的土地里钻出来，阳光穿过山梁、穿过田埂、穿过田埂上的白桦树，照在青嫩的麦苗上，照在爷爷花白的胡茬上，他露出了满足的笑容。

天气阴冷的时候，他们就在家里烤火，看着太平岭对面的山野和林子，看着白桦林脱去金灿灿的衣裳，卸下最后一片金黄的装扮，亭亭玉立地挺立在山岗上。多美的白桦林啊！苏璞想。

最后，雪落下来了，落在房子上、树木上、山林上、田野上，一切都白了。喜鹊喳喳叫着，在门前的雪地上蹦跳着觅食。

弟弟一大早起来，给爷爷念小学时学过的课文："下了一场雪，地上白了，树上白了，房子上也白了……"弟弟故意把"也"字念得很重。

弟弟又念："冬天麦盖三层被，来年枕着馒头睡。"

爷爷高兴地笑了，他看着苏璞和弟弟在门口打了一场雪仗，最后，爷爷把爸爸、妈妈和奶奶托付给她和弟弟。弟弟伏在爷爷腿上哭了。

到了第二年春暖花开的时候，爷爷走了。肺属木，爷爷的肺没能像春天的山野那样苏醒过来。送走爷爷没花多少钱，因为爷爷说了"一切从简"。爷爷的挽联是苏璞写的，俊逸的毛笔字在山野里飘啊飘啊……

第二年五月的时候，各种粉的、紫的野花开遍了整个山野，山上、水塘边，田埂上，到处都是，开得蓬蓬勃勃，绚丽烂漫。农忙又开始了，苏璞和弟弟在田里插秧，可是已经没有爷爷挑秧打秧了。苏璞看见爷爷砍过的那丛野蔷薇，又发了芽，还开了花，可因为爷爷砍得太深，伤了根。它长得太孱弱了，枝叶瘦瘦的，花也惨白惨白的，不知它还能不能熬得过今年的酷暑严冬。

苏璞去找施印了，在一个施印没回家的周末。晓荷跟她讲过"三鼻子"侄女的调动，那个女孩只跟施印见过几次面，知道他能帮上忙，就托"三鼻子"联系他，求他帮忙。施印也热心，就天天晚上带着她往城里跑，跑了一个暑假，竟然就办成了。

"有那么容易吗？就那么容易吗？"苏璞半信半疑。

"你可以试试嘛！"晓荷说，"反正我是准备去试试的！"

苏璞还有些犹豫，晓荷又说："唉，我反正是看透了，人生啊，爱情啊，就那么回事，只有钱才是真的，钱才能抓在手上。花时间、花精力谈恋爱，又能怎么样呢？到头来还不是一场空，还不如……"

苏璞还有些犹豫，晓荷又说："一个女人的漂亮，是把双刃剑。如果你不想把它变成前进路上的武器，那么它就会成为你的包袱。"

这句话意味深长，苏璞记住了。

那天施印还没有起床，他听见是苏璞的声音，就说："等一下。"然后他换了件衣服出来了。苏璞看见他穿着一件淡绿色的T恤和一条黑色的沙滩裤。

苏璞愣了一下，有点儿眼熟，脑袋晃了晃，想起来了，是那个……偷看她洗澡的人。

栾树 栾树

一

水来的时候，小英和栾鹰正在睡觉。

暑热刚下去，两个孩子才睡着，村里那久已不用的铜锣却心惊肉跳地响了起来。惊恐的声音撕碎了黑夜，余音在夜里颤抖着，传得很远。

小英一翻身坐了起来，侧着耳朵，就听到钵满叔的声音由远及近："水来了水来了！赶快收拾东西逃命！不要家畜不要粮食，人命更值钱。"

水来了，水终于来了，这防汛防了半个多月，水终于来了，小英一边扑到床那头喊两个孩子，一边轻轻地颤抖起来。小英的老家在山里，她没见过这么多的雨，更没见过这种天破了似的下法。

"粮食？家畜？哪还有？笼里还有两只留着过年的鸡，要不抓上？"栾鹰一边嘀咕，一边懒洋洋穿上汗衫。

两个孩子刚睡着就被叫醒，有点愣头愣脑。小树一边揉眼睛还一边咂嘴，大概刚梦见在吃什么好吃的吧。樱子到底大他几岁，坐在床沿迷瞪着，但一看见小英慌神的样子就醒过来了。她扑到床边抓了连衣裙就往身上套，然后哧溜一下就滑下了床，左脚踩在鞋上，右脚就去找另一只鞋子。等小英把小树的衣服穿好，她已提了弟弟的鞋在床边等着。小英接过鞋，她又一转身，从抽屉里拿出自己装零花钱的小包，往身上一挎，就定定地站在一边等爸妈了。栾鹰天性乐观，不急不躁，一边打着呵欠，一边坐在凳子上穿鞋。看他一个扣眼一个扣眼地扯鞋带时，樱子才像想起什么似的，站到镜子前，把头发披散开来，开始梳辫子。樱子有一头浓密的黑头发，这一点，她随小英。

终于收拾好了，小英努力想要克服的颤抖似乎好点了，至少粗心的栾鹰并未发现。如果他发现了，肯定要笑话她的。小英一边想，一边拉了小树的手往外走。"钥匙，钱包，身份证……""还要什么钥匙呢？水一来，想从哪儿进就从哪儿进！"栾鹰撇撇嘴，不忘补上一句。

"好像这不是你家似的。"小英小声还了一句，"我是叫你放轻松，没什么大不了的，只要人还在，身份证丢了有什么要紧！难道你还不认识我，我还不认识你？是你不让我进门了呢，还是我不让你进门？"栾鹰拍了一下妻子的头，就一把把小树抱了起来。
"爸爸，那你要从哪里进？"小树问了句。"我觉得，咱们可以坐爸爸的挖土机，"樱子抢着说，"可以从楼上'天降神兵'，你说呢，爸爸？"

"对。"栾鹰说着，一把拉了樱子，朝院里走去。

一出门，钵满叔的烟嗓子就从远处喊了过来。他站在皮卡上，拿着个大喇叭，在湿润的水汽中，一边冲村民们高喊"尽快转移，尽快转移"，一边向车下吐出一口口浓痰。

栾鹰打开院门，等着钵满叔的车过来，向钵满叔和司机各丢了一支烟，问："钵满叔，哪里决堤了？"

"哪能！还没，但也快了。上面说叫尽快转移，准备随时泄洪。"不知是刚又下过雨，还是夜里水汽太重，钵满叔虽披着雨衣，但头发还是湿了，一缕一缕贴着额头，滴下水来。说话间，他点上烟，往别处去了。

远远近近都亮起了灯，隐在湖泊和柳树后面的湾子都在夜色里浮现出来了。这些年，农村像田地一样，荒芜了，这会儿倒显现出一种虚幻的喧闹来了。大路上不时有一闪而过的摩托，都是老人带着孩子奔往临时安置所，大人们面色凝重，沉默中带着不安和焦躁；孩子们反倒因为从没起这么早，没见过这般景色，显现出一种天真的兴奋。

栾鹰把自家的越野车打开，小英把两个孩子塞到后座，自己也坐了上去。刚刚关上车门，就听到邻居葛大妈拍着院墙尖声喊："小英小英！"

小英连忙喊住栾鹰。

"小英呀，你看你家多好，有车，风不吹雨不打的！"葛大妈踮着脚跟趴在院墙上朝小英家的车喊道。

小英心里明白了，说："葛大妈，车上正好还有两个空位子，要不叫你家朵儿果儿一块儿走？"

小英的话还没说完，两个孩子便像两只灵巧的小动物，一眨眼就从门缝里蹦了出来，欢天喜地地跳上了他们家的越野车。小英赶紧关好车门，挤到前座，车就出发了。

二

车子在黑暗中前行，悄无声息地穿过一个又一个村庄，二十分钟后，他们到达了镇中学。闲置的教室已打扫过，摆上十几张简易折叠床，铺上草席，放上简单的生活用品，就是一家人的安身之所了。小英一家齐齐整整走进来时，吸引了老老少少的目光，在农村，像他们这样的年轻夫妇已不多见了。

小英一边跟老人们寒暄，一边把背包放在墙角，安顿孩子们睡下来。屋顶的灯开着，不断有人进出，人们带来满身的风雨，也带来了怨气。小英睡不着，但也没坐起来。与其他人的忧心忡忡相比，小英要好受一点，毕竟她家不是靠天吃饭。栾鹰承包了湾里的几口鱼塘，后来又在镇上开挖机，这几年镇上大兴土木，过生活是不成问题了。春天接连下雨的时候，栾鹰就把鱼一点一点打上来卖了，又不顾小英的反对，买了辆越野车，除了自己用，偶尔也跑一下客运。按照小英的意思，她是不会这么张扬的。在这里，哪家吃肉一庄人都闻得到肉香，不然会遭人嫉恨的。

一个多小时后，大部队到了，人们悄无声息地在教室里移动着，寻找剩下的空床。葛大妈也找到了两个孙子，她爬上床没有睡，而是靠墙坐了下来，轻声叹了口气。

葛大妈要强，却偏偏人强命不强。几个儿子女儿过得都不甚好，她偏偏要硬撑着，这撑着撑着，就撑出怪脾气来了。比如说，凡事她讲究两个字，一个"礼"，一个"理"，全村上下，要是哪个小孩在碰到她时没有喊一声"葛奶奶"，或是该喊"太奶奶"而掉了一个"太"字时，她是要唠叨半天的。更重要的是，凡事她都不会直说，绕来绕去，直到别人恍然大悟。

小英刚嫁过来那会儿，葛大妈来借蒜，从栾鹰一年的工价到她娘家的哥嫂，从她爸妈怎么早早过世的到明天要下雨，再到年底要修庙，一直说，屁股像粘在凳子上一样，就是不走。小英才一拍脑袋想到：前几天她隔着院墙跟她说过，她家的蒜没了。小英赶紧去墙上扯了两头大蒜塞给她，客气话都来不及说，就奔厕所里去了。——葛大妈的一席话，已经说了大半个钟头。

从那以后，小英跟葛大妈打交道，凡事都往深里想：她说天上的云朵，她就想到她家地里的棉花——是不是地里的棉花要我帮忙捡？说天上的雨，她就想，是不是她们家地干了或排水沟堵了？有一回她竟然联想到她孙子的眼泪了，但更令人惊诧的是，竟然对了！一问，是小树在村后打了果儿，还把他给打哭了。

小英就用这种扩散思维跟葛大妈打交道，果然相安无事；又继而用这种方法跟栾家湾所有老少打交道，十年过去了，她赢得了栾家湾第一媳妇的名声。

"你这样累不累啊？"栾鹰问她。

"累，但太平。"小英回答。栾鹰便心里一暖，翻过身来抱住了她。

这会儿，这第一媳妇正扁着身子躺在角落里，连身也不敢多翻，怕触动了大家的怒气。可栾鹰一直在床上跷着二郎腿，旁若无人地玩着手机，时不时还要把腿晃动一下。在床上也能跷二郎腿，这说明他是十足的懒溜子，这是二姐的话。二姐说这话时，小英只笑眯眯地看着栾鹰，二姐就抿嘴笑了。栾鹰说："姐，你总说你好，你看，我媳妇对我更好吧？"二姐白了他一眼就走了："知道你们好，整个栾家湾，谁不知道你们好呢？"

这会儿，小英想叫栾鹰别这副样子，人家心里都烦着呢，这样不是讨人嫌吗？可冲他招了半天手，他却没看见，她想伸腿过去踢他，又怕被人看见了误会，只好随他去了。

三

从住进来那晚开始，雨就没有停过，所有人都在等待着泄洪的最后命令，所有人都窝在小角落里想着自己的心事。

小英爬到教学楼顶上看过了，四周都是黄汤汤一片，雨水从河湾和池塘里漫出来，涌向田野；四野里一片模糊，早已分不清哪里是道路，哪里是良田，哪里是水域了。看到水黄汤汤急哄哄的样子，小英腿软了。她想望一望栾家湾，望到了栾家湾，就能望到她家两层半的白瓷砖红屋顶小洋楼，还有家门口一左一右那两棵高大的栾树了。以往的夏天，蓝天白云，绿田野红屋顶，栾树在村口的风里招展，再过两个月，到了秋天，就该长出长长的淡黄色花穗，结出一嘟噜一嘟噜繁盛的种子来了。

躺在二楼的床上，听那种子在风里摇晃，就好像一串一串的铜钱在耳边沙沙摇动，难怪这里的人把栾树叫金雨树。

小英是在南方打工时认识栾鹰的。

在他之前，她还处过一个男朋友。不过，用她自己的话来说，"那是不会有什么好结果的"。谈了一年，男朋友还没有要结婚的意思。特别是去了他家之后，他的家人对什么事都无所谓的态度，让小英感到害怕。

一个偶然的机会，小英去厂子附近的副食店买水果。那是那片城中村唯一的超市，附近聚集着大量的工厂，也聚集着许许多多像栾鹰和小英这样的打工仔打工妹。小英遇到了在那里打长途电话的栾鹰，他生得魁梧健壮，汗衫和短裤外露出的肌肉，让小英看了脸红。他目光明亮，看人的时候，不回避人的眼神，还带着微笑。打完电话后，他帮小英挑了几个桃子和几个苹果，然后骑车把她送回了宿舍。小英在后座懵懵懂懂地坐着，心想，这大概就是我要找的人吧，温暖，踏实。宿舍到了，小英下了车，什么也没说，她心里想，完了，错过了，可她还是什么也说不出来。这样闷闷地过了一天，两天，第三天是周末，栾鹰来找她了。在厂门口，他跟他的几个同乡吹牛，眼睛却在留心进出的女工。看到小英，他立即丢下同乡，跑过来跟她打招呼。小英心里的石头落地了。

　　没费什么力，小英就跟前男友分开了。他们开始了，可小英心底总隐隐地不踏实——是处女，处女情结。想了好久，小英终于明白，自己在担心这个。她跟前男友有过几次不成功的尝试，那让她疼痛、羞耻，紧接着是如影随形且再也摆脱不了的不安。因此，小英尽可能地推迟着和栾鹰亲近的时间，直到那天。

　　那是难得的一天，小英休息，栾鹰也休息，两人逛了街，还看了电影。看完电影出来已是午夜，栾鹰拉着小英的手，在公园门口的大排档，两人吃了点儿东西。栾鹰一个劲儿地喝酒，其实他心里在打鼓在紧张，他不知该往哪里去。看他喝了一瓶，又开了一瓶，小英想拦他，但终于没有。她喜欢看他喝酒时充满着男子气概的样子。

　　栾鹰喝完了五瓶啤酒，终于没有再要，结了账，但他并没有要回去的意思，而是拉着小英往公园深处走。他怎么想的，小英不是不知道。但回去宿舍也关门了吧，小英想，只要自己咬定牙关坚决说不，他不会那什么的吧？

　　栾鹰拉着她，走了很远，穿过假山，穿过湖边的回廊，穿过紫荆树林，他始终没有勇气停下来。到了一片夹竹桃树林后，小英实在不敢往前走了，再往后走就是一片黑黝黝的树林，白天都显得有些阴森，何况是接近午夜的晚上。栾鹰也不是想带她去那里，只是他暂时还不想停下来。他不知道自己要干吗，身体里有渴望和冲动，但他还没想好今晚到底要不要发生点什么，在这里，或者在别的什么地方。他摸不准小英的心，也不知道这种试探会不会让小英恼怒。

柔软的春草清香的晚上，两个年轻人并排坐着。小英没有过多的举动，他抱着她，在探索、在进攻。小英只是由他抱着，勾着他的肩，不让自己倒下来。她咬着牙，没有发出任何声音和颤抖。渐渐地，栾鹰脸涨红了，手上嘴上更用力了，喉咙里发出低沉的怒吼。小英扳过他的头，借着远处昏暗的路灯，看到他涨红的脸和眼里的红血丝。"你怎么了？"她害怕了，他不答，只是把她的手拉着往下，刚触碰到，她的手就弹了回来，再拉，她就不允了，只是死死地抱着他宽厚的背。栾鹰无法，只得抱着她，把头埋在她怀里，一双手恨不得把她的纤腰捏碎。小英把双手往上挪，摸到他的脸，他的耳朵根子发烫，脸发烫，腮帮子绷得紧紧的，脖子上的青筋根根在手指底下暴起。

"好吧，你想要，那就给你吧。"小英说。

栾鹰喜出望外，可小英是带了点儿献祭感的。她双手贴着栾鹰的背，手指感受到男性身体的美妙——他结实而富有弹性，正随着他的动作紧绷。但小英只是抱着他，整个过程中没有动一下，也没有发出任何的声响和回应。栾鹰无需她指引，但也仍在摸索。他偶尔抬起头来，冲她羞赧地一笑。小英已忘了恨那个不由分说夺去她第一次的人，只有对栾鹰生出莫名的心疼。借着湖水上反射过来的低低的灯光，她看到栾鹰的头发湿了，汗水汇集在眉心，然后一滴一滴甩到她身上。她很想伸出手去给他擦一擦，但是终于没有。如果能跟这样一个男人，做一世的夫妻，该有多好。小英想着，心里都有点儿绝望。

很快，栾鹰偃旗息鼓了。他把眉头拧紧，手上使出千钧力气，随着喉咙里发出一声低沉的吼声，身体松弛下来。

他翻过身去，把身体摔在草地上，慢慢喘匀了气——世界很静很静，也很漫长，小英听不到围墙外的车水马龙，听不到湖水拍岸，听不到春虫鸣叫，耳朵里只有栾鹰粗重的呼吸，一起一伏，一声又一声。她静静听着，等待着他的下一声呼吸响起。她更期待的是他的下一句话、下一个动作，那关系到他们有没有一辈子，也关系到那一辈子以什么样的方式相处。——栾鹰扭过头来，看着小英的眼睛，略带羞赧地一笑——这孩子气十足的一笑，把要表达的都表达了。

这一笑，也注定小英会成为栾家湾的媳妇。她不再不安，开始以栾鹰的女朋友自居，大大方方地对他好。

多少年后，二姐无意中提起栾鹰的两个前女友来到家里如何如何，小英心里咯噔一下，到家里来过？但也仅仅是咯噔一下，很快就过去了。那和那是不一样的，她想。

是什么不一样呢？仅仅因为他是男人吗？

多年以后，当门前栾树的叶子落了又生、生了又落，日子过得像左手牵右手一样波澜不惊，小英却能一眼从两个孩子的五官中找到属于栾鹰的那部分并以此为乐的时候，她知道，那绝不可能是因为别的什么，只可能是因为爱。因为爱，她不能忍受一家人片刻的分离。

四

雨下到后来的时候，人就有点懒了，是那种骨子里透出来的酸软，干什么都没有力气，懒洋洋地，一天到晚睡，却还像没睡醒似的。

"这雨，吵人哩。"葛大妈说。

"是啊，我都活了八十多岁了，没见过这种下法。"斜对面床铺的王老太说。

然后两个老人同时叹了口气。

小英也有点按捺不住了，不是没来由地觉得悲伤，就是想发火，一股无名之火由脚底直蹿心脏，再就是无端地想家，想自己的小家，或者想千里之外的那个娘家。很多人开始聚在门口打"上大人"，不带彩，只用扑克牌计分。乡镇干部看到了也只装没看到的，有什么办法呢，这么多人，每天吃了睡、睡了吃，不搞点什么娱乐不生事才怪呢。栾鹰是早就坐不住了，开始的三两天还教孩子们在屋檐下钓青蛙，后来就玩腻了，已经蹚水去镇上三五次了。他每次带回来些新闻。一次说哪里冲倒了房子，空心墙里露出来祖上藏在里面的半块金砖。一次说一个孤寡老太太养一头老母猪单独住在村头，水来了，老母猪驮着老太太游了出来。但老太太吓病了，躺在床上起不来，老母猪围着床嗷嗷叫，还流下了眼泪。再一次说，某地被水围困了，一家怀孕的媳妇却发作了，正在性命攸关的时刻，抢险官兵及时赶到，把孕妇送往医院，平安诞下一个大胖小子。医生说再晚来一步就危险了，结果丈夫一激动，非要儿子跟官兵姓。

"啊？"葛大妈和王老太四目相对，一愣，继而马上又笑了。

"你信他？别信他，满嘴就没一句真话。"葛大妈笑了，手里飞针走线。现在农村人不兴纳鞋底，兴钩棉拖鞋了，她钩了一双又一双，儿子、媳妇、女儿、女婿、孙子、外孙，后来还连带他们的同学、朋友、上司也穿上了她钩的棉拖鞋。

"我信，我怎么不信呢？我孙子也爱开个玩笑。不过呀，他不跟我开，只跟他的那帮狐朋酒友开。"王老太撇撇嘴。王老太八十多了，带着重孙子住在安置点，重孙子的奶奶——也就是她的儿媳，也五十多了，在省城做保洁。一家四口人在外打工，想给体弱多病的孙子在县城买套房子，好把重孙接过去读书。

"唉，你们怎么就不信呢？我说的可是真事——新闻！不是编的！"栾鹰急了，可两个老人不理他了，一边打着呵欠，一边说起了别的。

葛大妈想趁躲水这段时间多钩几双鞋，好送给女儿打工的那家饭馆老板，顺便也给领班送两双。她希望领班能照顾点女儿——即使不能照顾，至少不要再欺负她。她的女儿和小英同岁，却没小英那好的福气，小两口不像小英和栾鹰这么恩爱……从进安置点以来，王老太的一双眼睛一直在这对年轻夫妻身上。她同意大家说的，栾鹰能干、嘴甜、手勤，然而她觉得这个家真正掌舵的，是小英。没有小英，栾鹰早就撒把儿了。外面得有个好抓手，她把蒲扇从右手换到左手，伸出枯瘦的手来刨了刨，表示赚钱；里面还得有个好把手，她又把蒲扇从左手换到右手，狠狠捏住，表示掌家。关键呀，还得这个抓手肯听这个把手的。王老太羡慕小英，打骨子里羡慕，替儿子孙子羡慕，也替自己羡慕。自己年轻那会儿，怎么没能把日子过成这样呢？她想。

"爸爸，我相信你！"小树不知道从哪里冒出来了，抱着栾鹰的大腿，仰着脑袋看着他。

"真是我的乖儿子。"栾鹰摸着他的头，弯下腰来亲了他一口，又把他抱到床上，呵他的痒痒，又教他练拳击。

小英进栾家门的时候，栾鹰的父母都已经过世了，婚礼是二姐帮忙操持的，他们欠下了不少债。第二年，他们添了樱子，但第三年，他们就把债还清了。等到樱子四岁的时候，他们又建了新房。

住到新房的第一晚，栾鹰累瘫了。他四肢一摊，就准备打呼噜。可小英趴到他身上，拍着他的脸说："醒醒，醒醒！"脸上带着前所未有的调皮和羞赧——到底是调皮，还是羞赧，栾鹰说不清楚，他不解地看着她。

"醒醒，醒醒！"

"嗯？"

"来吧，我想要个儿子。"

"儿子？"

"嗯，儿子！"

栾鹰一听，疲惫一扫而空，一翻身抱住小英，他一边大喊着儿子儿子，一边去扯小英的衣服。这晚上，他一直这样大喊着高歌猛进，果然，后来他们就有了小树。

　　栾鹰家门口的两棵栾树，一棵是樱子周岁时栾鹰在母亲坟前挖的。树是野生的，当时并不知道是什么树，只觉得在灌木丛中十分显眼，十分好看，挖回来栽了两年。等栾树开花了，对花草不敏感的小英才知道，那便是家乡的金雨树。

　　另一棵是生小树那年种的。生完小树没多久，正是春天，村里来了卖树苗的，小英问："有栾树吗？""没有。"但第二天，那人又从村里过，丢了一棵光秃秃还曲里拐弯的棍棒给小英。小英看着只有一条根的棍子，拿在手里一筹莫展。那人挥了挥手，走了，钱都没收。死马当活马医，小英种下了。没几天，这根棍棒竟然抽枝发芽了，在和风细雨的滋润下越长越高。

　　起先，这两棵树并不往一块儿长，为了争取阳光，也因为小树外边是一口井，地势更低一些。"这怎么行呢？"栾鹰说。他砍了几根杉树，把两头削成斜面，一头抵在地上，一头撑着小树。果然，过了一年，小树就向里长了，枝丫伸到大树里头，微风一吹，仿佛两棵树在屋檐下呢喃细语。那是婆婆在跟孙子说话，还是姐弟俩在窃窃私语呢？

　　小英在树下打水、洗菜、剥豆、乘凉，心里莫名踏实和幸福。

　　"这树呀，成了栾家湾最标志的一景儿了！"连最不爱夸人的葛大妈也竖起了大拇指。有一回，她赶集回来，经过栾鹰家门前，歇着气儿，对在院门口等候校车的小英说："我这老骨头，走不动了，老远看见这两棵栾树啊，枝对着枝儿，叶对着叶儿，在风里飘啊飘，我就觉得漂亮，就觉得舒坦，我就有劲儿了。要是咱栾家湾，家家都这样，就漂亮了呀。"

哪能家家这样呢？小英知道，树木要肥料，要雨水，也要人气养的，农村现在没人砍树了，可这些树啊草啊枝啊蔓啊却疯了，一个个蓬头垢面，透着一股疯气。

五

不知怎么了，这雨下着下着，竟突然就停了。

天光散开，云层里透出亮光，千万缕光矛直射下来，人身上顿时就轻松了。老人们丢下"上大人"，揉着胳膊和腿站起来，嘴里直谢天谢地，说雨终于停了，终于停了，没让这把老骨头死在这里。

可没过半天，人们就知道这滋味并不好受。二十来天没露脸的太阳一露脸，就带着邪恶的热情，那灼和热，让人无处躲藏。地上洪水还未全退，到处飘着死耗子野猫野狗的尸体，太阳一照，发出难闻的臭味。下面蒸，上面烤，这滋味，比下雨更难受。

不少人嚷嚷着要回家，镇里干部阻拦不住，也不安排交通工具，说没接到上面的通知，没让撤离，要走要留，自己负责。老人们看了看天，说："在这里，是等死，回家，也是等死，还不如死在自己床上。"便背着包袱往家走了。

看见老人们从齐腰深的水中蹚过，栾鹰心里不好受了。为了及时排水，街上很多窨井盖都打开了，这老胳膊老腿别说冲下去，就是摔一跤，怕也爬不起来了。"等等，等等，"栾鹰大喊着叫住大家，"我有个挖土机，在镇政府院子里，如果大家不嫌慢，我把它开出来，免费送大家回家，没什么优点，就是不沾水，不怕掉到沟里。"

有些老人高兴地留了下来，有些人皱着眉头犹疑一会儿走了。栾鹰把剩下的老人按路线分成两队，一队五个人，不算挤，一天时间送完绰绰有余。当然，更关键的是，这样分，他就可以带上两个孩子去街上见见稀奇了。

信用社、医院、政府大院，都进了水，白墙红墙都泡在水里，到处漂着衣服、拖鞋、木板，还有淹死的牲畜。快一个月没出来了，老人们傻了眼，两个孩子也不作声，只有栾鹰，一路哇哇哇。路上不少灾民拖家带口往外走，脚盆、木筏、救生圈，还有久已不见的各种小船各种工具，都被机灵的老百姓利用上了。

"快看，水陆冲锋舟！"顺着栾鹰努着的下巴，两个孩子看到了一张巨大的泡沫床——用泡沫板拼成，有真床那么大——上面还罩着蚊帐，躺着一个女人和一个刚出生的婴儿，男人穿着橡胶裤，在水中把床往前推。"老哥，你真有创意！"路过时栾鹰不忘朝水中的男人竖起大拇指，男人也拱手一笑，算是接受他的恭维。

"哇，爸爸，你看！"几个人顺着樱子的手指，看到一家农舍的后院，一只母猪顺着斜坡爬到了房顶，四只小猪跟着它嗷嗷直叫，其中一只还爬上了旁边的树杈。

"瞧，小猪都上树了，证明你们的爸爸我是完全靠得住的，你们俩回去要告诉你们妈妈，别再翻我的手机了。"

"妈妈没有翻你的手机。"樱子说。小树马上跟着附和："就是！"

　　栾鹰说这话的时候，小英在安置点连打了三个喷嚏。她哪里翻过他的手机，不过是有时候用他的手机上上网而已。当然，栾鹰的那张嘴，哪能闲着！

　　这天中午，栾鹰吃过中饭就不见了，直到天黑，他才带着两个精疲力尽的孩子回来。回来时，他提了一桶鱼，又从裤兜里搜出一大把百元大钞。

　　"这是怎么了？路上捡到金娃娃了？"王老太摇着蒲扇过来了，在安置点，一个屋檐下，容不得人有秘密，何况，栾鹰这事儿也不是秘密。

　　"爸爸……爸爸……爸爸用挖土机拉人，好多人抢着上来……抢着给爸爸钱……"小树很激动，有点语无伦次，但小英听懂了，一定是栾鹰用挖土机渡人时收的钱。正准备问栾鹰怎么能收钱呢，葛大妈就把嘴一撇，说："那不是发国难财？"

　　"不是你们想的那样，我把老人们送上街。街上好多人看到了，不想在水里沤，那水有细菌，又脏又臭，就想拦我的车，我说坐不下，可他们非要争着抢着上来——那十个老人，我可真是一分钱都没收！"

　　"是他们求着爸爸带的，拦着车，把钱举得高高的！"樱子也撇了撇嘴，噘着小嘴在床沿坐了下来。看得出来，一下午的折腾，两个孩子累坏了。

　　"那也不该收钱呀。"葛大妈小声说完，还白了栾鹰一眼。栾鹰没看到，但小英尽收眼底。她没吭声，是不该收钱的，可他们小家小户，开挖土机去街上渡人，那油钱，不是她这个收入的家庭承受得了的。可她没有辩解，因为她知道，葛大妈是听不进她的辩解的。

"他们，他们拦着爸爸的车，两张大红钱一个人……"小树还手舞足蹈地说。小英轻轻瞪了他一眼，他才把更多要破口而出的话咽了下去。

"两百块一个人，不是发国难财是什么？"葛大妈似乎更理直气壮了，声音大了许多。

小英正不知如何是好，栾鹰却把装鱼的水桶举了起来，说："大伙儿别眼红，我还抓了一桶鱼回来，今晚给大伙儿加餐，人人有份，怎样？"小孩子们欢呼起来，这才算把这事儿给带过去了。说话间，他就提了鱼桶去了厨房。这一晚，他亲自做的鱼，鱼肉鲜美，汤汁浓厚，终于没有人再说什么了。

可这事儿，并没完。

六

"媳妇儿。"吃过晚饭，栾鹰没有回自己那边，窝在小英床上，把脖子扭了扭，歪头看向小英这边。

小英看了他一眼，把他的头抬起来，帮他把枕头调整了一下，让他躺得更舒服了些。

栾鹰却顺势抓住她的手，把她往床上扯，他眼里突然冒出一股温热的火光，一边看着小英，一边又顺着胳膊往上摸，吓得小英连忙朝四周看。幸好大家聚在灯下聊天的聊天，看电视的看电视，没人往这边看。

小英一边躺下去，一边把空调被扯在身上，挡住了栾鹰的大手。哪知他更来劲了，把手机往旁边一扔，侧过身来靠着她，小英推了推，推不动，又不敢动作太大，只得翻过身去，留了个脊背给他。栾鹰先是悄悄地向上，可胳膊被T恤管住了，便又向下，小英只感到一团大火在背上游走，刚到屁股这儿，大火停住了，轻轻捏了捏，停顿了一会儿，又捏了捏，就像一只小嘴轻轻咬了她一下，便烧灼着屁股不动了。身体和手指，仿佛钢板对磁石，彼此都拥有着巨大的吸引力，这会儿，谁也别想把它们分开。小英红着脸朝四周看了看，正担心栾鹰会进一步行动的时候，他把手抽了出来，叹了口气，整个人泄了气似的，瘫在一边。

小英看了看他，有点儿心疼，转过身去平躺着，在被子里捏住栾鹰的手，轻轻揉捏起来。栾鹰明白了她的心意，抓着她的手，侧过身来，冲她一笑，然后迅速地在她脸上亲了一下。

栾鹰一家还是冒着危险回家了。金窝银窝，都不如自己的狗窝，何况那临时安置点有许多不便，加上前天小树又跟王老太的重孙打了一架，那个面黄肌瘦长得像豆芽菜的小孩，哪是小树的对手，小树一拳就把他打倒在地，谁知樱子又上去补了几下……

“这还得了！这还得了！这都打出内伤来了！”王老太牵着哭得气若游丝的重孙，气呼呼地抢到小英面前，要小英教训教训两个孩子。

“是他先骂我爸爸的！”樱子理直气壮，噘着嘴。

“骂你爸？骂什么了？”王老太枯瘦的手指直戳到樱子额头，

樱子头一闪，躲开了。

"还用问？骂什么？可以骂的似乎很多，发国难财，守财奴，钻到钱眼里去了……"小英没有听下面的对话，命令樱子和小树向王老太和她的重孙道歉，并当着老人家的面狠狠打了两个孩子。

两个孩子都哭了，小英的心里也不好受。在这个安置点，他们一家四口本来就是个异类，要怪，就怪栾鹰不该那么张扬；要怪，就怪他不该渡那些人，不做那个好事，也不收钱。

"这？"栾鹰不接受那个逻辑，小英也知道这个逻辑不成立。但生活，有时候就是这么怪诞，说得通的事，行不通；行得通的事，理不通。她知道说服不了栾鹰，也无意去说服他，但当栾鹰提出下午回家时，她一口答应了。

一家人手拉手在家门口站了半天。门窗还好，除了掉了一块窗户，并没像栾鹰说的想往哪儿进就往哪儿进，就是院子角落里到处是远处飘来的木柴草屑、破衣服破鞋，那是洪水大的时候，随着水涌进来的。栾树也还好，掉了些树叶，有点儿无精打采的，但也没有大碍。只是进门的时候，门口漂着一只小男孩的卡通拖鞋，让小英看了心里一惊。

跨上台阶，蹚水走到屋里，屋里供奉祖宗的银器都在，只是被风吹倒了，最高的水印子刚到八仙桌腿那儿，可见果真如葛大爷说的，没多大水。

小英用家里仅有的土豆海带粉丝和辣椒酱做了饭，一家人吃得高高兴兴，吃完就睡了。

到底是在自己家，樱子和小树很快睡熟了，模样又放松又甜蜜。小英侧着身子偎在栾鹰身边，任他的大手在身上抚摸着，摸着摸着，小英刚准备翻身抱住栾鹰，没想到一秒不到，他头一歪，大嘴张开，发出一连串震耳欲聋的呼噜声——他睡着了。

水，是第二天晚上来的。

那天下午，栾鹰没出去抓鱼，休息了一下午，晚上早早吃完饭就睡了。躺下后，他就睡死过去，小英也一样。水是这时候来的。

夜晚静悄悄的，有风，很大的风，但也不像水要来的样子。村支书也没有拿着高音喇叭喊叫，谁都不知道水会来。天都晴了，水怎么还会来呢？下游泄洪了，水怎么还会来呢？谁知道这边天晴了，但上游没晴，上游不但没晴，上游的上游还在猛烈地下，加上四面河川里的水，都汇集下来了，因此水势更猛。可这凶猛是在晴天之下，没有伴着电闪雷鸣，是有些阴险的。花家河在这里拐弯，水流太急，年久失修的土堤坝一下兜不住水，就在这个晚上，兜底儿全泼了下来。

栾鹰一家，就是脸盆底下的几只蝼蚁。

决堤的那一刻有巨响，就像所有邪恶的事物，必定伴着聒噪之声，堤坝土崩瓦解，石头、泥土、水泥块都随着洪水翻滚下来，在地上跳跃着、翻滚着，被裹挟着甩出好远，然而洪水还嫌不解气，又咆哮着扑向远处的村庄、树木，仿佛要把一切撕碎。顷刻间，良田什么的都不见了，所有的田垄在一瞬间又恢复成了一片浊浪。田埂上，碗口粗的一棵苦楝树，只"咔嚓"一声，就被拦腰截成两段，树冠倒在水里，眨眼就被冲走了。河面上吹来一阵冷风，天压下来，雨一声不吭，劈头盖脸地就来了。

风裹着雨来了，猛烈地扇动着阳台上的小门，猛地一摔，玻璃震下来，稀里哗啦碎了。小英惊醒了，栾鹰也惊醒了。栾鹰嗅到了危险信号，猛地坐起来，套上裤子，一边系裤带，就一边扑到窗口。"快！水来了！"他大叫起来，惊慌失措的样子瞬间感染了小英，她把两个孩子拉起来就往楼下跑，根本顾不上他们没穿衣服没穿鞋。

刚下楼时，水还只淹过小腿，刚蹚出门外就到大腿了，小英颤抖着把两个孩子塞到挖土机上，水已经到了腰际，她浑身湿透地爬到驾驶室，闻到自己身上一阵浓烈的土腥味，栾鹰发动挖土机，刚驶出院门，樱子就大喊："朵儿果儿！"小树也跟着喊了一声："果儿朵儿！"葛大叔家的灯亮了，栾鹰不是没记起这两个孩子，实在是在这电闪雷鸣里，他顾不了那么多，一家人的命，也许就在一瞬间。"闭嘴！"他大吼了一声，坚持把车开出了院子，可小英看着他，风雨敲打着驾驶室的玻璃，不断有吹折的树枝从眼前飘过。栾鹰不用看，就知道小英在无声地向他祈求。

还没停车，葛大叔就把两个孩子从院里递了出来，他瘸着一条腿，几乎是在水里拖，却一把把两个孩子举了上来。朵儿一直在哭，大喊着要爷爷。小英去拉葛大叔，他却摆摆手，叫他们走。栾鹰顾不得那么多，只得开着挖土机朝前跑，开出去没十米远，石头院墙轰的一声倒塌了，朵儿大哭起来，小英也跟着泣不成声。栾鹰咬着牙，来不及训斥这乱成一锅粥的女人和孩子，能活着出去再哭也不迟！

挖土机开得太慢，水涨得太快，栾鹰心急如焚，如果在二十分钟内，还不能跑出栾家湾地界，恐怕只会围困在水里。一想到一家人要困在挖土机里，等着黄汤汤的水漫进来，漫过头顶，栾鹰就一阵恐惧。此刻，小英还在哭，她不知道，或许等待着他们的，也是和葛大叔一样的命运。可栾鹰不忍心阻止她，要哭，就让她哭吧，也许哭着哭着，就忘记害怕了。这样想着，栾鹰腾出手来，捏了一下小英的胳膊。

小英的哭声慢慢小了下去。黑暗中，不时看到被洪水冲过来的门板、吹断的树枝、倒塌的草垛，还有在旋涡里打着转的老母猪，它们在旋涡里转了一个圈儿，或沉下去，或奔涌向前。孩子们害怕了，不再哭了，紧紧贴着栾鹰坐着。女儿樱子靠得最近，那带着热气的软绵绵的身体紧贴着栾鹰的后背，透露出来的紧张、害怕，还有深深的依恋，令栾鹰揪心。那乖巧柔软的小身体在白T恤上沁出了一个个的汗印子，这温暖软糯的汗印子，带着小孩子还不完全懂的绝望，永远留在了栾鹰心里。

快了快了，车子快驶出栾家湾地界了，过了石桥，上了坡，地势会高出很多，而且河汊子会将洪水分流！过了石桥，一家人就有救了！栾鹰心里喊道。可不偏不倚，隔着石桥十几米远时，一道闪电劈来，在闪电照出的微光中，一棵歪脖子柳树被击中了，慢慢倒了下去，横在了路中央。栾鹰想下车去看看，可小英死活不让。她自己打开车门，跳了下去。洪水已经到了小英的腹部，她弯下腰去，憋住气，一头扎到水里，想搬动那棵树，可尝试了几次，都纹丝不动，湍急的洪水，几次险些将她卷走。栾鹰跳下车，把她拽了上来。

"咔——嚓——"只听到两声不连贯的脆响，挖土机从柳树上碾了过去，车身晃了晃，又平稳了下来，紧接着，又晃了晃。大概是石板桥破了一块儿，驾驶室的门打开了——不知是小英没扣紧，还是坏了——门边站着的朵儿被甩了出去，孩子的小手在门上抓了一下，但什么也没抓住。小英本能地伸手一抓，没抓住，只看到孩子跌在水里，伸出的小手和半个身子在水里晃了晃，转了半个圈儿，就被洪水吞没了——她甚至都没来得及喊一声，顺着挖土机的灯光。小英清楚地看见她刚张开嘴巴，嘴里就灌进了浑浊的泥水，紧接着，鼻子和眼睛都沉到了水里。

孩子们吓得大哭起来，小英看到了他们瞳孔深处的惊恐，她抱住他们，用身体挡住他们的视线。小英没哭，她突然就不哭了，胆寒、恐惧、心痛、自责……数不清的情绪纠缠着她，可她就是没哭，一个活生生的孩子啊，这不是流泪的事。

挖土机往前赶，开过花家河的这条支流，驶到了更高地界之后，栾鹰心里松了口气，朵儿立刻占满了他的脑海，那个嘴甜的、喜欢跟在樱子屁股后面喊"樱子姐姐樱子姐姐"的小女孩，就那样冒了个泡，没了。小英松开抱着孩子们的胳膊，看了一眼栾鹰，身子靠着窗子慢慢溜到了地上。

七

葛大妈没有随葛大爷他们回去，她看到栾鹰一家浑身是水，像掉了魂儿似的站在安置点门前时，像是明白了什么，她一把拉过果儿，眉毛、眼睛、耳朵，胳膊腿儿，全检查了一遍，才一把抱在怀里，惊魂未定地喃喃念着经，过了一会儿，才想起什么似的，又一把把他推开，大声问："朵儿呢？"

栾鹰看看小英，小英却还没还魂，樱子看到爸妈都不作声，小声回答："朵儿，朵儿姐姐掉到水里了。"

"啊？"葛大妈猛地站了起来，抢上前一步，手指头还没伸出去，人就歪了。"朵儿……朵儿姐姐，自己掉下去的……"樱子踩到了墙角的阴影里。

葛大妈猛地瞪圆了眼睛，望向栾鹰夫妇，又继而朝黑暗的屋顶望去，梗直了脖子，大喊了一声"我的儿啊"，千言万语堵在了嗓子眼，一下直挺挺倒了下去。

栾鹰跳起来，喊来了医生，给葛大妈挂上了点滴。钵满叔也进来了，问明了情况，汇报给了值班干部，召集了仅有的几个青壮年，准备去搜救。

喧闹声吵醒了安置点其他人，他们在黑暗里坐起来，聚在角落里七嘴八舌。他们无声的目光，让小英隐隐感到不安。

只听得到电扇哐当哐当转动的声音，还有三两声蒲扇拍打蚊子的声音。

没有人说话，似乎连电扇的哐当声，也搅不开这种沉闷。

小树还什么都不懂，他依偎在小英怀里打瞌睡，一下一下晃着脑袋。可樱子似乎感觉到了，她望望黑暗的四周——她还光着脚，雨水把她的头发都打湿了，一缕一缕地粘在脸上，源源不断地从发梢滴下来——她站起来，说："当时妈妈想救的，一拉，没拉住……"

"那门是怎么开的呢?"

"门,门坏了……"

"胡说,门没有坏,我刚才去看了的……"

栾鹰瞪了一眼那黑暗,把樱子拉到床边,用胳膊搂住孩子,叫樱子和小树睡觉。黑暗里有一个栾鹰勉强听得到的声音说:"听说是为了开挖机赚钱,才回去的呢。"

"两百块一个人呢。"

这句话,像深水里的一颗炸弹,把人群中所有的仇恨都引爆了。

让那些人在水里泡着?过敏,感染,得传染病,掉到下水道里?如果你在水里泡着,你还会不希望我带人吗?这是栾鹰永远都想不通的逻辑,让我渡人不收钱?那我这小家小户的,还真学不起这雷锋。——那你还觉得我收钱有错吗?可事实证明,栾鹰果然错了。

他叫小英招呼孩子们睡下,要跟着救援队一起去看看。

"不要去!"小英拉着他。她知道,现在真的救不了了。

栾鹰捏着小英的手,从上往下看着妻子憔悴的脸——回忆又一次揪住了栾鹰的神经——他看到了小英眼里流露出从来没有过的恐惧。他的妻子呀,他这一辈子最爱的女人呀,在他眼里完美无瑕温柔无比的妻子——此刻,他看到了,可那时他怎么就视而不见呢?——他只看到当时的自己,朵儿呀,朵儿呀,叔叔多想看到你福大命大,能活着漂在花家河的哪个角落呀。他放下小英拉着的手，转身走了。

栾鹰走到门口，当空一道闪电，把外面黑漆漆的夜照得如同白昼，在随之而来的轰隆隆的雷声中，在门框里留下一个结实的身影。

这是留在小英心里最后的爱人的身影。

八

小树慢慢睡着了。樱子眼皮沉重，却不敢闭上。小英把她搂在怀里，拍打着她的后背，嘴里轻轻哼着古老的歌谣，任由脑袋里一千种尖厉的声音在咆哮。

近五更的时候，在一片又一片的滚雷声中，小英迷迷糊糊睡着了，直到梦中，那一片悠长的汽笛声把她惊醒。她坐起来，睁开眼——不知是几点了，但天仍然黑着，在一片迷糊中，她开始辨认，哦，这是花家河中学，这是左面的墙，左面墙上的窗户高，那是对面墙上的黑板，头顶有电扇，还在哐当哐当，地上是一张张整齐的钢丝床，床上是凌乱的被子和枕头——没有一个人。

人呢？都到哪里去了？

小英正揉着脑袋，钵满叔跳到门槛里，大声喊："还有人吗？你们？你们怎么还没走？怎么还睡着呢？不要命了！"

钵满叔跳进来，去拉樱子和小树。只听到樱子大喊一声，哭了，哭腔里混合着两个字：头发……小英扭转头，看到樱子的头发已被扯断不少，纷纷落在床上，女儿的一头黑发穿过钢丝床空隙，在床背面编了大大小小几个辫子，然后被粘了个结结实实。

钵满叔慌了，来不及细想，想找把剪刀来，哪里有？又想到打火机，可也没有。

小英像是明白了什么，一屋子的人，在这一刻保持了高度的默契，这是真正令小英胆寒的原因。

她抱住樱子的头，含泪抚摸着，亲吻着，两手握住女儿脑后的头发，一边猛地一用力，樱子哇地一声大哭了，两手抓住小英的手，大喊道："妈妈，妈妈，痛！"

樱子的头发扯落了一地，小英已顾不得了，她抱着樱子，支书抱着小树，奔到门外。外面大部队已撤离，门外看着他们的，只有飘着五星红旗的孤零零的旗杆。

"泄洪了，紧急泄洪。"钵满叔说。

那得跑出去，跑出去才有救，跑出去才有人知道还有人在这儿。小英推樱子一把："樱子，你和弟弟会游泳，还有钵满爷爷，你们快游出去。"

"妈妈，你呢？"两个孩子异口同声地问。

"妈妈很快会来找你们的。"

钵满叔看着小英。

"钵满叔，求你了。"不等他开口，小英说。

两个孩子的水性很好，是栾鹰教的，他们跟着钵满叔游过校门，在门口那块儿，还一齐回头朝妈妈看了一眼。小英朝他们挥了挥手，说："快点快点！妈妈一会儿就来了。"

看到孩子们游出校门，小英心里平静多了，水已经快到她的肩膀了，栾鹰怎样？栾鹰应该随大部队到了安全地带吧？她一边想，一边摸索着出门，朝钵满叔说的地方走去。

后来，每当她回想起这一刻，是痛楚中唯一一块安宁平静的小岛，如果时间停在那一秒，该多好啊，哪怕自己没有走出来。

洪峰来了，大浪涌来。

洪水一浪高过一浪，以摧枯拉朽的势头卷走一切。小英抓住一块撞过来的门板，挣扎着爬了上去，转瞬就被冲出几十米远，在湍急的水中连翻了几个跟斗，卡在街边绿化带上，停了下来。小英爬下来，依稀辨认出山坡上财政所的高楼，

门口的两棵广玉兰，一棵的一根枝丫上，坐着一白一红两个小孩。

"妈妈！妈妈！"两个孩子一齐叫起来，声音带着惊恐、胆寒和劫后重逢的悲喜交加。小树更是抱着树干哭起来。小英的眼泪便一下涌到了嗓子眼，她含住眼泪，攀着绿化带里的各种灌木往山坡上爬。可脚下是一条湍急的暗涌，山坡上的水汇集着从眼前淌过，她试了几次，脚刚伸进去就似乎要被冲走。她把心一横，正要往里淌时，钵满叔一把拉住了她："你找死啊！你这下去，别说救孩子了，就是连你自己都没命了。"他拉了小英，推她上了最近的一棵树。

"抱紧树干，坐稳当！"小英爬上这棵并不算高大的樟树，喘匀了气，便向高处喊，"爸爸一会儿就会来救我们的！"说着，小英便低下头，抱着树干轻声抽泣起来。她不敢看两个孩子，虽然近在咫尺，她却没有办法保护他们；她更不敢看那棵树，担心风大一

点就会把孩子刮下来，而他们还在大声喊着"妈妈妈妈"，他们在担心她。

钵满叔让小英再往上爬两个枝丫，并脱下自己的外套，把她捆在树上。小英挣扎着，脸上早已分不清哪是雨水哪是泪水，她含着眼泪看着钵满叔，她想说 "叔，你要是能，就救救我的两个孩子吧"。但她知道，自己的力气已经像一包盐，无声无息地化在了水里，她说不出口，只用祈求的眼神看着这位老支书。钵满叔什么也没说，捆好小英后，就从树上爬了下去，他趁着浪和浪之间的间隙，杵着一截树棍，摸索到了樱子和小树栖身的大树下。

钵满叔扶着树干，在树下喘息了好半天，才开始往上爬，爬到樱子旁，他脱下自己的衬衣，把樱子绑在树枝上，然后拂去了她脸上的雨水，让她的眼睛能睁开一点。樱子仰头看着他——还是眯着眼，雨太大了，把她的睫毛都冲得七零八落的。她仰着头，迎着钵满叔的脸，大声喊了一声"钵满爷爷"，还顶着睁不开眼的雨水，冲着他笑了一下。她那没说出嘴的谢意，钵满叔心里领会了。他看了看樱子，又不由得看了看小英，多好的一双儿女呀！他想。

小树却不让钵满叔捆，抱着他不撒手，大喊着"爷爷爷爷我要回家"，钵满叔担心他现在就会掉下去，只好用力地把他抵在树干上，给了他一下。他哇的一声哭起来，钵满叔才用长裤把他捆了个结实。

又一声炸雷在耳边响起，小英清清楚楚看到旁边的一棵刺槐倒了下来，倒在樱子坐着的树枝上，樱子可能被砸到了，头向后仰过去，一双小手也松开了。紧接着，小英看到樱子坐着的树枝慢慢劈开，从树干上分离开来，伴随着不太响的咔嚓一声，树枝猛地向下落去——樱子的身下腾了空，加上身子向后仰，她突然从捆着的衣服里栽了下去——钵满叔意识到了危险，想去抓，哪里抓得住——小英眼睁睁看着樱子的小身子在树枝上弹了一下，掉在了水里，一个浪把她卷进去，小脑袋在水里转了个圈，甚至还没来得及再喊一声妈妈就不见了。

小英五内俱焚，一声号啕，与闪电一起划破了天空。她奋力挣扎着，想要跳下水去救樱子，可又一道闪电劈来，小英晕了过去。

醒来的时候，小英还在树杈上，钵满叔的衣服还捆着她。远远地，小树还捆在树枝上。雨停了，镇子终于恢复了平静，他似乎是睡着了，双手抱着树干，脑袋歪在一边。天空终于放晴了，终于有鸟飞过，是老鸹，它孤单地"呱——呱——呱"地叫着，巡视着洪水过后的领地。

但是不见了钵满叔。

洪水已泄完，学校的高楼露出来了。洪水过后，一片荒凉，到处蒙上了一层厚厚的淤泥。远处有人来了，来找他们了。领头的在大声呼喊小英的名字，她看到了，是栾鹰，是樱子期待的爸爸。

小英解开捆着她的衣服，下了树。她在泥地里往前走，几步远，就看到了钵满叔的尸体，他卡在一块预制板下，只露出上半身，半侧着身子，双臂打开，像是要拥抱什么，他是要抱住什么呢？是樱子吗？

小英走过他身边，很想抱抱他，很想把他塞满泥沙的眼睛和嘴巴合上，可是她没有，她没有时间。

她要去找樱子，那个聪明乖巧，长相酷似栾鹰，还有着一头浓密长发的樱子啊，你去了哪里呢？

小英的鞋不知是什么时候不见了，她在泥地上留下一长串瘦弱的脚印。

这一走，小英就再也没有回来。

从痴有爱　则我病生

朋友是医科大的高才生，深夜，看一个病理报告，迟迟不能下结论，犹豫很久，给自己的导师打电话。没多久，导师来到化验室，在显微镜下看了很久，对他说："你说说看。"朋友立即红了眼睛，因为那个病理切片是他妻子的，他们的孩子才一岁多。

导师拍拍他的肩膀，说："其实你早就肯定了，对吧？"

他迟迟不愿下结论，是不敢、不愿、不忍。以导师的专业水平，更不需要迟疑许久，他犹豫的片刻，是人心、人情、人性涌动的片刻，教人动容。

这个世界，每分钟都有人出生，每分钟都有人死亡，这是有具体的数据统计的。在大数据里，每个人都是可控可分析的，可对于每个个体来说，每秒的疼痛都要人命。

去年，一位在武汉投资的朋友要回老家。转让店面的时候，儿子忙着跟巷子里的小朋友道别，直到夜幕降临了，还是不肯回家。他妻子念叨，以后再也吃不到正宗的小龙虾了，再也不能跟闺蜜们逛武广了。朋友叹息一声，说谁也不关心他。可是，要一个土生土长的武汉女人离开熟悉的环境，完全融入潮汕习俗，要一个从小讲武汉话的小男孩，抛弃他的小伙伴，去完全陌生的地方念书——谁比谁更艰难一点？听起来像是男人，可小男孩的世界只有那么大，同学的一个嘲讽，同样可以让他难过一整天，一整个夏天，甚至整个童年。如果没有得到治愈，那也将伴随整个人生。

记得多年前，我要从任教的学校离开，前一天晚上，我站在黑暗里，看着面前高大的教学楼，想起那些年奉献的青春、欢笑、泪水，我突然想变成一个更高更大的巨人，俯下身来，拥抱一下那栋建筑。

我是如此热爱自己生活的这座城市，热爱秋色里每一片变黄的树叶，热爱弥漫在黄昏里的桂花香气，热爱每一个路过我眼前的奋力蹬着自行车的少年身影，热爱清晨的集市，晚高峰时的车流，深夜在路边酗酒或者号啕大哭的人们；我爱那些一挥手便能使江山改变容颜的擎天巨贾，也爱那些不能、不敢、不忍低眉婉转处的欲说还休；爱透明雨衣下母亲和儿子的絮语，亦爱那些被大雨淋湿依然撑着伞叫卖的穷苦老人。黄昏的小巷传来烹饪的香味，而旷野有旅人正在归途……我爱这每一个时刻、表情、动作，因为我深知，这每一个瞬间，都有情节可叙。

我常常能感觉到胸中涌动的这无以名状的爱，无法形容，却铺天盖地，排山倒海。如果要说是有什么激励我非去创作不可，那么，就是这份爱，引导我去发现生活中的美，是这份爱让我去试图关怀每一位弱者，理解每一个人，是这份爱牵引着我去把每一个角色内在的苦痛掰开了，揉碎了。因为理解，所以能让他们的欲望自然生长；因为包容，所以在他们求不得、放不下的时候给予理解和宽慰。

关于创作技法，我们可以谈很多。比如，新闻结束的地方，是小说开始的地方；比如，立意要新，故事要紧凑，结尾要有反转；比如，我们要善于养小说，要写得简洁，克制，有力量……可是，外科医生要济世救人，这才是目的。至于用几号的柳叶刀，从左边开始切，还是从右边开始切，那并不重要。艺术家想要获得一件玉雕作品，心目中所设计和期待的物象尤为重要，至于用雕还是刻的方法，那也不必拘泥。最近读到一句话："小人物的悲苦总是令人感念，而文学最动人的地方正在于它呈现了弱者的一声叹息。"从一开始，我写的第一篇创作谈就表明，我希望自己的文字拂过那些残缺的苍凉的不圆满的人生。

朋友转身回乡，教授站在显微镜前迟迟不能下结论，十字路口，老父亲与儿子挥手作别，草丛里，一只讨不到食物而离去的猫，每一个背影都令人动容……我知道，这里面都有故事，有生老病死，爱别离，怨长久……因为我在紧紧地、用力地拥抱人生，在爱这芸芸众生，所以我爱写作，仿佛已痴情而绝望地爱了十多年，看上去，似乎还会爱一辈子。这像一场不可治愈的高烧，不知何时是尽头。

陌生人，我祝福你，如果我的文字，有一句打动了你，我希望结一段长长久久的缘分。